Verlag Bibliothek der Provinz

Diese Geschichte ist frei erfunden.
Ähnlichkeiten mit lebenden oder toten Personen sind zufällig und nicht beabsichtigt.
Sollte dennoch die eine oder andere Formulierung
eine Verwechslung möglich machen, gilt für diese Personen
die Unschuldsvermutung.

Volker Raus LIMONIKELLER
herausgegeben von Richard Pils
ISBN 978-3-99028-580-0
© *Verlag* Bibliothek der Provinz
A-3970 WEITRA 02856/3794
www.bibliothekderprovinz.at
Coverfoto: Konstantin Groth

Mit Unterstützung von

Volker Raus
LIMONIKELLER
Kriminalroman

Für Sylvia und Moritz

1.

Samstag, 29. Oktober, 11.00 Uhr

Ein ohrenbetäubendes Klirren durchschnitt die Luft des föhnigen Oktobervormittags. Der Linzer Polizeioberst Max Steinberg, der im Garten seines Stammkaffees „Traxlmayr" an der Linzer Promenade sein Frühstück und die fast sommerlichen Temperaturen genoss, sprang bei dem Explosionslärm sofort auf. „Das ist keine Bombe, so hört sich eine Handgranate an", analysierte er das Geräusch und blickte über die Büsche des Gastgartens. Auf der gegenüberliegenden Straßenseite stand ein weißer Geländewagen. Die Seitenfenster und die Windschutzscheibe waren zerborsten, die Straße mit Glasscherben übersät. Die vorderen Türen hingen schief herab. Die Heckklappe war aufgerissen. Im Umkreis von mehreren Metern segelten Geldscheine durch die Luft. Ein Mann lehnte in sich zusammengesunken über dem Lenkrad. Einige Passanten hatten sich auf den Boden geworfen, einige waren weglaufen. Schreie waren zu hören, Kinder weinten. Andere wieder näherten sich dem Wagen, um die Geldscheine vom Boden einzusammeln.

„Weg vom Auto!", schrie Steinberg und forderte auch die Spaziergänger im Landhauspark auf, sich in Sicherheit zu bringen. Diese suchten daraufhin Deckung hinter den gewaltigen Bäumen oder dem Denkmal des Dichterfürsten Adalbert Stifter, dessen Bronzefigur auf einem großen Mühlviertler Granitfelsen vor dem Landhaus thronte.

Als Steinberg die Straße erreicht hatte, winkte er den herankommenden Autos zu: „Stehen bleiben!"

Laut hallte seine kräftige Stimme über den Tatort. Der Kellner war ihm gefolgt und half nun, die Fahrzeuge anzuhalten, eilte aber dann ins „Traxlmayr" zurück. Vor dem Kaffeehaus warteten drei Taxis auf Fahrgäste. Steinberg schrie: „Weg von den Autos! Laufen Sie!"

Er stand in der Mitte der Straße, während er 133 wählte und die Meldung machte: „Hier Oberst Max Steinberg. Auf der

Promenade vor dem ‚Traxlmayr' steht ein Auto, das von einer Granate schwer beschädigt wurde. Kein Brand. Vermutlich ein Opfer. Wir brauchen Sprengstoffexperten und die Rettung!"

Kaum eine Minute nach dem Telefonat trafen die ersten Einsatzwägen der Polizei ein. Die Beamtinnen und Beamten sprangen aus den Fahrzeugen, alle mit Schutzhelmen und Schutzwesten ausgerüstet. Als ein Offizier auf Steinberg zukam, rief ihm dieser entgegen: „Tatort großräumig absperren! Wenn es zu einer weiteren Detonation kommt, fliegt hier alles in die Luft!"

Der Mann drehte sich um und gab seinen Leuten die Anweisung weiter.

„Die ganze Straße bis zur Kreuzung hinauf", befahl Steinberg.

Er legte seine ganze Kraft in seine Stimme, um die Beamten zu überzeugen, eine möglichst große Sicherheitszone abzustecken. Reglos stand er wenige Meter vom zerstörten weißen Wagen entfernt auf der Straße, während in einem vermeintlich sicheren Abstand rot-weiß-rote Absperrbänder, Polizisten und Passanten einen Kreis um ihn bildeten. Max Steinberg kannte solche Situationen. Bei seinen Einsätzen in den unterschiedlichsten Krisenregionen der Welt hatte er viele Menschen bei Bombenattentaten sterben gesehen. Besonders hinterhältig waren zeitverzögerte zweite Detonationen gewesen, denen auch hinzugeeilte Einsatzkräfte von Polizei und Rettung zum Opfer fielen. Er selbst war in der afghanischen Hauptstadt Kabul bei einem Selbstmordanschlag schwer verletzt worden. Erst als dieses Erinnerungsbild langsam wieder verblasste, bemerkte er, dass er der einzige Mensch in der Nähe des zerstörten Autos war und die Detonation einer zweiten Granate nicht überleben würde. Wie in Trance verließ er langsam die Gefahrenzone.

„Terroralarm! Gesamten Platz räumen! Sofort. Abstand zum Auto auf fünfhundert Meter erhöhen. Alle Passanten zurückdrängen. Alles in Deckung gehen. Zurück von den Fenstern. Fenster schließen!"

Eine kräftige Frauenstimme hallte elektrisch verstärkt über den Platz. Der Schall prallte von den Hausmauern zurück. Als die Anweisungen verklungen waren, herrschte gespenstische Stille.

Steinberg beschleunigte seine Schritte. Beim Torbogen des Landhauses erwarteten ihn einige Offiziere und die Einsatzleiterin mit dem Megaphon in der Hand. Er schüttelte Hände und stellte sich artig vor.

„Sie sind also der legendäre Max Steinberg. Ich dachte, Sie sind nicht mehr im Polizeidienst?"

Eine etwa vierzigjährige Frau mit kurzen blonden Haaren reichte ihm die Hand. Ihre Schutzweste war etwas zu groß für ihren Körper.

„Mag. Karin Moser. Ich bin die neue Linzer Stadtpolizeikommandantin und leite hier den Einsatz", erklärte sie.

Hubschraubergeräusche kamen näher. Wenig später zog der blaue Helikopter des Innenministeriums im Tiefflug über die Promenade.

Da Steinberg schwieg, sprach die Einsatzleiterin weiter: „Ja, Sie haben richtig gehört. Ich leite hier den Einsatz. Eine Zeugin rief bei uns an und gab eindeutige Hinweise auf einen terroristischen Anschlag. Ich habe sofort höchsten Terroralarm für die gesamte Stadt gegeben. Öffentliche Gebäude werden bewacht, Bahnhof und Flughafen gesichert. Alle Linzer Kollegen sind auf den Straßen. Polizeikräfte des gesamten Bundeslandes wurden mobilisiert. Sprengstoffexperten müssen jeden Augenblick hier sein, das Einsatzkommando Cobra ebenfalls. Der Helikopter sucht von der Luft aus alles ab."

Gespannt wartete sie auf Steinbergs Reaktion. Dieser schwieg noch immer, sah ihr eine Zeitlang in die Augen und meinte schließlich: „Ich denke, ich kann jetzt gehen. Sie brauchen mich nicht. Oder?"

„Nein. Vielen Dank für Ihre Arbeit."

Sie reichte ihm die Hand und wandte sich ihren Kollegen zu.

2.

Sonntag, 30. Oktober, 9.00 Uhr

Finsternis. Die Raumtemperatur betrug etwa zehn Grad. Die Luft war feucht und roch leicht modrig. Ivica Bobić hockte auf dem kalten Boden. Er wusste nicht, wie lange er schon hier war. Alles war schiefgegangen. Dabei hatte er die Aktion plangemäß durchgezogen. Er hatte einen idealen Parkplatz für sein Auto gefunden und war wie ausgemacht um elf Uhr vormittags beim vereinbarten Treffpunkt an der Linzer Promenade gewesen. Er hatte den Geländewagen erkannt, war eingestiegen und hatte am Beifahrersitz Platz genommen. Ein blonder Mann in einer hellbraunen Raulederjacke hatte ihn freundlich begrüßt.

„Haben Sie alles dabei?"
Der Blonde nickte. „Sie auch?"
„Ja. Sehen Sie!", antwortete er und öffnete den schwarzen Lederkoffer auf seinem Schoß. Ordentlich geschlichtet lagen die Päckchen aus Fünfhundert-Euro-Scheinen darin.
„Das ist eine Million. Jetzt zeigen Sie mir Ihren Schatz."
Der blonde hoch gewachsene Mann holte einen Aluminiumkoffer von der Rückbank und hob den Deckel. Am Kofferboden, in einer Metallhalterung befestigt, befand sich eine Plastikschachtel, und in dieser ein USB-Stick.
„Auf dem Stick ist alles, was Sie brauchen."
„Sie wissen schon, dass wir Sie überall finden werden, sollte mit dem Material etwas nicht in Ordnung sein", warnte er den Blonden. Der nickte nur, schloss den Koffer und verdrehte blitzschnell das Zahlenschloss.
„4020 29 10 2016", sagte er, „die Postleitzahl von Linz und das heutige Datum, das ist der Code, mit dem sich der Koffer öffnen lässt. Wir sind zu dritt. Sie, ich und Ihr Auftraggeber kennen die Nummernkombination. Der Versuch, den Koffer ohne Code zu öffnen, ist tödlich."

Er klappte seinen Koffer ebenfalls wieder zu und reichte ihn dem Blonden. Dieser stellte ihn bei seinen Füßen auf den Fahrzeugboden.

Als würde er sich die Jacke richten, griff er dann in seine Sakkotasche und zog die Eierhandgranate hervor. Es war eine „M 75" aus den Beständen der ehemaligen jugoslawischen Armee. Er hatte sie aus dem Krieg mitgenommen. Obwohl sie nicht mit Splittern gefüllt war, würde die Explosion in einem geschlossenen Raum für alle im Wirkungsbereich befindlichen Personen tödlich sein. Das Auto war ein geschlossener Raum.

Er zog den Sicherheitsstift und aktivierte damit den Zeitzünder. Mit einer raschen Bewegung ließ er die „M 75" zwischen den Lederkoffer und die Füße des Blonden rollen. Er verabschiedete sich, stieg mit dem Metallkoffer aus, schloss die Wagentür und ging zum Hausdurchgang, der zur Einkaufspassage Arkade führte.

Der blonde Mann bemerkte die Bedrohung viel zu spät. Als er versuchte, die Handgranate aus dem Fenster zu werfen, detonierte sie. Bobić hörte noch im Hausdurchgang den lauten Knall und war zufrieden.

„Auftrag ausgeführt. 20.000 Euro verdient. Und jetzt zurück ans Meer."

Er hatte sich die Arkade im Vorfeld genau angesehen. Nach dem Durchgang folgte ein freier Platz. Ein Weinhändler hatte hier für Raucher Stehtische aufgestellt. Einige waren besetzt. Keiner der Gäste kümmerte sich um den Mann mit dem Salafistenbart, der im weißen Kaftan, mit weißer Häkelmütze und einem Koffer in der Hand vorbeiging. Nach einem Gemüsehändler führte sein Weg in den mehrgeschoßigen, mit Glas überdachten Haupthof. Zwei Kaffeehäuser, ein Modegeschäft, ein Teehändler und ein Reisebüro luden hier die Passanten zum Besuch ein. In der Nähe von drei weiteren Lokalen konnte man mit einem gläsernen Lift oder einer Rolltreppe ins Obergeschoß gelangen. Auf dem Weg zum Lift führte außerdem eine feste Stiege nach oben. Er stieg die Treppen ins Obergeschoß hinauf, versicherte sich, dass ihm niemand folgte und ging die Galerie des ersten Stocks entlang. Die beiden Männer, die ihn die ganze Zeit über beobachteten, bemerkte er nicht. Er stieg am anderen Ende des Geschäftszentrums die Stufen wieder hinab und schlenderte mit seinem Aktenkoffer auf den seitlichen Ausgang zu. Dort hatte er seinen Wagen geparkt. Er ging ohne Eile, denn er wusste, dass sein Weg kurz genug war, um verschwunden zu sein, bevor es vor Polizei nur so wimmeln würde.

Er verließ die Arkade durch die Glastür und ging auf der Spittelwiese, einer breiten Innenstadtstraße, zu seinem Auto. Für den Coup hatte er sich einen Kleinwagen gemietet. Er hatte gerade die Hecktüre geöffnet, um den Koffer zu verstauen, als er plötzlich von zwei kräftigen Männern links und rechts unter den Armen gefasst wurde. Einer von ihnen nahm den Metallkoffer und schlug den Kofferraum wieder zu. Sie schoben ihn auf die gegenüberliegende Straßenseite zu einem roten Lieferwagen und drängten ihn zum Laderaum. Im Rücken spürte er ständig einen harten Gegenstand.

„Geradeaus schauen, wenn du dich zur Seite drehst, bist du tot", zischte einer.

„Und jetzt steig ein", forderte ihn der andere auf.

Er gehorchte und nahm im Laderaum Platz. Die Hecktüren wurden zugeschlagen. Der Wagen startete. Sie fuhren gleich nach rechts, dann längere Zeit geradeaus, dann nach links. Vermutlich wegen einer Ampel hielt der Wagen eine Weile an und bog dann rechts ab. Danach stieg die Straße etwas an. Die Reifen rollten jetzt über Kies. Der Wagen blieb stehen. Eine Tür wurde geöffnet, jemand stieg aus und entfernte sich vom Wagen. Dann hörte er, wie mit einem lauten Quietschen ein Tor zur Seite geschoben wurde. Der Wagen startete wieder und fuhr langsam los. Nach wenigen Metern hielt er erneut, das Tor wurde geschlossen, der Mann stieg wieder ein. Ganz langsam fuhren sie weiter. Das Geräusch des Motors änderte sich, es klang dumpfer und hallte von Wänden zurück. Der Fahrer erhöhte die Geschwindigkeit, riss das Fahrzeug nach rechts, um es wenig später wieder nach links zu lenken. Nach einigen Minuten war die Fahrt zu Ende. Die Hecktüren wurden geöffnet. Eine Hand reichte ihm eine Wollmütze.

„Aufsetzen und über die Augen ziehen, dann aussteigen."

Bobić gehorchte, zog sich die Mütze bis zum Kinn. Von jetzt an herrschte für ihn nur noch Finsternis. Er rutschte vor zur Kante der Ladefläche und ließ sich vorsichtig aus dem Lieferwagen gleiten. Es war kühl und feucht, die Luft roch modrig. Er spürte, wie seine Hände gepackt und ihm Handschellen angelegt wurden.

„Genauso wollen wir es haben. Wenn du weiterhin so mithilfst, bist du bald frei."

„Stimmt."

Die erste Stimme war sehr tief, die zweite höher und etwas heiser.

3.

Montag, 31. Oktober, 11.00 Uhr

„Kolleginnen und Kollegen. Ich möchte Sie an der Polizeihochschule Linz recht herzlich begrüßen. Mein Name ist Max Steinberg und ich werde im Herbstsemester die Vorlesung ‚Österreichs Kriminalfälle' halten und in einem Seminar Ihr Wissen über Hintergründe und Tatmotive vertiefen. Die spektakulärsten Verbrechen in unserem Land zu kennen, ist notwendig für Ihre tägliche Praxis. Außerdem schärft es Ihre Aufmerksamkeit im Alltag. Bei all diesen Verbrechen waren Kollegen und Kolleginnen im Einsatz, die am Morgen noch gemütlich gefrühstückt und Pläne für den Abend geschmiedet hatten. Und dann wurden sie im Lauf ihres Arbeitstages von Situationen überrascht, die manchmal auch ihr Leben kosteten oder schwere Traumata hervorriefen. Die neue Polizeireform verlangt von Ihnen die Übernahme von kriminalistischer Arbeit und Sie müssen vom ersten Tag an damit rechnen, mit Schwerstverbrechern konfrontiert zu werden.

Besonders begrüßen möchte ich die Damen und Herren, die mit dem heutigen Tag Ihr Studium beginnen. Gratulation zu dieser Entscheidung, es ist ein ungewöhnlicher, oft gefährlicher, aber immer spannender Beruf. Es gibt keinen besseren. Uns ‚Bullen' kommt eine wichtige Rolle im Staat zu."

Ein kurzes Gelächter lief durch den Hörsaal. Die jungen Leute saßen in den aufsteigenden Bänken und blickten auf den Vortragenden herab.

Steinberg begann sich wohlzufühlen. Er war am Morgen noch etwas nervös gewesen. Obwohl er mit vielen Politikern, hohen Beamten und Militärs aus aller Welt zu tun gehabt hatte, obwohl er oft Vorträge bei internationalen Kongressen und Symposien gehalten hatte, war die akademische Laufbahn Neuland für ihn.

„Nun zu den Inhalten des Wintersemesters. Ich möchte Ihnen jene österreichischen Kriminalfälle präsentieren, die aufgrund ihrer Brutalität oder Gerissenheit aus der Fülle von Gewaltverbrechen herausragen. Internationale Mordfälle stehen dann am Programm des Sommersemesters.

Heute beginnen wir mit dem Serienmörder Jack Unterweger. Mindestens zehn Morde gehen auf sein Konto. Dann folgen die ‚Todesengel von Lainz'. Den vier Schwestern wurden zweiundvierzig Morde an Insassen des Lainzer Altenheims nachgewiesen. Franz Fuchs, der Briefbomber, hielt vier Jahre lang ganz Österreich in Atem. Die gebürtige Polin Bogumila W. vergiftete zwei Pensionisten mit Arsen, um an deren Vermögen zu gelangen. Estibaliz C. wiederum schoss ihrem Ex-Ehemann in den Kopf. Die zerstückelte Leiche fror sie ein, um sie später im Keller des Gebäudes einzubetonieren. Die beiden hatten in Wien gemeinsam den Eissalon ‚Schleckeria' betrieben. Ihrem nächsten Partner erging es nicht besser. Seine Leichenteile fand man in einem Kellerabteil des Lokals. Die Zeitungen titelten damals: ‚Die Kellerleichen der Eisprinzessin'.

Spezialist im Zerstückeln einer Leiche war auch ein beliebter Staatsfunk-Fernsehmoderator. Der ‚Sunnyboy der Nation' schoss einem Konkurrenten vier Kugeln in den Kopf, zerteilte die Leiche in achtzehn Teile, stopfte diese in Plastiksäcke und verteilte sie in Budapest. Kolleginnen und Kollegen, dieser Mann ist ein Musterbeispiel dafür, wie Gefühle und Emotionen in einen Kriminalfall hineinspielen können und die Öffentlichkeit wie auch die Ermittlungen beeinflussen: Der doch nicht ..., das kann nicht sein ..., der F. kann doch keiner Fliege etwas zuleide tun ... Das waren die gängigen Kommentare und wir werden diesen Fall von verschiedenen Positionen aus durchleuchten, analysieren und dabei lernen, dass sowohl positive als auch negative Vorurteile in unserer Arbeit nichts verloren haben.

Eine Vorlesungsstunde widmen wir dem Mord an einer Siebzehnjährigen, der bis heute nicht geklärt ist. Nicht geklärt ist auch, wo sich der Prostituiertenmörder Tibor F. aufhält. Er flüchtete am 27. April 1995 in Linz während eines Studienausgangs durch ein Toilettenfenster der Johannes Kepler Universität mit einem von Helfern bereitgestellten Motorrad.

Dann werden uns noch beschäftigen: die sogenannte ‚Bestie von Steyr', auch als ‚der Mörder mit dem Maurerfäustl' bezeichnet, dann jener Mann, den sie das ‚Monster von Amstetten' nennen, der seine Tochter vierundzwanzig Jahre lang in einem Kellerverlies seines Hauses gefangen gehalten, sie unzählige Male vergewaltigt und mit ihr sieben Kinder gezeugt hat."

Steinberg machte eine kurze Pause und blickte in den Hörsaal. Dann fuhr er fort: „Eine Vielfalt von Gewaltverbrechen wartet auf Sie. Sie lernen Menschen kennen, die zunächst ein völlig unauffälliges Leben führen und dann zu unglaublich brutalen Tätern werden. Und Sie erhalten Einblick in die Ermittlungsarbeit der Polizei. Beides werden Sie später für Ihre tägliche Arbeit brauchen. Sie müssen wissen, wie Fälle gelöst wurden, um selbst Fälle lösen zu können."

Max Steinberg startete seinen Laptop. Der Beamer warf das Bild eines feschen jungen Mannes in Pullover und Jeans an die Wand. Als wäre er der Moderator einer Fernsehshow, der seinen nächsten Studiogast ankündigt, erklärte Steinberg: „Meine Damen und Herren, der Massenmörder Jack Unterweger. Mindestens zehn Morde gehen auf sein Konto. Drei weitere Morde konnten ihm nicht nachgewiesen werden, wenngleich das Tatschema genau zu ihm passte. Im Dezember 1974 hatte er eine junge Frau in den Wald gelockt, sie misshandelt und mit ihrem BH erwürgt. Ein Jahr später wurde er gefasst und zu lebenslanger Haft verurteilt. Im Gefängnis begann er ein Buch zu schreiben, was ihm einige Beliebtheit in der österreichischen Schickeria einbrachte. Selbst der Chef der Journalistengewerkschaft Günther Nenning und die spätere Literaturnobelpreisträgerin Elfriede Jelinek setzten sich für ihn ein. Auch Unterweger ist ein Musterbeispiel dafür, wie Gefühle und Emotionen in einen Kriminalfall hineinspielen können, die Öffentlichkeit beeinflussen und die Justiz zum Handeln zwingen. Unterweger wurde nach sechzehn Jahren Haft vorzeitig entlassen. In Bregenz, Graz, Wien, Prag und New York wurden wieder Leichen junger Prostituierter gefunden. Die Vorgangsweise des Täters war dieselbe wie bei jenen Morden, deren Unterweger überführt worden war. Er knüpfte aus der Unterwäsche der Opfer ein Henkersseil und strangulierte sie. Unterweger hielt sich immer in der Nähe des Wohnortes der Opfer auf. 1992 wurde er schließlich wieder gefasst und erneut zu lebenslanger Haft verurteilt. Nur wenige Stunden nach der Urteilsverkündung nahm er sich in seiner Zelle das Leben."

Steinberg kam in Fahrt. Er merkte, dass ihm sein neuer Job gefiel. Seine Zeit als Polizeiausbildner in aller Welt war vorbei. Mit Lebensgefahr hatte sein neuer Beruf nichts mehr zu tun. Doch er spürte, dass auch im akademischen Hörsaal der Funke übersprang.

Ein äußerst bitterer Wermutstropfen würde dabei immer bleiben, dass jene Frau, für die er den Auslandsjob aufgegeben hatte, um die Stelle an der neuen Linzer Polizeihochschule anzunehmen, nicht mehr am Leben war. Doris Kletzmayr war im Jänner an den Folgen ihrer Krebserkrankung gestorben. Sie war Steinbergs große, wenn auch späte Liebe. Er hatte sie nicht bei ihrem Kampf gegen den Krebs begleiten können, da er entgegen aller Zusagen bis zum Beginn seiner Lehrtätigkeit wieder für ein halbes Jahr ins Ausland beordert worden war. Nicht einmal am Begräbnis hatte er teilnehmen können. Aus Sicherheitsgründen war der Flughafen in Kabul in jenen Tagen gesperrt worden.

Als er nach seiner Rückkehr Ende September ihre letzte Ruhestätte auf dem Urfahraner Urnenfriedhof besucht hatte, hatte er einen weißen Lilienstrauß auf ihr Grab gelegt. Völlig verloren war er dort gestanden und hatte endlich geweint.

Als Steinberg gerade erörterte, inwiefern die öffentliche Meinung die Ermittlungen im Fall Unterweger beeinflusste, wurde die Seitentür neben dem Vortragspult geöffnet. Eine Universitätsmitarbeiterin trat ein und schob ihm einen Zettel zu. Er nahm das Papier: „Bitte sofort die Stadtpolizeikommandantin anrufen. Nummer: 059 133 450. Es ist sehr dringend."

Steinberg sah auf die Uhr. Es war elf Uhr fünfzehn, eine Viertelstunde vor Vorlesungsschluss. Er führte den Vortrag noch zu Ende, dann verabschiedete er sich.

„Wer auch das dazugehörige Seminar belegt, wird noch viele Details zur Ermittlungsarbeit der Polizei erfahren. Uns stehen sowohl die Polizei-, als auch die Gerichtsakten als Quellen zur Verfügung. Das wird eine spannende Angelegenheit, das kann ich Ihnen versprechen. Danke für Ihre Aufmerksamkeit. Ich wünsche Ihnen noch einen schönen Tag."

Die Hörerinnen und Hörer klopften lange mit den Knöcheln auf die Schreibpulte. Steinberg nahm seinen Laptop und verließ den „Einser", wie der große Hörsaal von allen genannt wurde. Draußen zündete er sich eine Zigarette an und gab ihr den Namen „Neubeginn".

4.

Montag, 31. Oktober, 12.30 Uhr

Max Steinberg radelte in einem gemütlichen Tempo zum Polizeigebäude in der Nietzschestraße. Er hatte sich vorgenommen, sein Leben zu entschleunigen. Dazu zählten Besuche im Linzer Parkbad, Abende in den verschiedenen Gasthäusern, Treffen mit früheren Freunden, alten Studien- und Berufskollegen, und eben auch, dass er sich nach seiner Rückkehr kein Auto, sondern ein Fahrrad angeschafft hatte. Seine Ziele erreichte er jetzt langsamer, aber entspannter, gesünder und umweltfreundlicher. Er stellte sein Rad neben dem Haupteingang ab, versperrte es und fuhr mit dem Lift in die oberen Stockwerke.

Steinberg befiel ein eigenartiges Gefühl, als er das leere Vorzimmer durchquerte und auf jene Tür zuging, hinter der fast zwei Jahrzehnte lang der Linzer Polizeidirektor Hof gehalten hatte. Nun erwartete ihn dort die SPK, wie die Stadtpolizeikommandantin in der Dienstsprache etwas würdelos genannt wurde. Durch die Polizeireform und die Zusammenlegung von Gendarmerie und Polizei waren zahlreiche Posten, darunter der des Polizeidirektors, abgeschafft worden. Jener ehemalige Minister, der all dies erfunden hatte, saß zwar mittlerweile wegen einer Bestechungsaffäre im Gefängnis, doch seine Amtsnachfolgerin hatte an der Reform festgehalten.

Als Steinberg eintrat, erhob sich Karin Moser von ihrem Schreibtisch, kam ihm entgegen und reichte ihm die Hand. Sie trug einen hellen Rock und einen blauen Blazer. Steinberg nutzte diese Sekunden, bevor das Gespräch beginnen würde, um sich ein Urteil über sie zu bilden. Eigentlich war es ein Vorurteil, musste er sich eingestehen: Anfang vierzig, ehrgeizig, korrekt, kleinlich, geschieden, zwei Kinder im pubertären Alter, Eigenheim am Stadtrand, langweilig, keine Freude am Sex, Missionarsstellung genügt.

Karin Moser wies ihn zu einem Besprechungstisch und bat ihn, Platz zu nehmen. Etwas unterkühlt sagte sie: „Ich will nicht lange herumreden, lesen Sie sich das durch."

Sie reichte ihm den Ausdruck eines E-Mails.

Schon ein Blick auf den Absender ließ Steinberg ahnen, dass nichts Gutes auf ihn zukommen würde: Republik Österreich. Bundesministerium für Inneres. Bundesamt für Verfassungsschutz und Terrorismusbekämpfung. Sektionschef Dr. Joachim Hengstschläger.

Und seine Befürchtung sollte sich bewahrheiten. Steinberg wurde aufgefordert, auf Wunsch des Innenministeriums unverzüglich seine Lehrtätigkeit zu unterbrechen und bei der Sonderkommission „Bombe Linz" mitzuarbeiten. „Die Leitung der Soko liegt in den Händen von SPK Mag. Karin Moser", stand zu lesen.

Steinberg verfluchte im Stillen den Absender, seinen alten Freund Hengstschläger, wusste er doch, dass gegen diesen Befehl Widerstand zwecklos war. Er legte den Zettel auf den Tisch und blickte auf.

„Sind Sie einverstanden?", fragte Karin Moser in sein Schweigen hinein.

Er nickte.

„Auch damit, dass ich die Soko leite?"

Als habe er ihre Frage nicht gehört, meinte Steinberg: „Wann geht es los?"

„Jetzt", antwortete sie und erhob sich.

Sie geleitete ihn in den angrenzenden Besprechungsraum. „Neue Besen kehren gut", kam Steinberg in den Sinn, als er das Zimmer betrachtete. Die alte Holzeinrichtung, die er noch gekannt hatte, war durch graue Kunststoffmöbel ersetzt worden. Zwei silberfarbene Leinwände glänzten an der Frontseite, an der Fensterseite schirmten schwenkbare Jalousien die Sonnenstrahlen ab. Über die beiden anderen Wände verliefen Aluträger, an denen verschiebbare Glasplatten befestigt waren. Sie waren mit verschiedenen Fotos, Zetteln und Schriftzügen versehen. Groß prangte darüber die Überschrift: „Soko Bombe Linz".

Erst als Karin Moser ihm einen Platz am Tischgeviert anwies und selbst weiter zu dessen Stirnseite ging, richtete Steinberg seinen Blick auf die bereits anwesenden Personen.

„Jetzt ist unsere Soko vollständig. Herr Steinberg wurde uns vom Innenministerium zugeteilt und wird ab sofort unser Team verstärken", begann sie die Sitzung. Dann stellte sie ihm die Mitglieder vor. „Rechts von mir Bezirksinspektorin Gabriele Koch vom SPK Linz, an meiner linken Seite Staatsanwältin Dr. Maria Sailer, dann Chefinspektor Emmerich Hallsteiner vom LKA Oberösterreich, Mag. Burkhard König vom Landesamt Oberösterreich für Verfassungsschutz und Terrorismusbekämpfung, Karl Schmelzer von der Einsatz-, Grenz- und Fremdenpolizeilichen Abteilung, und schließlich der Leiter der Tatortgruppe des Landeskriminalamts Oberösterreich Chefinspektor Paul Leutgeb und Thomas Wanda von SPK Linz."

„Servus Max. Ich dachte, du bist jetzt an der Alma Mater?", ätzte Leutgeb. Die beiden hatten schon bei zahlreichen Fällen miteinander zu tun gehabt.

„Die Katze lässt das Mausen nicht", erwiderte Steinberg.

„Wir verfügen über folgende Fakten", beendete Moser das Geplänkel. Sie deutete auf ein Foto, das einen sympathischen Mann mit hellblonden Haaren zeigte. „Das ist unser Opfer: Universitätsprofessor Peter Schmitt. Er lehrte an der Johannes Kepler Universität Linz Physik, genauer gesagt war er Institutsvorstand des Zentrums für Oberflächen- und Nanoanalytik. Zugleich arbeitete er in der Forschungsabteilung der linz-spinning-company-ltd."

„Was bitte ist eigentlich Nanoanalytik?", fragte der junge Polizist Thomas Wanda.

Seine Chefin schenkte ihm nur einen strengen Blick und fuhr fort: „Er war sechsunddreißig Jahre alt, verheiratet, seine Ehefrau heißt Katharina, seine beiden Söhne Martin und Stefan. Gabi, du hast seiner Frau die Todesnachricht überbracht …"

Als Karin Moser das Wort an Gabriele Koch weiterreichen wollte, musste sie feststellen, dass diese bereits am Sprechen war. Im Flüsterton erklärte sie ihrem jungen Kollegen gerade: „Die Nanotechnologie befasst sich mit der Veränderung von

Materialien durch Atome und Moleküle bis zu einer Größe von 100 Nanometern. Das betrifft vor allem Oberflächen. Sie entwickeln spezielle Materialien, die zum Beispiel schmutzabweisend sind, was schon in der Kleidungs- und Verpackungsindustrie eingesetzt wird. Die Kleinstteile durchdringen die Haut und verteilen sich im gesamten Körper des Menschen. Ob und welche Schäden sie verursachen, ist noch nicht erforscht. Wie bei der Gentechnik, da weiß man auch nicht, was man seinem Körper eigentlich einverleibt."

Als sie aufsah, bemerkte sie, dass ihr nicht nur Thomas Wanda, sondern alle im Raum zugehört hatten. Karin Moser lächelte giftig: „Danke für die Ausführungen, Gabi, doch wir sind hier eine Soko und keine Ökogruppe. Also berichte uns jetzt bitte über die Familie des Opfers."

Gabriele Koch lehnte sich zurück. „Es war schrecklich. Katharina Schmitt ist völlig zusammengebrochen, ich habe gar nichts erfahren, weil sie meine Fragen einfach nicht wahrgenommen hat. Zum Glück waren die Kinder nicht zu Hause. Sie hat dauernd von anderen Familienmitgliedern gesprochen, die man auch über den Tod ihres Mannes informieren müsse, und mich gebeten, ob ich das nicht tun könnte. Das sind ihr Schwager Holger Schmitt und dessen Frau Tamara sowie ihr Schwiegervater Wieland. Die Schwiegermutter ist vor Jahren verstorben. Sie gab mir auch die Telefonnummern und Anschriften. Ich habe also die Verwandtschaft abgeklappert, aber es kam zu keinem Gespräch, alle vertrösteten mich. Sie wollten erst später reden. Und in solchen Situationen nachzuhaken, das werde ich nie können."

Steinberg konnte die junge Polizistin gut verstehen. Die Rolle des Todesengels war eigentlich kaum zu bewältigen. Man platzt mit seiner Hiobsbotschaft mitten in den Alltag fremder Menschen hinein und wirft alles über den Haufen. Das wird niemals zur Routine und greift jedes Mal die eigene Psyche an.

„Kann ich jetzt berichten? Ich muss früher weg", fragte Paul Leutgeb.

Karin Moser nickte.

„Also, die Tatwaffe war eine Sprenggranate M 75, vermutlich aus Beständen der ehemaligen jugoslawischen Armee. Sie wurde im Balkankrieg noch eingesetzt. Die Wirkung ist lokal beschränkt, im nahen Umkreis aber stark genug, um dem Opfer beide Arme, das Gesicht und die Körperhauptschlagader zu zerfetzen, wie es bei Peter Schmitt der Fall war. Der Wagen wurde schwer beschädigt, er explodierte jedoch nicht. Im Wageninneren fand sich eine Menge Geld, ungefähr eine Million in Fünfhundert-Euro-Scheinen, aber es handelt sich um Blüten."

„Gibt es eine Vermutung, woher das Geld stammt oder wo es produziert worden ist?", wollte Burkhard König wissen.

„Genaue Untersuchungsergebnisse bekomme ich noch. Die Experten für Geldfälschung von der Nationalbank haben sich noch nicht zurückgemeldet. Noch etwas zum Tathergang: Beim Eingang zur Arkade auf der Spittelwiese haben wir einen verlassenen Leihwagen gefunden, von dem wir annehmen, dass er vom Täter gefahren wurde. Im Laderaum des Wagens lagen ein großer gepackter Koffer, eine Reisetasche und mehrere Anzüge. Er wollte wohl nach der Tat verreisen, hat es aber nicht zurück bis zum Wagen geschafft. Mit den gefundenen Kopfhaaren und Hautschuppen haben wir genug Material für eine DNA-Analyse. Die Antwort vom Zentrallabor der Innsbrucker Gerichtsmedizin steht noch aus. Mehr haben wir derzeit noch nicht", endete Leutgeb.

Mit einem lässigen Handzeichen meldete sich Chefinspektor Hallsteiner vom Landeskriminalamt zu Wort. „Vermutlich hat er gewusst, dass dieser Eingang in die Arkade nicht videoüberwacht wird. Dafür hat die Sparkassenkamera beim Vordereingang guten Dienst geleistet."

Hallsteiner drückte ein paar Tasten auf seinem Laptop und der Beamer projizierte ein Bild vom Parkplatz entlang des Fußgängerweges der Promenade auf die linke Leinwand. Vor einem roten VW-Golf und einem grauen Toyota steht der weiße Geländewagen des Opfers. Einige Passanten gehen vorüber. Dann nähert sich von links ein Mann mit einem schwarzen Lederkoffer dem Geländewagen. Er trägt einen weißen Kaftan und eine weiße Strickhaube mit rautenförmigem Muster, die bis zu den Ohren reicht. Hallsteiner stoppte den Film. Im Einzelbildmodus zoomte er das Gesicht des Mannes näher. Jetzt war zu erkennen, dass der

Mann an die fünfzig Jahre alt sein dürfte. Beginnend beim Ohrläppchen zieht sich ein Vollbart über die Wangen, der spitz auf der Brust endet. Der Film lief weiter. Der Bärtige ist nach ein paar Schritten beim Auto angelangt, öffnet die Wagentür und steigt ein. „Bis ins Wageninnere hat es die Kamera leider nicht geschafft", kommentierte Hallsteiner die Minuten, als wieder nur der Geländewagen und einige Passanten zu sehen sind. Dann steigt der Bärtige wieder aus, schlägt heftig die Wagentür zu und geht zum Eingang in die Arkade. Jetzt trägt er einen Metallkoffer in der Hand. Kaum ist er im Torbogen verschwunden, detoniert die Granate. Windschutzscheibe und Seitenfenster des Wagens zerbersten, die Wagentüren werden aufgerissen. Am Schluss liegt ein Mann mit auffällig hellen Haaren zusammengesunken über dem Lenkrad.

„Das Video der Kamera vom Eingang zum Sparkassengebäude zeigt in etwa das Gleiche", teilte Hallsteiner mit und ließ die Großaufnahme des bärtigen Mannes auf der Leinwand stehen.

Karl Schmelzer von der Fremdenpolizei machte den Vorschlag, das Gesicht durch sämtliche europäische Polizeiarchive zu jagen. „Auch wenn diese Bärte jetzt schon inflationär sind, hat der Mann ein auffälliges Gesicht. Ich bin mir sicher, dass wir den Burschen in einem Archiv finden."

„Offensichtlich handelt es sich bei der Tat um ein Tauschgeschäft. Geld gegen Ware", meinte Thomas Wanda vom Stadtpolizeikommando Linz. „Die Frage ist nur, um welche Ware es sich gehandelt hat."

„Womit soll ein Universitätsprofessor schon handeln?", vermeldete seine Kollegin Gabi Koch.

Die Soko-Leiterin übernahm nun das Wort: „Informationen. Es können nur Informationen gewesen sein, die der Professor geliefert hat. Und zwar wertvolle. Die verstreuten Geldscheine wurden eingesammelt und gezählt, es war eine Million in Fünfhundert-Euro-Scheinen in dem Koffer. Zwar Falschgeld, aber die Summe ist deswegen nicht weniger beeindruckend."

Jetzt schaltete sich Staatsanwältin Maria Sailer ein. Groß und kräftig gebaut, trug sie ihre schwarzen gekräuselten Haare offen bis auf die Schultern herabfallend. Die Lippen waren grellrot geschminkt. Nach Steinbergs Gefühl hatte sie etwas zu viel Rouge auf den Wangen. Oder doch nicht?

„Gibt es eigentlich Zeugen?" Ihre Stimme war kräftig wie ihr Körper.

Steinberg konnte es nicht leiden, wenn sich die Staatsanwaltschaft wichtig machte. Das war in Deutschland vielleicht in Ordnung, aber in Österreich sollten es die Staatsanwälte der Tradition gemäß und seiner Ansicht nach beim Zuhören bewenden lassen. Maria Sailer hielt sich nicht daran.

„Warum nur, warum", summte Steinberg jenes Lied, mit dem Udo Jürgens 1964 den sechsten Platz beim Eurovision Song Contest erreicht hatte. Karin Moser strafte ihn mit einem strengen Blick, worauf Steinberg seinen musikalischen Ausbruch grinsend beendete. „Die wichtigste Zeugin ist bereits am Anfang des Einsatzes zu mir gekommen und hat mir das Aussehen des Mannes geschildert. Aufgrund ihrer Täterbeschreibung habe ich ja Terroralarm gegeben."

Hallsteiner knurrte. „Vielleicht war sein Auftritt ein Maskenball."

„Vielleicht ist er ein als Salafist verkleideter Salafist", kommentierte Steinberg.

„Der Herr Oberst ist heute besonders lustig", schnauzte ihn die Staatsanwältin an und wandte sich dann an Karin Moser: „Deine Entscheidung war schon okay. Und wir werden unsere Ermittlungen in diesem Kreis von Verdächtigen fortsetzen."

Steinberg fand langsam Gefallen an der Staatsanwältin. Ihre herbe, direkte Art lag ihm. Diplomatie schien ihr fremd zu sein, was in der schleimigen und komplizierten Struktur der „neuen" Polizei wohltuend war.

Bevor Soko-Leiterin Karin Moser zum Ende der Sitzung kam, merkte Thomas Wanda noch an: „Heute haben die Geschäfte wieder offen. Daher können wir jetzt die Angestellten befragen."

Karin Moser erhob sich. „Die Aufgabenverteilung: Kollege Leutgeb, der ja schon gegangen ist, wird uns die Untersuchungsergebnisse zum Falschgeld und der DNA bringen. Hallsteiner, Sie durchkämmen nochmals die Arkade. Ich brauche die Aussagen aller Geschäftsbesitzer. Thomas Wanda wird Sie dabei unterstützen. Herr König, Sie setzen die Durchforstung der salafistischen Szene in Linz und Linz-Land fort. Sie haben ja beim Landesamt Oberösterreich für Verfassungsschutz und Terrorismusbekämpfung das meiste Material über diese Szene. Gabriele, du holst die Aussagen der Verwandtschaft des Opfers ein. Herr Steinberg begleitet dich. Und Sie, Herr Schmelzer, Sie fahren zum Flüchtlingslager in der Postgarage und sehen sich dort um. Danke, das war's fürs Erste. Wir sehen uns um sechzehn Uhr wieder."

Sie lächelte Steinberg zu: „Ist das für Sie in Ordnung, Herr Oberst Steinberg?"

Freundlich antwortete er: „Aber selbstverständlich, Frau Leutnant!"

Dabei hielt er es für den größten Schwachsinn, den Täter bei den Kriegsflüchtlingen aus Syrien und Afghanistan zu suchen. Das leer stehende Postgebäude am Hauptbahnhof diente als Notquartier für etwa eintausend Schutzsuchende. Die Stadt Linz hatte es zu diesem Zweck geöffnet und soziale Einrichtungen und Freiwillige betreuten die Menschen in dem Massenquartier. Die meisten Flüchtlinge reisten nach ein paar Tagen weiter Richtung Deutschland und neue trafen ein. Dass der Täter dieses Lager als Versteck gewählt haben sollte, war für Steinberg völlig unrealistisch, da dort kein Millimeter Privatsphäre möglich war. Er sah in dem Auftrag, dort Ermittlungen zu unternehmen, eine bloße Wichtigtuerei der Stadtpolizeikommandantin.

5.

Montag, 31. Oktober, 13.00 Uhr

„Wie heißt du?"
„Ali Bagdar."
Ein Faustschlag traf ihn in der Magengegend.
„Diesen Namen hast du vielleicht auf den Mietvertrag deines Leihwagens geschrieben. Aber so heißt du nicht. Also, wie heißt du?"
Er schwieg.
Der Mann mit der tiefen Stimme forderte ihn nochmals auf: „Ich will wissen, wie du heißt!"
Als er wieder nicht antwortete, krachte eine Faust in sein Gesicht. Ivica schrie auf. Seine Lippen waren aufgeplatzt und sein angeklebter Bart verrutscht. Sofort zog sein Peiniger an den schwarzen Haaren. Ein glatt rasiertes Gesicht kam zum Vorschein.
„Nix Muselmann. Du Tschusch aus Krawatien", spottete der andere Mann, „wir wissen alles über dich. Wie du heißt, wo du wohnst, für wen du arbeitest."
„Ich heiße Boris Dadić, wohne in Zagreb und arbeite für die dortigen Verkehrsbetriebe als Busfahrer. Familie habe ich keine."
„Nein, du lügst. Du heißt Ivica Bobić, wohnst in einem Einfamilienhaus in Crikvenica in der Nähe von Rijeka. Du bist verheiratet und hast zwei Söhne und zwei Enkelkinder. Willst du noch mehr über dich wissen?"
Bobić schwieg. Er versuchte seine Überraschung zu verbergen. Wieso wussten die beiden so genau über ihn Bescheid?
„Außerdem wissen wir, dass in deinem Koffer Betriebsgeheimnisse aus der Stoffbranche liegen. Oder etwa nicht?"
Bobić schwieg.
„Dann werden wir einmal nachschauen und das Schmuckkästchen öffnen."
Er hörte, wie der Koffer zurechtgerückt wurde. Jetzt brach er sein Schweigen und schrie entsetzt auf: „Nein! Nicht am Schloss

drehen! Der Koffer ist mit einem Sprengsatz versehen!" Bobić hatte zwar keine Ahnung, ob dies tatsächlich zutraf, aber der Blonde hatte es gesagt.

Die tiefe Stimme fragte: „Glaubst du, unser Herr Bobić lügt schon wieder?"

„Wir können ja ihn den Koffer öffnen lassen."

„Gute Idee. Komm!"

Bobić wurde an der Hand gepackt und etwa fünfzig Schritte weit geführt. An einer Hand wurden die Handschellen geöffnet und stattdessen an einem Haken befestigt, der aus der Wand herausragte. Bobić gewann dadurch etwas Bewegungsfreiheit.

„Jetzt kannst du deine Mütze abnehmen."

Ivica Bobić erschrak zunächst über die Clownmasken der beiden Männer. Der eine, der den Koffer in der Hand hielt, war fast zwei Meter groß und gut durchtrainiert. Dann ließ Bobić seinen Blick durch seinen Aufenthaltsort wandern. Ein etwa fünfzig Meter langer, dreißig Meter breiter und zehn Meter hoher Stollen, die Wände aus Sandstein. Der Boden war asphaltiert, vereinzelt waren größere Stücke Asphalt herausgebrochen. Eine derartig gigantische Höhle hatte er noch nie gesehen. Jedes Geräusch wurde von den Seitenwänden und vom Plafond mit einem leichten Hall zurückgeworfen, wie in einer Kathedrale oder einem Konzertsaal. Auf Stühlen müssten hier an die eintausend Menschen Platz finden. Mit Drahtgeflecht geschützte Rundlampen, die sich im Abstand von etwa fünf Metern über die Wände zogen, gaben ein gespenstisches Licht. Durch diese Art Lichterkette wirkte die Halle noch größer. Von der Decke hingen an langen Kabeln schirmförmige Beleuchtungskörper. Am Boden neben sich entdeckte er eine Wasserflasche. Eine unglaubliche Szenerie dachte Bobić.

„Hier hast du den Koffer. Öffne ihn erst, wenn du mich nicht mehr siehst."

Eine Pistole auf Bobić gerichtet, ging der Mann langsam Schritt um Schritt rückwärts. Es dauerte endlos lange, bis er das Ende der Halle erreicht hatte und in einem Verbindungsstollen verschwand.

Ivica Bobić setzte sich auf den Boden. Um glaubwürdig zu sein, durfte er auf keinen Fall versuchen, den Koffer zu öffnen.

Oder sollte er doch auf Nummer sicher gehen und die Zahlenkombination ins Spiel bringen? Während er noch nachdachte, hörte er wieder Schritte. Der Zwei-Meter-Mann trat in den Raum vor.

„Koffer weit weg. Dann lehne dich sitzend an die Wand. Bei der kleinsten Bewegung lege ich dich um."

Mit der Pistole in der linken Hand ging er ganz langsam auf Bobić zu.

„Du hast uns schon wieder angelogen. Beim Öffnen des Koffers ist gar nichts passiert."

Erst ein paar Schritte vor Bobić sah der Riese, dass der Koffer noch geschlossen war.

„Du hast es gar nicht versucht?"

Bei jedem Wort, dass er schrie, trat er ihm in den Bauch: „Warum – hast – du – den – verdammten – Koffer – nicht – geöffnet?"

Bobić krümmte sich vor Schmerzen, aber kein Ton kam über seine Lippen, nicht einmal ein Stöhnen.

Nun trat auch der andere Mann dazu und nahm den Koffer. Er begutachtete ihn von allen Seiten. „Da ist ein Ziffernschloss. Kann das sein, dass man mit einem Code die Bombe entschärfen und den Koffer öffnen kann?"

Bobić schwieg immer verbissener. Er ahnte, was auf ihn zukommen würde. Doch er würde nichts verraten, keinen Ton mehr von sich geben. Wieder trat ihm der große Mann in den Bauch. „Wie lautet die Ziffernkombination?" Noch ein Fußtritt. „Wie lautet die Ziffernkombination?" Fußtritt um Fußtritt traf ihn mit voller Wucht im Bauch, bis er das Bewusstsein verlor.

6.

Montag, 31. Oktober, 13.15 Uhr

„Die Chefin hat uns aufgetragen, dass wir zunächst Ihre Ausrüstung holen sollen, bevor wir zu den Angehörigen fahren", meinte Bezirksinspektorin Gabriele Koch und drückte den Knopf für das Kellergeschoß. Der Lift setzte sich in Bewegung. Steinberg wusste, dass Widerstand zwecklos war, und enthielt sich eines Kommentars.

Ein etwa dreißig Jahre alter Polizist mit brünetten, mit Gel zurückfrisierten Haaren begrüßte ihn. Steinberg erinnerte sich an das Gesicht, doch bevor er noch in seinem Gedächtnis nach dem Namen suchen konnte, stellte sich der junge Mann bereits artig als Inspektor Peter Obermüller vor.

„Das Übliche? Die Glock mit den siebzehn Schüssen?"

Steinberg nickte, obwohl er überzeugt war, keine Pistole zu benötigen.

Inspektor Obermüller suchte Stück um Stück der offiziellen österreichischen Polizeiausrüstung zusammen, von der schusssicheren Weste über den Stahlhelm, die Winteruniform samt gefütterten Stiefeln bis zu Kompass und Dosenöffner. Mit geübten Griffen schlichtete er alles in einen übergroßen Seesack und händigte diesen Steinberg aus.

„Hier ist Ihr Diensthandy. Ich hoffe, Ihnen gefällt der Klingelton, den habe ich ausgesucht. Und jetzt noch das Dienstauto. Kommen Sie bitte mit, Herr Oberst."

„Ich brauche keinen Dienstwagen. Diese junge Dame an meiner Seite bringt mich überall hin", erwiderte Steinberg.

Gabriele Koch sah ihn unsicher an. Sie wusste nicht recht, ob das ernst oder als Scherz gemeint war. Doch Steinberg schulterte seine Ausrüstung und forderte sie auf: „Kommen Sie, Frau Bezirksinspektorin. Wo steht Ihr Wagen?"

„Ich habe keinen eigenen Dienstwagen, aber wir können ein Bereitschaftsauto nehmen."

In einem silbergrauen Kombi fuhren sie über die Nibelungenbrücke Richtung Urfahr. Dieser nördlich der Donau gelegene Teil von Linz war früher eine eigene Stadt gewesen, eine Eingemeindung hatte dieses Privileg beendet. Die vierzigtausend Bewohner bezeichnen sich aber nach wie vor großteils stolz als Urfahraner.

„Wo wohnen diese Schmitts?", fragte Steinberg.

„In der Gartenstadt Puchenau, Kastanienweg drei. Das sind nur ein paar Kilometer", antwortete Koch.

„Ich weiß schon, wo die Gartenstadt liegt."

Den Rest der Fahrt herrschte Schweigen. Gabriele Koch ärgerte sich über Steinbergs herrische und unfreundliche Art. Musste sie diesen alten missmutigen Typen wirklich kommentarlos ertragen? Ja, sie musste, und das wusste sie genau. Polizistin sein heißt auch, die Hackordnung einhalten.

In der Golfplatzstraße parkte sie den Wagen.

„Jetzt fehlt uns noch ein kurzer Spaziergang."

Zwischen zwei grauen Betonwänden hindurch gingen sie zum Kastanienweg. So grün der Name Gartenstadt Puchenau klang, so beeindruckend war die Anhäufung von Stahlbetonwänden, auf die man beim Durchqueren dieses Wohnlabyrinths stieß. Die Mauern der Häuser, die Einzäunung der Gärten, die Umfriedung der Müllsammelstellen, alles war aus Beton gebaut und rechtwinkelig. In den sechziger Jahren hatte ein Wiener Architekt die Idee zu dieser Stadt in der Stadt gehabt, die heute mehr als 1000 Wohneinheiten umfasst.

„Kastanienweg drei. Wir sind hier", verkündete die Polizistin und läutete.

Eine etwa dreißigjährige Frau öffnete. Ihr schmales Gesicht wurde von brünetten, kurz geschnittenen Haaren gerahmt, ein bodenlanges dunkelblaues Hauskleid hing von ihren knochigen Schultern herab. Steinberg verband ihre Gestalt unweigerlich mit Magersucht.

Die Frau erkannte die Polizistin und winkte, ohne ein Wort zu sagen, die beiden herein. Sie gingen durch ein unaufgeräumtes Vorzimmer voller Kinderspielzeug ins Wohnzimmer, das mit den teuersten Designermöbeln eingerichtet war. Auf einer Rolf-Benz-Sitzgruppe nahmen sie Platz.

„Mein aufrichtiges Beileid, Frau Schmitt", eröffnete Steinberg das Gespräch.
Die Frau nickte nur, sie kämpfte offensichtlich gegen Tränen an.
„Ich weiß, wie schwer es für Sie ist, darüber zu sprechen, aber wir müssen Ihnen einige Fragen stellen", erklärte er und versprach, „es wird nicht lange dauern."
Wieder nickte sie.
„Ihr Mann war am Samstagvormittag allein in die Stadt gefahren. Wissen Sie, warum?"
„Er ist immer zum Südbahnhofmarkt gefahren, um die Lebensmittel für das Wochenende einzukaufen."
„Ist Ihnen an Ihrem Mann in letzter Zeit irgendetwas Ungewöhnliches aufgefallen?"
„Nein. Er war wie immer."
„Gab es irgendeine Veränderung in Ihrem gemeinsamen Leben?"
Nach einer längeren Pause antwortete sie: „In den letzten Wochen ist er am Abend länger als üblich im Institut geblieben. Auf meine Frage diesbezüglich antwortete er, dass er mit seinen Forschungen vor dem Durchbruch stehen würde und jetzt dranbleiben müsse."
„Woran forschte er?"
„Er entwickelte einen neuen Nanostoff für die Spinnerei, also eine vollkommen neue Art von Faden."
„Können Sie sich erklären, warum Ihr Mann eine Million Euro im Auto liegen hatte?"
„Wie bitte?", fragte sie völlig überrascht.
„Ihr Mann hatte so viel Geld im Auto, als die Detonation erfolgte. Allerdings war es Falschgeld. Es befand sich in dem Koffer, den der Attentäter Ihrem Mann übergeben hat."
Katharina Schmitt hob die Hände vors Gesicht, legte die Daumen an die Backenknochen, die kleinen Finger drückte sie gegen ihre fest geschlossenen Augenlider. Tränen rannen über ihre Wangen. Sie stand auf, ging zur Glasfront und blickte in den von Betonmauern eingegrenzten Garten. Auch in der Wiese lag buntes Spielzeug herum. Steinberg fielen zwei Sauerstoffflaschen

auf, von denen dünne Schläuche weggingen und mit je einer Beatmungsmaske verbunden waren. Sie waren in kleinen Plastikwägen befestigt, sodass man sie mit sich führen konnte. Die Kinder hatten anscheinend Schwierigkeiten mit Herz oder Lunge, aber Steinberg wollte zu diesem Zeitpunkt nicht danach fragen.

Es verging eine lange Zeit, dann antwortete sie: „Das ergibt keinen Sinn. Wir haben alles zum Glücklichsein: die Zwillinge, dieses große Reihenhaus, zwei Autos, ein kleines Bauernhaus im Mühlviertel. Peter hatte zwei hohe Gehälter. Wozu sollten wir so viel Geld brauchen?"

„Für den gepackten Koffer und die Reisetasche samt Anzügen im Auto haben Sie auch keine Erklärung? Und jene zwei Koffer, die offensichtlich Ihren Kindern gehören?"

Sie schüttelte den Kopf.

„Vielleicht hatte er ein Geheimnis vor Ihnen", warf Gabriele Koch ein. Sie hatte das Gefühl, auch etwas sagen zu müssen, wurde aber sogleich von Steinberg mit einem verächtlichen Blick gestraft.

„Die Kollegin meint, dass er vielleicht ein weiteres Forschungsprojekt finanzieren wollte."

„Er brauchte nichts privat finanzieren, für die Arbeit an der Universität hatte er immer genügend Sponsoren, damit war der Aufwand gedeckt."

„Sie erwähnten, Ihr Mann hatte zwei hohe Gehälter."

„Er war Leiter der Forschungsabteilung der Firma linz-spinning-company-ltd und Institutsvorstand an der Linzer Kepler Universität. Sie können sich also vorstellen, dass wir keine finanziellen Sorgen haben."

Nach einer kurzen Pause fragte sie: „Können wir jetzt Schluss machen? Die Zwillinge kommen gleich von der Schule nach Hause."

„Eine Frage hätte ich noch", wagte Gabriele Koch einen neuen Versuch und übersah geflissentlich, wie Steinberg verärgert den Kopf wandte. „Wie lange kannten Sie Ihren Mann?"

„Wir haben uns schon in der Gymnasialzeit in einer Tanzschule kennengelernt."

„Wie lange ist das her?"

„Fünfzehn Jahre."

„Haben Sie Ihren Mann nach so langer Zeit noch geliebt?"

Katharina Schmitt sah die Polizistin nur verständnislos an, und bevor die Peinlichkeit der Frage richtig spürbar werden konnte, erhob sich Steinberg, bedankte sich für das Gespräch und verabschiedete sich mit dem Hinweis, dass er ein andermal wieder kommen würde.

Seine Kollegin würdigte er keines Blickes, während er zügig durch den Vorraum Richtung Haustür ging. Auch auf dem Weg zum Auto drehte er sich nicht um. Gabriele Koch folgte ihm mit großem Abstand und öffnete mit der Fernbedienung den Wagen. Als er eingestiegen war, zündete sich Steinberg sofort eine Zigarette an. Sie erhielt den Namen „Wahnsinn", angelehnt an den gleichnamigen Song von Wolfgang Petri, der seit der Frage seiner Kollegin in seinem Kopf im Kreis lief: „Wahnsinn, warum schickst du mich in die Hölle, eiskalt lässt du meine Seele erfrier'n!" Nach zwei tiefen Lungenzügen hatte er sich etwas beruhigt und sagte kühl: „Frau Koch, sollten wir wieder einmal ein Verhör mit einem nahen Angehörigen eines Opfers machen, dann ersuche ich Sie, keinerlei Fragen zu stellen. Ist das klar?"

Sie nickte.

„Wie hießen die anderen Verwandten?", fragte Steinberg.

„Wir haben noch den Bruder Holger und Wieland, den Vater des Opfers. Beide wohnen am Bauernberg."

„Sind Sie über unser Kommen informiert?"

Sie nickte.

„Gut, dann fahren wir jetzt zum Bruder."

„Es kann sein, dass er in der Firma ist. Ich rufe lieber an."

Sie holte ihr Handy aus der Brusttasche ihrer Uniform und schaltete die Lautsprecherfunktion ein.

„Schmitt!", meldete sich eine resolute Stimme.

„Guten Tag, Herr Schmitt. Hier spricht Bezirksinspektorin Koch. Wie angekündigt würden Herr Oberst Steinberg und ich Ihnen gerne einige Fragen zum Tod Ihres Bruders stellen."

„Ich bin in den nächsten zwei Stunden noch in der Firma, Sie können gerne hierher kommen."

„Gut, dann kommen wir gleich zu Ihnen. Danke."

Sie legte auf und sah Steinberg an.

„Ich hatte gehofft, ich hätte es deutlich formuliert. Nicht wir, sondern *ich* würde Herrn Schmitt gerne befragen. Haben Sie verstanden? Ich stelle die Fragen!", herrschte er sie an.

Gabriele Koch kniff die Lippen zusammen, nickte und konzentrierte sich auf den Verkehr. Sie lenkte den Wagen auf die Puchenauer Bundesstraße. Sie kochte innerlich und umklammerte das Lenkrad derart fest, dass ihre Knöchel weiß wurden.

Steinberg war zwar noch immer sehr verärgert, wunderte sich aber mittlerweile selbst über seine grantige, barsche Art. Es lag wohl an der gesamten Situation, und nicht nur an dieser Gabriele Koch. Statt im Hörsaal zu stehen, fuhr er im Auftrag einer Frau Leutnant mit einer Anfängerin in einem alten Polizeiwagen durch die Stadt und führte Interviews. Als Oberst stand er in der Rangordnung Dienstklassen über dieser Karin Moser, und seiner internationalen Erfahrung konnte sie gerade einmal ihre Erlebnisse als Stadtpolizistin in Gallneukirchen entgegenhalten.

Steinberg wurde durch die Melodie des Radetzkymarsches aus seinen Gedanken gerissen. Sein Telefon läutete. „Ich hoffe, Ihnen gefällt der Klingelton", äffte eine Stimme in seinem Kopf den jungen Polizisten nach.

„Steinberg."

„Hier spricht Chefinspektor Weiss. Herr Oberst, entschuldigen Sie die Störung, aber wir haben einen Wohnungseinbruch in einem Privathaus in St. Magdalena."

„Ist schon recht, aber was hat das mit mir zu tun?"

„Wir brauchen den Kombi. Sonst kommen wir nicht zum Tatort."

„Heißt das jetzt ...?"

„Ja, es tut mir leid, genau das heißt es. Sie müssten uns bitte den Wagen zurückbringen. Die Sparmaßnahmen sind einfach haarsträubend."

Zur großen Überraschung für den Anrufenden und vor allem für Gabriele Koch antwortete Steinberg völlig ruhig: „Geht in Ordnung. Frau Koch bringt den Wagen sofort ins Präsidium."

Nachdem er das Telefon wieder eingesteckt hatte, forderte er seine Kollegin auf: „Lassen Sie mich beim neuen Rathaus aussteigen und fahren Sie dann mit Blaulicht ins Präsidium." Auf ihren fragenden Blick hin ergänzte er: „Die Kollegen brauchen den Wagen."

7.

Montag, 14. November, 10.00 Uhr

Meine sehr geehrten Damen und Herren. Mein Name ist Josef Mayr. Ich bin Linzer, fünfundsiebzig Jahre alt und darf Sie zu dieser Führung durch die Linzer Unterwelt, wie das gigantische Stollensystem genannt wird, herzlich begrüßen. Wir werden etwa eineinhalb Stunden unterwegs sein. Wie ich sehe, haben Sie alle unsere Warnung befolgt und wärmere Kleidung angezogen. Es erwartet uns nämlich eine Temperatur von lediglich zehn Grad Celsius bei einer extrem hohen Luftfeuchtigkeit. Daher wurden Stollen in dem Berg seit Jahrhunderten als Kühlräume genutzt. Gemüse, Obst und aus der Donau geschnittene Eisblöcke für die Eiskästen der Linzer wurden von den Geschäftsleuten hier eingelagert. Besonders wichtig waren diese Keller für die Lagerung von Bierfässern. Linz war einmal die Bierhauptstadt der Donaumonarchie.

Die Taschenlampen benötigen wir, da einzelne Teile der Stollen nicht beleuchtet sind. Ich ersuche Sie, sich einen Schutzhelm aus dem Kasten dort zu nehmen und ihn zu Ihrer Sicherheit während der gesamten Führung zu tragen. Sollte jemand an Klaustrophobie leiden, bitte ich darum, von der Führung Abstand zu nehmen. An die besonders Unerschrockenen richte ich wiederum die Aufforderung: Machen Sie keine Alleingänge, bleiben Sie immer bei der Gruppe, die Gefahr, dass Sie sich in diesem Labyrinth hoffnungslos verirren, ist groß.

Wir befinden uns hier im Aktienkeller. An dieser Stelle reichen die Grabungen bis in die Römerzeit zurück. Der Name stammt von der Brauerei, die hier bis 1923 noch Bier erzeugt hat. Das gesamte Linzer Stollensystem weist neunzehn Anlagen mit einer Gesamtlänge von vierzig Kilometern auf, vierzehn davon sind heute noch begehbar. In der Linzer Altstadt, unter Bauernberg, Freinberg und Schlossberg wurden die großen Kelleranlagen zu Schutzräumen ausgebaut. Allein im Gebiet des Bauernberges wurde bis zum Jahr 1944 Platz für über 21.000 Menschen geschaffen. Die einzelnen Stollen wurden durch Gänge miteinander verbunden und wegen der immer größeren Bedrohung durch Luftangriffe zu Luftschutzstollen ausgebaut. Als die Flugzeuge der Alliierten von Italien aus starten konnten, war die Anflugzeit der Bomber natürlich plötzlich viel geringer. Diese Bedrohung bewog Adolf Hitler, sich für den Schutz der Linzer Zivilbevölkerung einzusetzen, hatte er doch in Linz die Schule besucht und die Stadt zu einer der fünf Führerstädte erklärt. So erfolgte der Ausbau der Stollen sehr rasch, verantwortlich dafür war Reichsführer der SS und Innenminister Heinrich Himmler.

Hier im Aktienkeller fanden zehntausend Menschen Schutz. Der Sandstein machte den Raum im wahrsten Sinne des Wortes „bombensicher". Durch die enorme Raumhöhe war am Anfang des Stollens Platz für den Gemeindefuhrpark, für Feuerwehrautos, Rettungsfahrzeuge des Roten Kreuzes. Hier befanden sich neunzehn Wohnstollen mit sanitären Anlagen. Nach der Bombardierung des Steyr-Daimler-Puch-Werkes in Steyr-Münichholz wurde dessen Kugellagerproduktion hier untergebracht. Am Boden sehen Sie noch die betonierten Standplatten für die Maschinen. Im gegenüberliegenden Zentralkeller erzeugte man Blechteile für Panzer. Die Decknamen für die beiden Produktionsstätten lauteten „Moräne" und „Heilbutt". So beeindruckend diese technischen Leistungen sind, dürfen wir nie vergessen, dass sie im Dienste eines Krieges standen, der ganz Europa ins Unglück gestürzt hat. Außerdem müssen wir uns immer daran erinnern, wer diese Stollen gebaut hat: Für die Anlagen unter dem Bauernberg wurden Häftlinge aus dem Konzentrationslager Mauthausen eingesetzt. Die ausgemergelten Menschen mussten im Stollen leben und schwerste körperliche Arbeit verrichten, sie sahen kein Tageslicht und starben an Unterernährung, Krankheit, durch Unfälle und Misshandlung durch SS-Schergen.

Wir durchqueren jetzt die ehemalige Fabrikanlage, die nach dem Krieg für eine Champignonzucht genutzt wurde, und gehen durch den Verbindungsstollen in Richtung Limonikeller, das eigentliche Ziel unserer Führung. Der Name existiert schon lange und bezieht sich auf die Zitronenbäume, die früher vor dem Kellereingang wuchsen. Der Zufahrtsweg erhielt den Namen Limonigasse. Direkt über uns liegt der Botanische Garten.

Der lange Gang ist spärlich beleuchtet, bitte Vorsicht. Verwenden Sie die Taschenlampen, der Boden ist uneben. Und bleiben Sie als Gruppe beisammen. Wer geht zuletzt? Sie? Gut mein Herr. Also los!

8.

Montag, 31. Oktober, 14.30 Uhr

Steinberg durchquerte mit wenigen Schritten die Arkaden des Neuen Rathauses. Dieser unförmige Klotz aus Betonfertigteilen war im Jahr 1985 eröffnet worden und seine Hässlichkeit wurde nur sehr zaghaft von einigen Pflanzen in Betonschalen gemindert. Schmucklos und billig besetzte dieser Bau einen wunderschönen Platz direkt an der Donau bei der Nibelungenbrücke.

Durch eine Fußgängerunterführung gelangte Steinberg zur Haltestelle der Straßenbahnlinie eins. Lange Zeit hatte es in Linz nur eine Straßenbahnlinie gegeben, und die neuralgischen Punkte der Stadt waren entlang von deren Schienen aufgefädelt, weshalb manche nicht von „Linz an der Donau", sondern von „Linz an der Tramway" sprachen. Heute folgt die Linie eins dieser fünfzehn Kilometer langen Spur von der Universität bis in den Stadtteil Auwiesen.

Max Steinberg genoss die Fahrt. Es war schon lange her, dass er so quer durch seine Heimatstadt gefahren war. Bei der Haltestelle Ebelsberg stieg er aus, ging etwa einen halben Kilometer in Richtung Traun-Fluss und stand dann vor der glatten Fassade des Hauptgebäudes der linz-spinning-company-ltd.

Die Empfangsdame bat ihn, auf einem der Fauteuils Platz zu nehmen und griff zum Telefonhörer. Wenige Minuten später kam ein blasser mittelgroßer Mann die Treppe herab. Seine Kleidung machte dezent, aber dennoch unübersehbar seine hohe Stellung in der Firma deutlich.

„Holger Schmitt", stellte er sich vor und reichte Steinberg die Hand.

„Max Steinberg. Mein Beileid."

Der Mann nickte und lud ihn ein, ihm in den ersten Stock zu folgen. Vorbei am Sekretariat gelangten sie ins Chefbüro. Der Schreibtisch, Bürokästen und Wandpaneele waren aus Mahagoniholz, ebenso der Besprechungstisch, den zudem ein elfenbeinernes eingelegtes Schachbrett zierte. Die Einrichtung wirkte zwar gediegen, aber in gleicher Weise antiquiert. Sie nahmen in schweren Ledersesseln Platz.

„Kaffee?"

„Gerne, wenn ich rauchen darf."

„Selbstverständlich", erwiderte Schmitt.

Nachdem die Sekretärin die beiden Espressi serviert hatte und der Kaffeeduft durch das holzvertäfelte Büro zog, zündete Steinberg seine Zigarette an. Er nannte sie „Mahagoni". Schmitt bemerkte den wandernden Blick seines Gegenübers.

„Mein Großvater hatte eine Vorliebe für diese Holzart. Mit der Zeit gewöhnt man sich daran."

„Seit wann sind Sie Vorstandsvorsitzender der linz-spinning-company-ltd?"

„Seit drei Jahren. Mein Vater hat an seinem siebzigsten Geburtstag die Firmenleitung an mich übergeben. Er stand vierzig Jahre an der Spitze des Unternehmens. Ich besitze sechzig Prozent, mein verstorbener Bruder vierzig."

Steinberg horchte auf. Dass ihr Mann auch Miteigentümer der Firma war, hatte Katharina Schmitt nicht gesagt.

„Wir haben Zweigbetriebe in Bludenz, in Zagreb, in Algier und in Chengdu in China."

„Warum an Sie und nicht an Ihren Bruder?"

„Ich bin der Ältere. Mein Vater ging stur nach der Erbfolge, obwohl Peter das Herz der Firma war."

„Warum?"

„Er war schon als Student ein Wissenschaftler von höchstem Rang. Der beste in seinem Fach. Zusätzlich zu seinem Universitätsinstitut verfügte er in unserer Firma über ein bestens ausgerüstetes Labor. Er war führend auf dem Gebiet der Nanotechnologie. Seine Forschungen ermöglichten die Herstellung von Materialien mit völlig neuen Qualitäten. Dadurch wurden Dinge möglich, die bis dahin undenkbar gewesen waren. So konnte unsere Firma als eine der ersten einen Nanostoff auf den Markt bringen, der jede Form von Schmutz dauerhaft abweist. Damit revolutionierte die linz-spinning-company-ltd die gesamte Bekleidungsindustrie."

Nach einer Weile fuhr er nachdenklich fort: „Peter war in allen Bereichen ein Wunderkind. Er spielte bereits als Fünfjähriger fantastisch Klavier, konnte schon lange vor Schuleintritt lesen und schreiben. Er durchlief alle Schulstufen bis zur Matura mit ausgezeichnetem Erfolg und promovierte an der Linzer Uni summa cum laudis. Dazu war er noch sportlich begabt. Er spielte mit vierzehn Jahren in der oberösterreichischen Liga Tennis und war jahrelang Torschützenkönig bei unserem Fußballverein Donau Linz."

Max Steinberg verfolgte die Bewegungen seines Gegenübers genau. Immer wieder strich sich dieser mit der linken Hand sein schütteres Haar zurecht. Nachdem er sich das Sakko aufgeknöpft hatte, kam ein Wohlstandsbäuchlein zum Vorschein.

„Waren Sie neidisch auf Ihren Bruder?"

„Nein. Ich war um fünf Jahre älter, aber wir haben vieles gemeinsam gemacht. Ich habe auch Tennis und Fußball gespielt, und mein Instrument war die Gitarre. Eine Zeitlang habe ich in einer Jugendband gerockt. Ich hatte keinen Grund, auf ihn neidisch zu sein. Als unser Vater mich zum Generaldirektor machte und nicht ihn, war unser Verhältnis kurze Zeit ein wenig gespannt. Klassische Erbfolge nannte er das. Peter wurde Leiter der Forschungsabteilung und unser Vater bot ihm neben den vierzig Prozent ein fürstliches Gehalt. Zum Prokuristen ernannte er Gernot Gutt, damit war die Firma gut aufgestellt."

„Wie würden Sie Ihren Bruder beschreiben?"

„Als auffällig gutaussehend mit sportlicher Statur. Als auffällig beliebt bei den Frauen. Als auffällig erfolgreich als Wissenschafter. Alles an ihm war auffällig. Er war ein Glückspilz in allen Lebenslagen."

„Warum wird so jemand umgebracht?", fragte Steinberg.

Schmitt zuckte mit den Achseln. Als er antwortete, zitterte seine Stimme: „Ich weiß es nicht. Das ist mir vollkommen unerklärlich."

Steinberg rückte seinen Sessel näher zum Tisch und beugte sich etwas vor. Seine nächste Frage stellte er sehr leise: „Können Sie sich erklären, warum Ihr Bruder eine Million Euro in Fünfhunderter-Scheinen im Auto hatte, als er in die Luft gesprengt wurde?"

„Wie bitte?"

Ruhig wiederholte Steinberg seine Frage.

Schmitt hielt seinen Zeigefinger vor die Lippen, schüttelte mehrmals den Kopf. Dann nahm er die Kaffeetasse und rührte gedankenverloren um, obwohl er das zuvor schon getan hatte. Minutenlang war nur das Klirren des Löffels am Porzellan zu hören. Schließlich antwortete er: „Nein. Ich kann mir das nicht erklären. Warum sollte Peter so viel Geld mit sich führen? Wenn er eines nicht hatte, dann waren es Geldsorgen. Er verdiente sowohl als Laborleiter als auch an der Universität äußerst gut. Außerdem gehörten ihm ja vierzig Prozent der Firmenaktien. Die Dividenden der letzten Jahre waren trotz Krise enorm hoch. Er hatte also sicher genug Geld. Aber warum er eine Million in bar bei sich gehabt haben soll, das ist mir unerklärlich."

Er verschränkte seine Hände, stützte die Ellbogen auf den Tisch und schüttelte immer wieder den Kopf.

„Vielleicht wollte er etwas kaufen?", meinte Steinberg und verheimlichte weiterhin, dass es sich um gefälschte Geldscheine gehandelt hatte.

„Wie ich schon sagte, ich weiß es nicht."

„Woran hat Ihr Bruder zuletzt geforscht?"

„Ich habe keine Ahnung, er hat nie darüber geredet."

„Wie war sein Familienleben?"

„Was hat das mit dem Mord zu tun?"

„Reine Routine."

„Katharina und er waren ein glückliches Paar. Die Zwillinge sind zwar krank, aber sie kommen gut zurecht damit. Alle mitsammen waren das, was man eine Vorzeigefamilie nennt."

„Nach außen hin?"

„Wie meinen Sie das?"

„So wie ich es sage. Mir sind schon viele Familien untergekommen, da war nach außen hin alles eitel Wonne. Hinter der Fassade sah es dann ganz anders aus. Ein Ehepartner hatte ein Verhältnis, manche Männer versorgten sogar eine Zweitfamilie. Ein schauriges Doppelleben, finden Sie nicht?"

„Ich versichere Ihnen, bei Peter war das nicht so. Die beiden führten tatsächlich ein ideales Eheleben."

„Danke. Wenn ich noch etwas wissen will, rufe ich Sie wieder an."

Steinberg erhob sich und gab Schmitt die Hand.

„Nochmals mein Beileid. Ich weiß, diese Fragerei ist unmittelbar nach dem tragischen Tod eines Familienmitglieds extrem grausam, aber es muss sein. Wir wollen den oder die Mörder Ihres Bruders finden."

„Ja, tun Sie das. Tun Sie das für uns alle. Auf Wiedersehen."

Steinberg verließ nachdenklich das Mahagonibüro.

9.

Montag, 31. Oktober, 16.30 Uhr

Steinberg stand wieder an der Haltestelle in Ebelsberg, als sein Telefon mit Musik vom Neujahrskonzert auf sich aufmerksam machte.

„Die Soko-Sitzung ist auf siebzehn Uhr verschoben. Bitte kommen Sie verlässlich!"

Es klang mehr wie ein Befehl als eine Bitte, und in Steinberg stieg wieder die Wut hoch. Er war es nicht gewohnt, Anordnungen zu bekommen, schon gar nicht von jemandem, der in der Hierarchie weit unter ihm stand. Und nach den siebzehn Jahren als Polizeiausbildner an Kriegsschauplätzen in aller Welt gab es für ihn auch kaum eine Hierarchie über ihm. Als die Soko-Leiterin ergänzte: „Wir haben die ersten Festnahmen. Also beeilen Sie sich. Wo sind Sie überhaupt?", atmete Steinberg tief durch und sagte lediglich: „Ich komme."

Er wollte schon auflegen, da hörte er noch: „Über Ihr Verhalten gegenüber Frau Bezirksinspektor Koch reden wir im Anschluss an die Sitzung. So geht das nicht, Herr Oberst."

Steinberg antwortete nichts mehr darauf, sondern wählte die Nummer des Innenministeriums und verlangte seinen Freund Joachim Hengstschläger. Er hatte Glück und wurde gleich durchgeschaltet. Ohne Umschweife kam Steinberg zur Sache: „Hallo Joachim, sag einmal, bist du verrückt geworden? Du teilst mich da in eine Soko ein, die von einer Irren geleitet wird. Ich habe das nicht notwendig, ich steige aus."

Hengstschläger lachte kurz und erklärte dann ruhig: „Grüß dich Max. Ich kann dir das nicht ersparen, du musst mir helfen. Mein Mann vom Landesamt für Verfassungsschutz und Terrorbekämpfung in Linz ist erst wenige Wochen im Amt. Dem fehlt die Erfahrung, daher wollte ich dich in der Soko haben. Auf die Hierarchien habe ich keinen Einfluss mehr. Die Landespolizeidirektion bestimmt die Zuteilung eines Falles und die Zusammensetzung einer Soko. Klar dass die Burschen den heiklen Fall auf die arme Stadtpolizeikommandantin abgewälzt haben."

Steinberg ließ sich nicht so schnell beruhigen: „Und die ist auch erst kurz im Amt. Wie ihre Assistentin, die ebenfalls erst seit wenigen Wochen in ihrer Funktion arbeitet und völlig ahnungslos ist. Ich bin von einer Schar Anfängern umgeben."

„Reg dich wieder ab. Es ist so, wie es ist. Die Zeit deiner Alleingänge ist vorbei", erwiderte der Hofrat.

„Ich muss das alles nicht machen. Ich bin jetzt an der Polizeihochschule angestellt."

„Vergiss nicht, dein Dienstgeber ist derselbe geblieben. Das Innenministerium kann mit dir machen, was es will. Jetzt heißt es ermitteln und nicht Vorlesungen halten."

Steinberg schwieg.

„Max! Bist du noch da?"

„Ja", knurrte er.

„Hast du vergessen, dass ich es war, der dich nach vielen Jahren aus Afghanistan zurückgeholt hat? Dass ich dir einen ruhigen und sicheren Traumjob verschafft habe? Du arbeitest lediglich drei Stunden in der Woche und hast vier Monate Ferien. Zusätzlich kannst du mit vollen Bezügen in Pension gehen. Ich sage nur: willkommen im Privilegienstadl."

„Das ist unfair", seufzte Steinberg.

„Was würdest du sagen, wenn du deine Stunden an der Hochschule weiter halten könntest?"

„Statt der Ermittlungen?"

„Nein, du bleibst in der Soko. Das ist der Preis."

„Du bist ein Erpresser", zischte Steinberg, der kurz tatsächlich Hoffnung geschöpft hatte.

Hengstschläger blieb völlig gelassen: „Und rufe mich nur mehr an, wenn du mit mir zum Heurigen gehen willst. Sonst bin ich für dich nicht erreichbar."

Die Straßenbahn kam, Steinberg stieg ein und sein Blick wanderte über die bunte Vielfalt der Fahrgäste. Vom Steirerhut über die Schirmkappe, das Kopftuch, die Strickmütze bis zum Turban war alles vertreten. Laute Stimmen drangen durch den Waggon, meist in Telefone gesprochen, kaum deutsche Worte. Steinberg setzte sich auf einen freien Platz neben einem etwa fünfjährigen Kind mit tiefschwarzem Haar und großen dunklen Augen. Ihm gegenüber saß ein Mann von ebenfalls dunkler Haarfarbe, der offensichtlich zu große Schuhe und eine zu weite Hose trug. Steinberg tippte auf Flüchtlinge aus Syrien. „Wir haben die ersten Festnahmen", hatte diese Moser am Telefon gesagt. Hoffentlich haben sie keine unschuldigen, ohnehin schon traumatisierten Flüchtlinge festgenommen, ging es Steinberg durch den Kopf. Ob der Fall wirklich etwas mit islamistischen Kreisen zu tun haben könnte? Steinberg zweifelte daran. Vielmehr schien es ihm, dass die Frau Stadtpolizeikommandant an dieser Variante festhielt, um ihren Vorgesetzten eine rasche Lösung des Falles liefern zu können.

Steinberg stieg an der Mozartkreuzung in den Bus um und betrat rechtzeitig um siebzehn Uhr das Sitzungszimmer, grüßte und nahm an dem langen Besprechungstisch Platz. Die Stadtpolizeikommandantin eröffnete die Sitzung.

„Liebe Kolleginnen und Kollegen! Heute um sechs Uhr früh führten unsere Einsatzkräfte Hausdurchsuchungen in Linz und im Bezirk Linz-Land durch und nahmen dreizehn Personen fest. Ziel der Aktion war es, im Netzwerk der salafistischen Szene Rekrutierungsspezialisten für den Islamischen Staat ausfindig zu machen und im selben Zug auch Hinweise auf unseren Bombenattentäter zu erhalten. Genaueres wird uns nun Burkhard König berichten, der die gesamte Aktion geleitet hat."

Steinberg spürte, wie ihm die Zornesröte ins Gesicht stieg. Noch bevor König den Mund aufmachen konnte, stieß er heftig hervor: „Das ist ein einziger Saustall! Was soll das für eine Sonderkommission sein, wenn ein Mitglied hinter dem Rücken aller anderen Großaktionen plant und durchführt? Warum haben wir bei der Sitzung um dreizehn Uhr keinen Mucks von dieser morgendlichen Aktion erfahren? Nein, scheinheilig haben Sie Herrn König beauftragt, die Durchforstung der salafistischen Szene fortzusetzen! Und Herrn Schmelzer haben Sie sinnlos ins Flüchtlingslager geschickt! Wo sind wir denn? Hat Herr König die Leitung dieser Soko oder Sie, Frau Moser?" Steinberg war aufgestanden, blickte noch einmal in die Runde und ging zur Tür.

„Herr Oberst, bleiben Sie bitte hier! Sie haben recht, die Sache hat einen unglücklichen Beginn genommen, aber wir brauchen Sie." Die Staatsanwältin war aufgestanden und Steinberg nachgeeilt. Sie legte ihm eine Hand auf die Schulter und hielt ihn zurück. „Hören Sie sich zumindest die Erklärung an, die uns Herr König gleich geben wird."

Die ruhige Art dieser Frau nahm Steinberg den Wind aus den Segeln. Er nickte, setzte sich wieder auf seinen Platz und forderte König mit einem Blick auf, mit seinen Ausführungen zu beginnen, was dieser auch umgehend tat.

„Liebe Kolleginnen, liebe Kollegen. Ich möchte mich für mein Verhalten entschuldigen, aber mir waren die Hände gebunden. Für uns herrschte absolutes Informationsverbot. Die Aktion wurde zeitgleich auch in Wien und Graz durchgeführt, die Einsatzleitung lag in der Bundeshauptstadt, direkt beim Chef des Bundesamtes für Verfassungsschutz und Terrorismusbekämpfung, bei Hofrat Hengstschläger. In Wien wurden zweiundvierzig, in Graz zwölf Personen festgenommen, die im Verdacht stehen, Kämpferinnen und Kämpfer für die Terrormiliz Islamischer Staat angeworben zu haben. Wir in Linz haben zwölf Männer und eine Frau festgenommen. Ausgangspunkt unserer Aktion war die vierzehnjährige Schülerin Sabrina Schmuck aus Ebelsberg, auf deren Handy Videos von extremistischen Predigern, muslimischen Kriegerinnen und Gräueltaten gefunden wurden. Der Kontakt lief zu Samra Kalaman, einer befreundeten fünfzehnjährigen Schülerin, die Mitglied des IS ist. Ein Übertritt zum Islam war schon geplant, eine Hochzeit in Libyen vorbereitet. Über Samra Kalaman kamen wir an die anderen Personen. Bei den Männern konnten wir islamistisches Propagandamaterial, Kampfmesser, Revolver und Anleitungen zum Bombenbau sicherstellen."

„Haben Sie unsere Soko-Leiterin informiert?", wollte Steinberg wissen.

„Nein, auch ihr durfte ich keine Informationen weitergeben. Wie gesagt, der gesamte Einsatz lief unter der Führung des Bundesamtes."

Steinberg lehnte sich zurück. Er bereute seinen Ausbruch von vorhin, denn er wusste nur zu gut, dass derartige Einsätze immer mit internen Nachrichtensperren verbunden sind. Auch wenn ihm diese Soko mit ihrem Dilettantismus einigermaßen auf die Nerven ging, waren seine Vorwürfe in diesem Fall ungerecht gewesen. In versöhnlichem Ton fragte Steinberg: „Und was geschieht im Moment, Herr Kollege?"

„Derzeit werden die Inhaftierten von Wiener Experten befragt. Morgen beginnen wir mit den Verhören. Ich würde Sie dafür sehr gerne hinzuziehen, Herr Oberst."

Steinberg erklärte sich einverstanden. Burkhard König schien ihm äußerst kompetent und entschlossen, auch wenn der erste Eindruck ein völlig anderer gewesen war. König schleppte einige Kilos zu viel mit sich herum und hatte die schwammige Haut der Cola- und Burgergeneration, weshalb ihm Steinberg still für sich den Namen „Burger King" gegeben hatte.

Nun übernahm wieder Karin Moser das Wort. Sie berichtete, dass die Hauptzeugin, Frau Hilde Sagmeister, für den nächsten Tag um zwölf Uhr vorgeladen sei. „Wir beginnen um zehn Uhr mit den Verhören der Verhafteten, um zwölf Uhr folgt dann die Gegenüberstellung mit der Zeugin."

„Der Besuch des Flüchtlingslagers war übrigens ein Flop", meldete sich Chefinspektor Schmelzer. „Unter den tausend Leuten einen zu finden, der irgendetwas weiß oder verdächtig wäre, ist völlig aussichtslos."

Moser schien ein wenig beleidigt über diese Wortwahl und wollte gerade etwas entgegnen, da ertönte noch einmal die Stimme von Burkhard König: „Morgen ist doch Allerheiligen, da gehe ich am Vormittag immer mit den Eltern auf den Stadtfriedhof Urfahr und dann zum ‚Lindbauer' essen."

Nun wirkte die Soko-Leiterin nicht mehr gekränkt, sondern merklich verärgert. Barsch wiederholte sie: „Feiertag hin oder her, wir beginnen um zehn Uhr. Die Sitzung ist geschlossen."

Steinberg verabschiedete sich rasch, da Karin Moser anscheinend angesichts der Wortmeldungen von Schmelzer und König darauf vergessen hatte, mit ihm über seine Behandlung von Gabriele Koch zu sprechen. Und für den Fall, dass sie sich vielleicht doch noch daran erinnerte, wollte er möglichst schnell außer Reichweite gelangen. Er fuhr mit dem Lift ins Erdgeschoß, trat vor die Tür und ging in Richtung Fahrrad. Doch da war nur der Bürgersteig und die Hauswand, von Drahtesel keine Spur. Ohne große Hoffnung fragte er den diensthabenden Beamten in der Portierloge, ob jemand ein neben dem Eingang abgestelltes Fahrrad woanders hingestellt habe. Der Mann verneinte.

Steinberg zuckte nur mit den Schultern. Innerhalb von zehn Tagen war er zum zweiten Mal Opfer eines Diebstahls geworden. Das erste Mal war ihm ein funkelnagelneues Mountainbike, das er in einem Spezialgeschäft in der Rudolfstraße um zweitausendfünfhundert Euro gekauft hatte, vom Fahrradständer vor der Tabakfabrik entwendet worden. Nach diesem Ärger hatte er wohlweislich für den Stadtverkehr ein gebrauchtes Klapperrad erworben, dessen Verlust ihn nun so sehr traf wie der eines Papiertaschentuchs.

10.

Dienstag, 1. November, 9.00 Uhr

Lebenswichtige Körperprozesse sind nur möglich, wenn ausreichend Flüssigkeit im Körper vorhanden ist. Besteht ein Mangel, setzen Kopfschmerzen und Schwächegefühle ein, in der Folge Sprachstörungen, Herzrasen, Muskelkrämpfe und Bewusstlosigkeit. Ivica Bobić kannte all diese Stufen des Verdurstens. Er wusste, dass nach maximal fünf Tagen der Tod durch Dehydration eintritt. Noch lebte er, dem Gefühl nach hatte er aber bereits drei Tage in völliger Dunkelheit mit Handschellen an die Wand gefesselt verbracht. Die Phasen der Bewusstlosigkeit wurden immer länger. Und das Wasser in der Plastikflasche, die ihm die Männer dagelassen hatten, wurde immer weniger.

„Aber sie können mich nicht verdursten lassen", dachte Bobić, „sie brauchen doch den Code." Seine Gedanken wanderten weiter zu seiner Frau, er stellte sich vor, wie er sie wiedersehen würde, dann fiel er neuerlich in eine Tiefe Ohnmacht. Dass die unterirdische Halle wieder beleuchtet wurde, bekam er nicht mit. Auch nicht, dass der Hüne zu ihm trat, seinen Kopf hob und ihm Wasser einflößte. Er spürte Schläge an seinen Wangen. Als er die Augen aufmachte, sah er in das Gesicht eines Clowns, der eine Wasserflasche vor ihn hielt. Er schloss die Augen wieder und trank ein paar kleine Schlucke. Als er die Lider hob, war der Mann weg.

„Danke Maria, danke, dass du mir geholfen hast. Wie geht es unseren Enkelkindern? Das Meerwasser ist heuer noch warm, wir können gemeinsam schwimmen gehen. Ich werde ..." Bobić verlor wieder das Bewusstsein. Als er zu sich kam, setzte er sich auf und tastete nach der Wasserflasche. Die Handschelle schnitt tief in seinen linken Arm.

„Hier stand doch die Flasche, sodass ich sie gerade noch mit der ausgestreckten rechten Hand erreichen konnte."

Als er die Flasche schüttelte, stellte er fest, dass nur noch wenig Wasser darin war, und beschloss, immer nur dann einen Schluck zu nehmen, wenn die Muskelschmerzen unerträglich werden sollten.

Er kannte diese Schmerzen. Im Jugoslawienkrieg war er nach einem Bombentreffer eine Woche lang in den Trümmern eines Hauses eingeschlossen gewesen. Er war in das Haus eingedrungen, hatte die serbische Familie im Keller vorgefunden und erschossen. Bevor er es wieder verlassen konnte, zertrümmerte eine serbische Granate das gesamte Haus. Als er zu sich kam, war sein rechter Arm gebrochen und sein linkes Bein unter Betonschutt begraben. Langsam hob er Stück für Stück weg. Dann versuchte er aufzustehen, was ihm aber nicht gelang. Zwischen den Trümmern war gerade genug Platz, um ausgestreckt liegen zu können.

Immer wieder hörte er das Pfeifen und Krachen der Granaten. Manchmal weit weg, manchmal ganz nah. Sein Telefon war zerschmettert, aber zu seinem Glück war seine mit Wasser gefüllte Feldflasche heil geblieben. Auch damals hatte er immer nur schluckweise getrunken, in möglichst großen Abständen. Gegen seine Angst kämpfte er an, indem er laut mit seiner Familie sprach. Als das Wasser aufgebraucht war, durchlief er alle Stufen des Verdurstens, vom Kopfschmerz bis zur Bewusstlosigkeit. Er erwachte erst wieder in einem Krankenbett und erfuhr, dass er eine Woche unter den Trümmern ausgehalten hatte. Ein anderer Soldat hatte gesehen, dass er in das Haus der Serben eingedrungen war und wie die Granate einschlug. Die Rettungsaktion hatte jedoch erst nach fünf Tagen begonnen werden können, so lange hatte es gedauert, bis die serbischen Einheiten zurückgedrängt worden waren.

Bobić trank einen kleinen Schluck. Ihm war unverständlich, wieso die beiden Männern ihn mit dieser Durstortur zum Reden bringen wollten. Während seiner Militärausbildung hatte er ganz andere und schnellere Methoden kennengelernt. Aber das war vor dreißig Jahren gewesen.

Der Hüne kam zurück, diesmal in Begleitung des etwas kleineren Mannes. Dieser schleppte eine Sechserpackung Mineralwasserflaschen. Sie befestigten Handschellen an seinen Fußgelenken und zogen seinen Körper mit einer mitgebrachten Kette an der Wand hoch. Schließlich hing er kopfüber, wobei ein Teil des Rückens und sein Kopf am Boden lagen. Danach legten sie Bobić ein Tuch über Mund und Nase und leerten Wasser darauf.

„Nach dem vielen Durst wird es eine Wohltat für dich sein, so viel Wasser zu spüren", grinste der Hüne und goss Wasser nach. Das Einatmen wurde immer schwerer, schließlich bekam er keine Luft mehr. Bevor er gänzlich das Bewusstsein verlor, nahm der Mann das Tuch weg und Bobić zog gierig den Sauerstoff in seine Lungen.

Wieder wurde das Tuch über sein Gesicht gelegt und Wasser nachgegossen. Er hatte das Gefühl zu ertrinken, obwohl kein Wasser in seine Lungen dringen konnte. Vom Trainingslager seiner Einheit bei der kroatischen Armee kannte er diese Foltermethode. Damals hatte er zur Überraschung seiner Vorgesetzten extrem viele Versuche ausgehalten. Er wusste zwar genau Bescheid, wie Waterboarding funktionierte, seine Todesangst wurde nichtsdestotrotz immer stärker.

„Wie lautet der Code?", fragte der Mann mit der krächzenden Stimme. Bobić antwortete nicht. Er sprach stattdessen mit seiner Familie, wie er es schon im Trainingslager getan hatte.

Nach unzähligen Wiederholungen wich jegliche Spannung aus seinem Körper. Die beiden Männer wussten, dass es jetzt genug war, öffneten die Handschellen an den Fußgelenken und ließen ihn langsam zu Boden sinken. Dann packte ihn der Hüne an beiden Armen, zog ihn hoch und schrie ihn an: „Jetzt wechseln wir das Quartier. Ich habe keine Lust, deine Exkremente wegzuräumen."

Mit äußerster Anstrengung schleppte sich Bobić Schritt für Schritt durch die riesige unterirdische Halle. Jetzt erst fiel ihm auf, dass die Seitenwände und der gesamte Plafond mit hellroten Ziegeln gepflastert waren. Am Ende der Halle bogen sie nach rechts in einen etwa vier Meter langen und drei Meter hohen Gang ein. Auch dieser war mit Ziegeln ausgekleidet. Alle zehn Meter warfen Glühbirnen, die in verrostete Halterungen aus dünnem Eisen geschraubt waren, etwas Licht auf den betonierten Boden.

„Na! Du gehst ja wieder ganz ordentlich. Mir scheint, wir haben dir genügend Wasser verabreicht. Morgen wiederholen wir alles, aber doppelt so lang", krächzte der Mann. Er war ebenfalls groß, jedoch fast dürr.

Sie gingen weiter in den nächsten Stollen. Dieser war etwas schmäler und noch schlechter beleuchtet. Nach einigen Minuten verjüngte sich der Gang und mündete in eine zweite Halle. Sie war etwa halb so groß wie die erste. Links und rechts führten je drei schmale Stollen weg. Sie nahmen den ersten. In völliger Finsternis gingen sie einem weit entfernten Licht entgegen.

Der Hüne hatte Bobić losgelassen. Bei jedem Schritt kämpfte er gegen das Schwindelgefühl. Der Weg wurde endlos, die Kälte unerträglich. Endlich traten sie in den hell erleuchteten, viel breiteren Stollen, dessen Licht sie entgegengegangen waren. An dessen Ende wartete eine Stahltür mit großen Griffen. Der Hüne öffnete die Tür und stieß Bobić in einen noch greller erleuchteten großen Raum. In der Mitte stand ein Holztisch mit zehn Sesseln. Mehrere WCs und drei Waschmuscheln befanden sich in einer Ecke des Raumes, Stockbetten standen an der Wand. Die Einrichtung war ausreichend für eine größere Gruppe von Menschen, wirkte aber seit Jahrzehnten ungenutzt. Alles war mit Ziegelstaub überzogen.

„Jetzt beginnen die fetten Jahre", grinste der Hüne, „bist du mit deinem neuen Hotelzimmer zufrieden?"

„Setz dich", befahl der andere, packte Bobić an der Schultern und presste ihn auf einen Sessel. „Jetzt kennen wir einander ganz gut. Du hast keine Chance. Früher oder später wirst du reden. Das ist einfach so."

Er nahm eine vom Plafond herunterhängende Leuchte und hielt sie Bobić direkt vor das Gesicht. Plötzlich läutete ein Telefon. Sofort ließ der Mann die Lampe aus, holte einen Schlüssel aus seiner Hosentasche und öffnete die Tür in einen Nebenraum.

Das Läuten wurde lauter. Bobić erkannte ein uraltes Bakelit-Telefon mit Wählscheibe. Der Dürre hob den Hörer ab und hörte nur zu. Nach einiger Zeit sagte er: „Der Mann wird reden. Wir brauchen jedoch noch etwas Zeit." Wieder hörte er eine Weile zu, bevor er meinte: „Wenn Sie sagen, wir haben genügend Zeit, dann ist uns das recht, wird gemacht, wir melden uns. Auf Wiedersehen." Er legte den Hörer auf die Gabel, verschloss die Tür wieder und sagte zum Hünen gewandt: „Wir brauchen uns nicht zu sehr beeilen. Unser Mann meint, je mehr Zeit vergeht, desto mehr Gras wächst über die Sache."

Dann wandte er sich wieder an Bobić: „Wir könnten die Sache dennoch enorm verkürzen. Du gibst uns den Koffer und den Code, wir geben dir ein Drittel unserer Gage und wir vergessen alles. Du bist doch selbst ein Profi. Wie du den Typen in die Luft gejagt hast, war große Klasse. Hast du im Jugoslawienkrieg gekämpft?"

Bobić entschloss sich, sein Schweigen aufzugeben. Diese neue Redseligkeit der beiden wirkte nicht wie eine Falle. Vielleicht konnte er wirklich heil aus der Sache herauskommen. „Nach dem Grundwehrdienst wurde ich Berufssoldat. Ich war fünfundzwanzig Jahre alt, als alles losging, und von Anfang an dabei. Ich habe Kroatien mit allen Mitteln verteidigt. Als 1995 alles vorbei war, rüstete ich ab."

„Dann hast du sicherlich mehr Menschen umgelegt als wir", grinste der Hüne, „aber wir können das auch ganz gut. Nicht wahr, Steffen?"

Ein Name war gefallen. Bobić hatte den Eindruck, er hätte mit dem Reden den richtigen Weg eingeschlagen.

„Und wie heißt du?", fragte er den Hünen unvermittelt.

„Jan. Jan und Steffen heißen deine neuen Lebensmenschen. Und jetzt denk über unser Angebot nach. Du rückst den Code heraus und wir teilen mit dir."

Die beiden gingen zur Tür, löschten das Licht, verließen den Raum und sperrten ab. Ivica Bobić tastete sich erschöpft zu einem Waschbecken und drehte den Wasserhahn auf. Tatsächlich ergoss sich kühles Nass über seine Finger. Er benetzte seine Stirn, seinen Nacken, seine Lippen. Dann faltete er seine Hände zu einer Art Becher und trank kleine Schlucke. Danach tastete er sich an der Wand entlang zu den Betten, legte sich in das erste und schlief sofort ein.

11.

Dienstag, 1. November, 9.00 Uhr

„Naturbäckerei Obereder" stand in großen Lettern seit einem Jahr über dem Eingang, an der Tür verkündete ein Schild, dass das Geschäft auch sonn- und feiertags geöffnet war. Max Steinberg holte dort seit seiner Rückkehr täglich ein Salzstangerl und eine Handsemmel. Auch dies war Teil seiner Entschleunigung. Außerdem fühlte er sich in seine Kindheit zurückversetzt, als es ebenfalls eine Bäckerei im Wohnblock gegeben hatte. Seine Mutter hatte ihn mit der Aluminiumkanne losgeschickt, um Milch und Hausbrot zu kaufen. Schaumblasen tanzten in der Milchkanne, die er zuerst mit ausgestrecktem Arm über dem Kopf kreisen ließ, bevor er einen verbotenen Schluck daraus trank.

Er stieg die drei Stockwerke über die Treppen hinauf und hob die Zeitungen auf, die vor seiner Wohnungstür lagen. In der Küche legte er eine Kapsel in die Kaffeemaschine. Kurz darauf saß er mit Kaffee, Salzstangerl mit Butter und Marmeladesemmel in der Loggia blätterte durch die Zeitungen. Die Artikel über den mutmaßlichen IS-Terror in Linz übersprang er. Die Berichte über den letzten Heimsieg der Linzer Eishockeymannschaft „Black Wings" las er hingegen aufmerksam durch. Er beschloss, eines der nächsten Spiele in der Eishalle zu besuchen.

Bevor er die Wohnung verließ, schlüpfte er in einen dunkelblauen Parker, der ihm recht unauffällig schien. Er hatte noch keine genaue Vorstellung davon, wie er sich hinkünftig kleiden wollte. Er wusste nur, in Designerklamotten und genagelten Schuhen mochte er nicht mehr auftreten. Auch die teuren Armbanduhren, die er über die Jahre angesammelt hatte, wollte er nicht mehr tragen. Lediglich die schlichte Max-Bill-Chronoscope-Herrenuhr von Junghans trug er manchmal.

Die Bushaltestelle der Linie zwölf befand sich direkt vor Steinbergs Wohnhaus. Früher war der Bus über eine alte, wunderschöne Eisenbahnbrücke von Urfahr ins Stadtzentrum gefahren.

Diese Stahlkonstruktion, die in Österreich schon eine Seltenheit gewesen war, war abgerissen worden. Der „Eiffelturm von Linz" musste einer neuen Brücke weichen. Die beiden Brückenpfeiler ragten noch mahnend aus der Donau. Nun fuhr der Bus über die weiter stromabwärts gelegene Voestbrücke. Steinberg bedauerte dies zwar, hatte sich aber dem veritablen Kampf um den Erhalt der Brücke nicht angeschlossen. So sehr wollte er sich in die Stadtplanung nicht einmischen. Noch weniger Lust hatte er momentan, sich in das Verhör von angeblichen Salafisten einzumischen. Aber genau dies war in den nächsten Stunden zu tun.

Burkhard König erwartete ihn vor den Verhörräumen. Steinberg schlug vor, das förmliche Sie gegen das kollegiale Du einzutauschen, obwohl dies viel Distanz abbaute. Es war viel einfacher, „du Trottel" als „Sie Trottel" zu sagen.

„Ich heiße Max."

„Ich bin Burkhard", grinste König.

Steinberg schmunzelte ebenfalls, musste er doch angesichts der rundlichen Figur vor ihm wieder an den heimlich vergebenen Spitznamen „Burger King" denken. Und gerade weil das Thema so gar nicht zu König zu passen schien, fragte Steinberg, wo er in der Innenstadt ein Fahrrad kaufen würde.

„Ein billiges im Passage Center, ein teures beim Brückl am Graben", antwortete König überraschend schnell.

Sie wählten den Verhörraum zwei und nahmen beide am Tisch Platz.

„Der Erste heißt Ahmad Hashami, er ist Prediger der Altun-Alem-Moschee in Linz-Kleinmünchen, ein nach außen unscheinbares Kellerlokal, das aber nachweislich Treffpunkt radikaler salafistischer Gruppierungen ist. Der Leiter heißt Abu Aiman Dscha Wahemi. Ihn konnten wir nicht verhaften, vermutlich ist er gerade in Syrien. Er stammt aus dem serbischen Sandschak und stand in regem Austausch mit salafistischen Predigern und ehemaligen Mudschaheddin-Kämpfern in Bosnien. Er gilt als einer der Köpfe der radikalen Szene und ist ein richtiggehender geistiger Brandstifter. Schade, dass wir ihn nicht erwischt haben. Du wirst sehen, unser Prediger wird behaupten, dass er Abu Aiman

Dscha Wahemi nicht kenne, obwohl wir die beiden vor Kurzem vor dem Eingang zur Moschee fotografiert haben."

Die Tür ging auf. Ein uniformierter Beamter führte einen etwa vierzigjährigen Mann herein. Er war traditionell gekleidet, trug weite Hosen, die über den Knöcheln endeten, und ein über hüftlanges graues Baumwollhemd. Sein Bart reichte ihm bis zur Brust. Als er Platz genommen hatte, schaltete „Burger King" das vor ihm stehende Aufnahmegerät ein und begann das Verhör.

„Dienstag, 1. November 2015, zehn Uhr. Anwesend Leutnant Mag. Burkhard König, Oberst Dr. Max Steinberg und Herr Ahmad Hashami. Herr Hashami, stimmt es, dass Sie Prediger in der Altun-Alem-Moschee in Linz-Kleinmünchen sind?"

Der Mann nickte.

„Bitte laut und deutlich antworten."

„Ja, das stimmt."

„Stimmt es auch, dass in dieser Moschee Männer verkehren, die in der Stadt gratis den Koran verteilen?"

„Ja, das stimmt. Es ist nicht verboten, den Menschen das heilige Buch des Islam zu schenken."

„Einige dieser Männer sollen eine militärische Ausbildung in Syrien genossen haben. Stimmt das?"

„Davon weiß ich nichts."

„Kennen Sie Abu Aiman Dscha Wahemi?"

„Nein."

König öffnete eine Mappe, zog ein Foto hervor und schob es dem Prediger wortlos zu. Es zeigte Hashami und Abu Aiman Dscha Wahemi vor dem Eingang der Moschee.

„Jetzt erinnere ich mich. Er war einmal hier, um zu den Gläubigen zu sprechen."

„Wo ist er jetzt?"

„Das weiß ich nicht."

König schob seinen Sessel zurück und blickte Steinberg an.

„Wenn du nicht mit uns kooperierst, wird es sehr schwer für dich werden", übernahm dieser nun das Wort. „Welche Staatsbürgerschaft besitzt du?"

Der Mann antwortete nicht.

Steinberg ging um den Tisch herum, stellte sich vor den Häftling und fuhr ihn laut an: „Ich habe dich gefragt, welche Staatsbürgerschaft du hast! Also, antworte!"

Hashami war anscheinend von der aggressiven Art überrascht, denn er antwortete sofort: „Bosnien-Herzegowina."

Steinberg herrschte ihn weiter an: „Und dorthin schieben wir dich ab. Wir wissen nämlich genau, dass du während des Balkankrieges als Mudschaheddin im Raum Sarajewo Kriegsverbrechen begangen hast. Die Unterlagen dazu geben wir dir bei der Abschiebung mit. Außerdem wissen wir, dass du eine vierzehnjährige Schülerin für den IS geworben hast. Du hast ihr sogar einen Ehemann verschafft. Du wolltest eine Vierzehnjährige zum Kanonenfutter machen!"

Der Mann schwieg.

Steinberg setzte sich wieder, während er wie nebenbei fragte: „Wer von euch hat am vergangenen Samstag mitten in der Stadt einen Mann im Auto in die Luft gesprengt?"

Damit hatte er den Verdächtigen genug gereizt. Ahmad Hashami verlor die Nerven und schrie: „In unserem Gebetsraum treffen sich keine Krieger und keine Mörder. Ich weiß von keinem Mädchen und keiner Sprengung. Abu Aiman Dscha Wahemi habe ich erst einmal getroffen. Das ist alles! Sie haben nichts gegen mich in der Hand!"

„Nun beruhigen Sie sich doch. Ich mache Ihnen einen Vorschlag. Sie gehen in Ihre Zelle zurück, denken gut nach und dann treffen wir uns wieder", grinste Steinberg, ging zur Tür und klopfte einen Beamten herbei, der den Mann abführte.

„Zigarettenpause", verkündete Steinberg.

„Da komme ich mit", erwiderte „Burger King".

Die beiden fuhren mit dem Lift ins Erdgeschoß und stellten sich zu einem Aschenbecher neben dem Haupteingang.

„Brenn gut, ‚Dschihad'. Ich gebe den kleinen Dingern nämlich immer einen Namen", erklärte Steinberg.

Die Sonne schien warm auf die Steinstiegen.

„Danke, dass du weitergemacht hast."

„Gern geschehen, ich hab es halt einfach probiert. Hashami hat nicht bemerkt, dass meine angeblichen Beweise vollkommen aus der Luft gegriffen waren. Und das Wissen über ihn hast du mir ja selbst vorher gegeben."

Der Radetzkymarsch erklang. Karin Moser erinnerte ihn, pünktlich um zwölf Uhr in den Gegenüberstellungsraum zu kommen.

„Wie viele Verhöre haben wir noch?"

„Fünf."

„Dann halten wir uns kurz. Sie lügen uns ohnehin alle an", bemerkte Steinberg und stieg in den Lift.

Hilde Sagmeister, die Hauptzeugin, war über siebzig Jahre alt. Sie trug einen hellbraunen Mantel, einen dunkelbraunen Hut mit roter Feder und eine Lederhandtasche. Verloren stand sie am Gang des zweiten Stockwerks neben dem Kaffeeautomaten.

„Nehmen Sie doch Platz, gnädige Frau", forderte Steinberg sie auf und deutete auf die Holzbank vor dem Eingang zum Gegenüberstellungsraum. Er setzte sich neben sie.

„Schon wieder so ein schöner Herbsttag. Temperaturen wie im Sommer. Man könnte sich richtig daran gewöhnen."

„Bei mir im Park treiben die Birken sogar kleine grüne Sprossen aus", antwortete sie, dankbar über die Ablenkung.

„Sie werden sehen, die Gegenüberstellung ist gleich vorbei, dann können Sie bald wieder eine sonnige Parkbank aufsuchen."

„Aber was ist, wenn ich ihn nicht wiedererkenne?", fragte sie unsicher.

„Dann ist er vielleicht in der zweiten Gruppe."

„Und wenn ich gar keinen finde, der ihm ähnlich schaut?"

„Dann können wir ausschließen, dass einer jener Männer, die wir verhaftet haben, der Täter war. Das ist alles."

Sie drehte sich Steinberg zu und blickte ihn fragend an. „Wirklich?"

„Wirklich, Frau Sagmeister. Könnten Sie mir zuvor noch die Vorgänge vom letzten Samstag beschreiben?"

„Ich habe Ihren Kollegen doch schon alles geschildert."

„Ich weiß, aber erzählen Sie es einfach noch einmal."

Sie rückte ihren Hut zurecht und begann: „Ich kam vom Taubenmarkt und wollte zur Apotheke Ecke Promenade und

Herrenstraße. Vor dem Sparkassengebäude sah ich, wie ein Mann aus einem Wagen stieg, die Tür zuwarf und wegging. Kurz darauf folgte ein Blitz und ein Knall und das Auto zerbarst."

„Hat Sie der Mann bemerkt?"

„Vermutlich ja, ich stand unmittelbar daneben und konnte sein Gesicht sehen. Der Vollbart, die dunklen stechenden Augen, ich werde das mein Leben lang nicht mehr vergessen."

„Sind Sie kurzsichtig?"

„Nein, im Gegenteil, ich brauche nur beim Lesen eine Brille. Warum fragen Sie?"

Steinberg musste keine Antwort mehr geben, denn in dem Moment traten Karin Moser und Burkhard König zu ihnen. Die Stadtpolizeikommandantin gab der Frau die Hand und begrüßte sie mit einem aufmunternden Lächeln.

„Frau Sagmeister, danke für Ihr Kommen. Und seien Sie ganz unbesorgt, die Männer können Sie durch das verspiegelte Glas nicht sehen. Bitte folgen Sie mir."

Sie ging voraus in das Zimmer und alle nahmen vor einer breiten Fensterwand Aufstellung. Die Zeugin stand in der Mitte, Moser neben ihr, die anderen dahinter. Nach einem Blick in die Runde forderte Karin Moser über eine Gegensprechanlage die Kollegen im anderen Raum auf, die erste Gruppe hereinzuführen. Sechs Männer traten ein und nahmen in einer Reihe Aufstellung. Sie trugen alle weite Hosen, ein langes Hemd und Mützen. Jeder hielt eine Tafel mit einer Nummer in der Hand.

„Inschallah", raunte Steinberg „Burger King" zu.

Dieser grinste und antwortete leise: „Fragt sich nur, ob Gott heute will oder nicht."

Ob und was Gott wollte, würden sie wohl nie erfahren, jedenfalls erkannte die Zeugin niemanden.

„Von denen war es keiner. Da hat keiner so dunkle Augen und so einen scharfen Blick."

„Bitte die nächste Gruppe", befahl die Stadtpolizeikommandantin.

Die sechs Männer verließen den Raum und sechs andere, gleich gekleidete nahmen Aufstellung.

„Schauen Sie genau hin, Frau Sagmeister, und lassen Sie sich Zeit! Wir haben keine Eile", munterte Karin Moser die Zeugin auf.
„Ich brauche keine Zeit mehr, der Mann mit der Nummer drei ist der Attentäter."
„Sind Sie sich ganz sicher?"
„Ja! Er hat diese schwarzen Augen und den stechenden Blick."
„Sind Sie sich wirklich ganz sicher?"
„Ja!"
Die Frau wirkte so überzeugt, dass „Burger King" anknüpfend an den Scherz vorhin Gott dankte: „Alhamdulillah!"
Karin Moser warf ihm einen ärgerlichen Blick zu, und auch Steinbergs Grinsen war ein wenig verzwickt. Er hatte nach wie vor das Gefühl, dass der Täter nicht im salafistischen Umfeld zu finden sei. Warum sollte einer dieser Gotteskrieger einem österreichischen Wissenschaftler einen Koffer mit einer Million Blüten übergeben und ihn dann in die Luft sprengen?
„Vielen Dank, Frau Sagmeister. Sie haben uns sehr geholfen, den Fall zu klären. Kommen Sie, wir können schon gehen", beruhigte Moser die noch immer aufgeregte Zeugin. Sie nahm die Frau am Arm und verließ mit ihr den Raum. Im Weggehen vermeldete sie: „Die Soko trifft sich in zehn Minuten im Sitzungszimmer."
Steinberg nahm auf einem der ungemütlichen grauen Plastiksessel Platz. Auf ihn wirkte der gesamte Raum grau und traurig. Irgendwie passend zur Soko „Bombe Linz".
„So ein Glück, dass die Zeugin den Typen erkannt hat! Jetzt können wir feiern", freute sich Gabriele Koch, die junge Bezirksinspektorin, und blickte stolz in die Runde, als hätte sie persönlich den Täter überführt. Burkhard König hatte die Nachricht gleich an alle weitergegeben. Als Karin Moser den Besprechungsraum betrat, begrüßte Koch diese: „Karin, gratuliere! Ich freue mich schon jetzt auf deine Pressekonferenz!"
Alle lachten und nickten, nur Steinberg nicht. Auch Karin Mosers Mundwinkel ging nicht nach oben. Sie seufzte: „Ihr freut euch zu früh! Der Mann, den Frau Sagmeister mit so großer Sicherheit identifiziert hat, ist Alfred Pulgar, ein Beamter der Polizeiinspektion Ebelsberg. Tut mit leid, wir stehen wieder am Anfang."

12.

Dienstag, 1. November, 14.00 Uhr

Es hatte zu regnen begonnen und die Luft war nun empfindlich kalt. Steinberg hatte der Zeugin mit der sonnigen Parkbank wohl zu viel versprochen. In seinem inneren Ohr konnte er förmlich die Meldungen des österreichischen Staatsfunks über das Wetter hören, das bislang „für die Jahreszeit viel zu warm" gewesen war. Jetzt war es dafür „zu kalt für die Jahreszeit". Für die Damen war die Kälte ein Glück, endlich konnten sie die neu erworbene Winterkollektion ausführen.

„Die Soko ist bisher ein einziger Flop", sinnierte Steinberg, als er im „COP STOP" saß. Unter diesem eigenwilligen Namen firmierten die beiden Buffets in der Landespolizeidirektion Gruberstraße und in der Polizeiinspektion Nietzschestraße. Das Tagesmenü um 4,90 Euro bestand an diesem Tag aus Eierschwammerl-Cremesuppe, gebratenem Leberkäse mit Erdäpfelschmarren und Spinat. Betrieben wurden beide Restaurants vom Polizeiunterstützungsverein. Wen die beiden SB-Restaurants unterstützten, blieb offen. Notleidende Polizisten? Geschiedene Ehefrauen? Unschuldig Verurteilte? Ein weiterer Unternehmenszweig von „COP STOP" war die Organisation von Events inklusive Catering sowie die Veranstaltung des Polizeiballs im Brucknerhaus. „Vertrauen Sie uns und suchen Sie ein Gespräch diesbezüglich." Dieser Werbespruch des Gastronomiebetriebs verdarb Steinberg immer ein wenig den Appetit.

Über den Flop der Gegenüberstellung freute er sich insgeheim. Einige Islamisten zu verhaften und zu hoffen, den gesuchten Bombenattentäter auch gleich unter ihnen zu finden, war ihm von Anfang an unsinnig erschienen. Die Männer schwiegen oder erzählten Märchen und mussten wahrscheinlich alle wieder auf freien Fuß gesetzt werden. Die Aktion des Bundesamtes für Verfassungsschutz war eine Sache, die Suche nach dem Bombenattentäter jedoch eine völlig andere. Davon war Steinberg überzeugt. Er konnte sich ein Grinsen nicht verbeißen, als er an die enttäuschten Gesichter der Soko-Kolleginnen und -Kollegen dachte, nachdem die Frau Leutnant ihre Pleite eingestanden hatte.

Steinberg wollte den Nachmittag noch nützen, rief die junge Bezirksinspektorin an und ließ sich die Telefonnummern von Holger Schmitts Frau und von Wieland Schmitt geben.

„Soll ich mitkommen?", fragte sie.

„Danke. Ich komme alleine zurecht", antwortete Steinberg und ging zum Bus. Während er an der Haltestelle wartete, kündigte er den beiden Familienmitgliedern des Opfers sein Kommen an. Sie waren verwundert, dass schon wieder Polizei käme, obwohl doch Feiertag sei und Gespräche bereits stattgefunden hatten. Steinberg argumentierte, dass es neue Ermittlungsergebnisse gebe, die ein weiteres Gespräch notwendig machten.

Bei der Kreuzschwesternschule verließ er den Bus und ging über den Zebrastreifen zur Straße auf den Bauernberg. Der Linzer Bauernberg war um 1900 noch eine Sandgrube gewesen. Ludwig Hatschek, der Erfinder der Eternitplatten, hatte den Hügel in eine großzügige Parkanlage umgewandelt und der Stadt Linz geschenkt.

Im strömenden Regen ging Steinberg die Serpentinen der Straße hinauf und durchquerte über Steinstufen den Park, dessen Wiesen jedes Jahr mit den ersten mutigen Märzenbechern und Krokussen den Frühling begrüßten. Jetzt schien alles grau in grau. Sein Atem ging schwer und er zweifelte ein wenig an seinem Entschluss, das Auto durch ein Fahrrad zu ersetzen. Nach den letzten Stufen stand er vor einem zweistöckigen, frei stehenden, blockhaften Villenbau. Da die Bäume nur mehr wenige Blätter trugen, war die gesamte Größe des Besitzes gut zu überblicken.

Das Haus stand auf einer quadratischen Grünfläche von einhundert Metern Länge und einhundert Metern Breite, eingerahmt von einem hohen alten Baumbestand. Die prachtvolle Villa war in den 1920er Jahren gebaut worden. Steinberg blieb stehen und betrachtete durch die Gitter des Eingangstores das Gebäude. Das weit überstehende Walmdach mit den großen Gaupen ließ es noch größer wirken, als es ohnehin war.

Der oberösterreichische Architekt Julius Schulte hatte in Linz zahlreiche Objekte geschaffen. Neben der Villa, die von der Familie Schmitt bewohnt wurde, zählten zahlreiche Miethäuser und Wohnanlagen, Fabriken, die Feuerhalle, der Schlachthof, der Bahnhof, die Weberschule, das Rathaus in Urfahr sowie weitere Villen zu seinem Werk.

Steinberg drückte auf die Klingel. Es meldete sich eine weibliche Stimme mit tschechischem Akzent: „Bittar schen!"

„Oberst Dr. Steinberg, Polizei Linz. Ich möchte zu Frau Schmitt, sie erwartet mich."

„Aukenblich!"

Kurz darauf ertönte das Summen des Türöffners. Steinberg ging über die Zufahrt auf die Westseite des hellgrün gestrichenen Hauses zu. An dem verglasten halbrunden Erker, der auf balusterähnlichen Pfeilern ruhend aus dem ersten Stock herausragte, wurden die Vorhänge zur Seite geschoben. Steinberg erkannte eine weibliche Person hinter dem Fenster.

Über eine Freitreppe gelangte er zur Eingangstür. Die Bedienstete mit dem tschechischen Akzent führte ihn zu einer zweiarmigen Holztreppe in das Obergeschoß. Am Fuß der Treppe öffnete sich eine hohe Doppeltür. Ein alter Herr von schlanker Gestalt, mit vollen, glatten und zurückfrisierten weißen Haaren, trat auf ihn zu. Er trug ein Sakko mit Glencheck-Muster in verschiedenen Brauntönen.

„Sie sind also dieser Oberst Steinberg. Ich habe Sie mir ganz anders vorgestellt."

„Und wie?"

„Kleiner, untersetzt, nicht so sportlich, und nicht so gut gekleidet."

„Und Sie sind Dr. Wieland Schmitt. Sie habe ich mir genau so vorgestellt: alte großdeutsche Schule."

Schmitt lächelte und rief dem tschechischen Dienstmädchen zu: „Helena, sagen Sie meiner Schwiegertochter, dass der Herr Steinberg da ist."

Zu Steinberg gewandt, entschuldigte er sich: „Ich stehe leider heute nicht mehr zur Verfügung. Mittwochs spiele ich mit meinen Freunden Tarock. Dafür müssen Sie Verständnis aufbringen.

Auf Wiedersehen." Er gab Steinberg die Hand und verschwand wieder hinter der hohen Tür.

Helena führte Steinberg über die schwere Eichenholztreppe einen Stock höher und klopfte an einer Tür. Eine blonde, mittelgroße, etwa dreißigjährige Frau öffnete.

„Frau Tamara Schmitt?", fragte Steinberg.

„Ja. Kommen Sie herein."

Steinberg folgte ihr in einen weiten lichtdurchfluteten Raum, in dessen Mitte eine große Sitzgruppe der Wiener Werkstätte stand. An den Wänden hingen Werke zeitgenössischer österreichischer Künstler. Eine drei Meter hohe gläserne Schiebetür trennte den Raum von einem ebenso großen Büro. Eine mehrteilige Fensterfront gab den Blick auf die Stadt frei. Die Zwiebeltürme der nahen Kapuzinerkirche, des alten Doms und des Landhauses sowie der gewaltige neugotische Dom waren zum Greifen nahe. Etwas weiter entfernt waren die Häuser entlang der Donau und die hohen Häuser des Urfahraner Zentrums zu sehen.

„Nehmen Sie doch Platz."

„Danke."

Sie nahmen beide in rot bezogenen Fauteuils Platz. Am Beistelltisch stand eine Karaffe mit Wasser.

„Ich habe Ihnen schon am Telefon gesagt, dass ich bereits mit einer jungen Kollegin von Ihnen gesprochen habe."

„Wir haben neue Informationen über das Attentat auf Ihren Schwager erhalten, daher möchte ich nochmals mit Ihnen reden."

„Nun denn, dann reden Sie", sagte sie spitz.

Die Atmosphäre war gespannt, fast feindselig. Steinberg versuchte den Umweg über Smalltalk: „Von hier aus hat man einen prächtigen Ausblick über die Dächer von Linz. Eigentlich eine beeindruckende Stadt."

„Reden wir über Architektur oder einen Mord?"

„Sie haben recht", kam Steinberg zur Sache. „Können Sie mir bitte sagen, wie lange Sie Peter Schmitt gekannt haben?"

„Kurz vor meiner Hochzeit haben wir uns das erste Mal getroffen."

„Wie wirkte er im ersten Eindruck auf Sie?"

„Sehr sympathisch, sehr attraktiv, unkompliziert und lustig."

„Sie haben ihn also gleich gemocht?"
„Peter musste man einfach mögen."
„Ihr Liebe gilt aber seinem Bruder Holger."
„Holger ist äußerst aufmerksam, freundlich, liebevoll und stabil. Ein idealer Partner. Als Stewardess bin ich ohnehin viel unterwegs. Da ist es für mich ideal, dass ich mich auf Holger verlassen kann. Und ich weiß, er ist treu."
„Peter nicht?"
„Keine Ahnung. Er soll einige Affären gehabt haben."
„Verstehen Sie sich mit Katharina, seiner Frau?"
„Ja, ganz gut. Unsere Interessen liegen jedoch weit auseinander. Sie spielt seit der Geburt der Zwillinge auf Hausmütterchen, während ich in der Welt unterwegs bin. Ihre Kinder sind ja auch schwer krank und brauchen sie."
„Wie krank?"
„Das müssen Sie Katharina fragen. Es sind ihre Kinder."
„Eine attraktive Frau", dachte Steinberg und stellte sie sich in Stewardessenuniform vor. Aus ihrer Antwort war eine gewisse Geringschätzung ihrer Schwägerin herauszuhören. Das Wort „Hausmütterchen" klang ziemlich herabsetzend.

Tamara Schmitt schenkte jedem ein Glas kaltes Wasser ein und fragte dann: „Und wo bleiben die Neuigkeiten, die Sie so groß angekündigt haben?"

„Zum Zeitpunkt der Explosion befanden sich eine Million Euro im Auto. Was denken Sie, warum Peter Schmitt dieses Geld bei sich hatte?"

„Ich habe keine Ahnung."
„Wie war das Verhältnis zwischen den beiden Brüdern?"
„Warum?"
„Antworten Sie einfach, es ist eine schlichte Frage."
„Ihr Verhältnis war gut wie immer. Jeder von den beiden hatte genug Platz. Der eine im Business und der andere in der Wissenschaft. Eine ideale Arbeitsteilung. Was Peter an der Universität und im Labor erarbeitete, kam immer dem Betrieb zugute. Holger hat stets betont, dass die Firma ohne Peters Forschung niemals zu den drei führenden Produzenten der Welt zählen würde. Er bewundert ihn."

„Haben Ihr Mann oder hatte Ihr Schwager Kontakte zu islamistischen Kreisen?"

„Warum?"

Diesmal überhörte Steinberg die Gegenfrage einfach. Und nach einer kurzen Pause antwortete sie auch ohne Aufforderung: „Es gibt Kontakte zu muslimischen Ländern, wenn Sie das meinen. Soviel ich weiß, hatte Peter an seinem Universitätsinstitut zwei ägyptische und einen syrischen Assistenten. Mein Mann hat geschäftliche Kontakte zu Partnerfirmen in Marokko und Libyen, und natürlich ist da noch die Fabrik in Algerien."

„Ihnen geht der Tod Ihres Schwagers sehr nahe", versuchte Steinberg, die junge Frau aus ihrer sachlichen Abwehrhaltung zu locken.

Sie blickte ihn fast erschrocken an, rang nach Luft, bevor sie mit zitternder Stimme antwortete: „Peter war einer der liebenswürdigsten Männer, die je kennengelernt habe. Er war wie ein Bruder. Es ist unfassbar, dass er nie mehr in unser Haus kommt. Ich habe wunderbare Stunden mit ihm verbracht."

Sie richtete sich auf und ergänzte sofort: „Wir alle haben wunderbare Stunden mit ihm verbracht."

„Nochmals mein Beileid." Steinberg erhob sich und gab ihr die Hand. „Bleiben Sie sitzen. Ich finde den Weg hinaus schon alleine."

Sie nickte, hielt seine Hand eine Weile fest und sagte dann: „Auf Wiedersehen, Herr Steinberg. Wenn Sie weitere Fragen haben, ich stehe Ihnen jederzeit zur Verfügung."

Langsam wanderte Max Steinberg den Bauernberg hinab, drehte sich noch einmal um und bewunderte das stilvolle Haus. Ein wenig ärgerte er sich, dass er sich so widerstandslos vom alten Schmitt mit dem Tarocktermin abwimmeln hatte lassen. „Gut, dass die kleine Polizistin nicht dabei war."

Er entschloss sich, über die Promenade zu gehen. Dort wollte er den Tatort noch einmal spüren, die Situation noch einmal nachempfinden. Der Gastgarten des Eissalons war noch aufgebaut, aber menschenleer, auch im Garten des „Traxlmayr" saß niemand. Es regnete noch immer. Steinberg stellte sich zu dem gläsernen Lifthäuschen der Parkgarage.

„Hier stand der Wagen. Der Fluchtweg des Täters in die Arkade war kurz. Mein Weg vom Café bis hierher doppelt so lang. Ich konnte ihn also nicht mehr sehen. Hätte ich Nachschau halten sollen, ob Peter Schmitt noch geholfen werden konnte? Nein! Eine zweite Granate hätte jederzeit detonieren können. Dann hätte es noch weit mehr Opfer gegeben. Die Passanten in Sicherheit zu bringen, ging vor."

Langsam folgte Steinberg dem Weg des Täters. Er durchquerte die Arkade und ging auf den Ausgang zur Spittelwiese zu. Diese Straße war vor vielen Jahren zur Fußgängerzone umgewandelt worden. Nur das Zufahren war erlaubt.

„Hier hat er sein Fluchtauto geparkt", sinnierte Steinberg, „aber er hat es nicht benutzt. Die Gefahr, erwischt zu werden, war für ihn sehr hoch. Zu Fuß kann er nicht weit gekommen sein, bevor alles abgeriegelt war. Auch die öffentlichen Verkehrsmittel wurden kontrolliert. Er muss irgendeine versteckte Lücke gefunden haben."

Steinberg fuhr mit der Straßenbahn nach Hause. Er wollte die Unterlagen für die morgige Vorlesung nochmals überarbeiten. Als er die Wohnungstür im Haus Linke Brückengasse 19 aufsperrte, war ihm der Anblick wieder einmal fremd. Obwohl es die Wohnung seiner Eltern war und er hier aufgewachsen war, befremdete ihn der Hauch von Luxus von Zeit zu Zeit, mit dem ein befreundeter Architekt sie für Steinberg vollkommen neu eingerichtet hatte.

Einen Haushalt zu führen, hatte Max Steinberg nie gelernt. In den vergangenen Jahren hatte er in Militärlagern oder in Fünfsternhotels gelebt. Er war volles Service gewöhnt. Seit er wieder in Linz lebte, behalf er sich bei allen notwendigen Tätigkeiten mit „outsourcing". Wäschewaschen und Bügeln ließ er bei einer nahe gelegenen Reinigung, zum Wohnungsputz kam eine Frau, die an der Polizeihochschule in der Reinigung arbeitete und sich nebenbei etwas Geld verdienen wollte. Den Einkauf erledigte er selbst im Pro-Kaufhaus in nächster Nähe, er hielt sich aber ohnehin in Grenzen, da Steinberg meist unterwegs aß. Aber er hatte Kochbücher gekauft und den Vorsatz gefasst, eines Tages sein Talent zu versuchen. Doch heute war nicht dieser Tag.

13.

Mittwoch, 2. November, 7.00 Uhr

Niemals hätten Jan und Steffen bemerkt, dass Ivica Bobić an Achluophobie litt. Die Angst vor der Dunkelheit begleitete ihn seit seiner Kindheit. Bei jedem Gang in den Keller seines Hauses nahm er eine Taschenlampe mit, aus Furcht, das elektrische Licht könnte ausfallen.

Den Grund für diese Phobie kannte Bobić genau. Sein Vater hatte ihm bei schweren Vergehen die Augen verbunden und ihn im Kofferraum seines Autos eingesperrt. Diese traumatischen Erlebnisse hatten sich tief in sein Unterbewusstsein eingebrannt. Sobald er absoluter Dunkelheit ausgesetzt war, reagierte er mit Zittern, Schwitzen, Herzklopfen und beschleunigter Atmung. Auch jetzt. In diesem völlig finsteren Raum schnürte es ihm die Kehle zu.

Über die Jahre hatte er allerdings gelernt, diese Reaktionen in den Griff zu bekommen. Er konzentrierte all seine Sinne auf eine positive Situation seines Lebens. Er dachte an seine kleine Bucht in Cacjak, fünf Kilometer vor Crikvenica, deren Halbkreis von hoch aufragenden Felswänden umrahmt war. Das Meer war tiefblau. Kleine Wellen plätscherten ans Ufer. Der graue Kies glänzte im Morgenlicht.

Ganz ruhig hielt er seine Angelrute in der linken Hand, manchmal fühlte er einen kleinen Ruck. Dann versuchte sich ein kleiner Fisch an dem großen Köder. Im Eimer vor seinen Füßen schlug ein etwa dreißig Zentimeter langer Brancin gegen die Plastikwände. Damit es für ein Abendessen ausreichen würde, brauchte er aber noch zwei weitere. Er hielt das Silk ganz vorsichtig mit Daumen und Mittelfinger, um einem hungrigen Fisch ja keinen Widerstand zu leisten. Langsam nahm das Sonnenlicht an Kraft zu. Ruhig zog Ivica Bobić die feuchte Luft in seine Lungen. Immer langsamer wurde sein Atem.

„Morgen! Aufstehen! Das Frühstück ist da."

Die beiden maskierten Männer traten in den Raum, drehten das Licht auf, gingen auf Bobić zu und rissen ihn aus dem Bett. Jan, der Hüne, hielt ihm die Hände am Rücken zusammen, Steffen stülpte ihm einen schwarzen Plastiksack über den Kopf und drehte die Enden zusammen. Nach einer Minute ließ er wieder los. Bobić schnappte nach Luft und hörte, wie der Mann kurz wegging, dann zurückkam und einen Kübel vor ihn stellte.

„Wir dachten, ein Kaffee wird für dich passen."

Bobić versuchte nicht, sich zu wehren. Er wusste, dass er keinerlei Chance hatte. Der Hüne packte seinen Kopf, zwang ihn, sich niederzuknien, und drückte seinen Kopf in den Kübel. Tatsächlich roch das Wasser etwas nach Kaffee.

„Echt italienischer Espresso", lachte Jan.

Steffen zählte laut. Bei sechzig riss Jan seinen Kopf wieder hoch und zog ihm den Plastiksack ab. Bobić streckte seinen Oberkörper und atmete tief durch. Dann sah er in die dunklen Augen des Hünen, die durch die Clownmaske glänzten.

„Ihr habt mir erklärt, dass Folter keinen Sinn mache."

„Wir haben unsere Meinung geändert", antwortete Jan und drückte im selben Moment seinen Kopf zurück in den Kübel.

„Unser Mann denkt zu viel", ätzte Steffen und begann wieder zu zählen.

Wie lange er diese Folter über sich ergehen ließ, wusste Bobić nicht. Waren es zwei oder fünf Ewigkeiten? Seine beiden Peiniger scherzten ständig, lachten und kümmerten sich kaum um ihr Opfer. Mittlerweile zählte Steffen bis neunzig, bevor Jan ihn wieder nach Luft schnappen ließ. „Glaubst du, er schafft es noch einmal, bevor er krepiert?"

„Unser Ivica ist ein guter Junge", meinte der Hüne, bevor das Wasser neuerlich Bobić' Ohren verschloss. Als er begann, mit den Händen um sich zu schlagen und mit den Füßen in den Boden zu stampfen, grinste er. „Siehst du, er kann sogar tanzen."

Plötzlich erschlafften alle Muskeln und Ivica Bobić sank regungslos in sich zusammen.

„Das war zu viel! Der Mann ist tot! Unser Auftraggeber wird uns fertigmachen!", schrie Steffen Schmuck auf.

„Unser Auftraggeber kann mich. Wir verschwinden und nehmen den Koffer mit", entgegnete Jan Siebert gelassen.

„Ohne Code ist der Koffer wertlos."

„Irgendwer wird ihn schon aufbringen."

„Irgendwer? Und wo finden wir diesen irgendwer? Mir scheint, du tickst nicht richtig!"

„Halt doch einmal deine ostfriesische Klappe. Mir fällt schon etwas ein. Komm! Wir hauen ab."

Er nahm den Koffer und wollte zur Tür gehen. Mit einem Sprung war Schmuck bei ihm.

„Unser Auftraggeber weiß alles über uns. Unsere Namen, die Wohnorte, unsere Handynummern, unsere Kontakte in der Szene. Glaubst du, wir überleben den nächsten Tag? Bei der Sache geht es offensichtlich um viel Geld, da spielen Menschenleben keine Rolle."

Siebert kümmerte sich nicht um die Einwände seines Partners, öffnete die Tür zum anliegenden Büro, als das schwarze Bakelit-Telefon an der Wand läutete.

„Verdammt, der Chef", zischte Siebert und hob ab.

„Wie sieht es aus?", fragte ein Männerstimme.

„Alles in Ordnung. Wir haben ihn gerade bearbeitet. Beim nächsten Mal wird er reden."

„Wenn ihr nicht bald liefert, werde ich einen Sprengstoffexperten mit der Öffnung des Koffers beauftragen und ihr seid draußen. Geld gibt es auch keines. Hast du verstanden?"

„Nur keine Panik, Chef. Es kann sich nur mehr um wenige Stunden handeln."

„Das hoffe ich für euch. Zur Motivation habe ich die Stiege nach oben und alle Türen zum Hauptgang geschlossen. Wenn ihr liefert, seid ihr wieder frei."

Jan Siebert legte auf, stellte den Koffer ab. Steffen Schmuck blickte ihn fragend an.

„Das Schwein hat uns eingesperrt. Wir sitzen fest."

14.

Donnerstag, 3. November, 9.00 Uhr

Ein gemütliches Frühstück mit Kaffee und Zigarette gab jedem Tag die Chance, ein guter zu werden. Steinberg wählte unter seinen Lederjacken eine schwarze mit dicker Fütterung. Fünf weitere nahm er aus dem Kasten und legte sie auf den Boden. Er wollte sie als Spende für Flüchtlinge abgeben. Dass er mindestens viertausend Euro für die Jacken ausgegeben hatte, war ihm dabei gleichgültig. Wichtig war ihm nur, dass sie noch einen Zweck erfüllen sollten. Außer der schwarzen gefütterten Jacke ließ er noch eine dünnere im Kasten hängen. Sich von Gegenständen aus seinem früheren Leben zu trennen, war ihm ein großes Anliegen. Seine handgearbeiteten Schuhe galt es als Nächstes zu entsorgen. Steinberg hatte erfahren, dass die Volkshilfe für sozial Schwache der Stadt sammelte.

Nachdem ihm nun auch das zweite Fahrrad gestohlen worden war, verspürte er keine Lust, ein drittes anzuschaffen. Er ging zu Fuß oder benützte die öffentlichen Verkehrsmittel. Immer öfter hatte er in den letzten Tagen allerdings mit dem Gedanken gespielt, sich doch wieder ein Auto zu kaufen. Zeit seines Lebens war er ein Autofetischist gewesen. Je mehr Zylinder und Hubraum, desto besser, und PS konnten es sowieso nicht genug sein. Das galt für Straßenflitzer genauso wie für Geländewagen.

Darauf wollte er diesmal verzichten, zumindest so weit wollte er seinem Vorsatz treu bleiben. Im Internet wählte er die Kategorien „umweltfreundlich" und „Kleinwagen". Nach längerem Suchen fiel seine Wahl auf einen „Smart fortwo". Zum einen war ihm der Name sympathisch, denn er hatte früher Zigaretten geraucht, die „Smart Export" hießen, zum anderen war das Auto klein, der Spritverbrauch niedrig, die Abgaswerte waren gering.

Steinberg verließ seine Wohnung und ging die Freistädterstraße hinab. Nach etwa siebenhundert Metern stand er vor dem einzigen Mercedes-Händler in Urfahr. „Auto Gusenbauer" war ein Glaspalast mit angrenzendem Gebrauchtwagenmarkt. Hinter großen schweren Mercedes-Limousinen standen einige Smart-Kleinwägen. Steinberg öffnete bei einem die Tür, nahm Platz und fühlte sich gleich wohl. Die Sitzposition war bequem. Obwohl das Ding nur 2,70 Meter lang und 1,60 Meter breit war, wirkte es wie ein richtiges Auto.

„Max Steinberg! Ich habe es mir doch gleich gedacht, dass ich diesen Kunden kenne. Unser bekannter Polizeioberst! Servus, mein Lieber."

Steinberg blickt auf und sah seinem Studienkollegen Jörg Gusenbauer in die Augen.

„Ich habe völlig vergessen, dass du ja nach dem Tod deines Vaters das Geschäft übernommen hast", antwortete Steinberg überrascht und stieg aus.

In wenigen Sätzen erzählten sie einander, wie ihre Leben in groben Zügen verlaufen waren. Nach dem Studium hatten sie sich vollkommen aus den Augen verloren.

„Komm, ich zeige dir dein neues Auto." Gusenbauer führte ihn ins Geschäft und blieb vor einem silbergrauen Wagen stehen. „Mercedes-Benz E-Klasse Coupé, wahlweise 270 bis 408 PS, Basispreis 46.900 Euro."

„Solche Autos hatte ich früher. Ich möchte den ganz kleinen."

„Na hör mal! Du als Doktor und Oberst kannst doch nicht mit so einer Miniaturkarre herumfahren."

„Doch."

Die beiden gingen in den hinteren Teil des Schauraums.

„Genau so einen will ich." Steinberg deutete auf einen goldfarben und schwarz lackierten Smart. Was kostet er?"

„9.125 Euro. So wie er da steht. Luxusversion mit 71 PS."

„Gut, ich nehme gleich den da."

„Max, überlege doch. Das passt nicht zu deinem Image."

„Ich habe kein Image mehr."

„Du bekommst die Cabrio-Version zum selben Preis. So hast du wenigstens manchmal das Gefühl, ein Auto zu fahren, wenn dir der Wind um die Ohren pfeift. So ein Modell habe ich vor Kurzem sogar dem Vorstandsdirektor des Brucknerhauses ver-

kauft. Er hat ein Wunschkennzeichen. KV 425, das ist Mozarts Linzer Symphonie."
„Gut dass er KV statt GV gewählt hat", kommentierte Steinberg.
Jörg Gusenbauer sah ein, dass Steinberg nicht umzustimmen war. Er wies einen Angestellten an, die Unterlagen bereit zu machen, während er noch mit seinem Jugendfreund plauderte. Steinberg unterschrieb einige Formulare. In der Zwischenzeit stellte ein Mechaniker ein Auto vor das Geschäft. Gusenbauer gab ihm den Schlüssel.
„Nimm einstweilen diesen Smart. In drei Tagen ist deiner abholbereit."
Steinberg startete und fuhr los. Der Motor schnurrte kräftig, die Lenkung ging leicht. Der Smart fühlte sich an wie ein richtiges Auto. Er fuhr über die Autobahnbrücke, da seine Lieblingsbrücke ja abgerissen worden war. So wie auch eine der schönsten Bergbahnen Europas einer Straßenbahn weichen musste. Allerdings wurden die Garnituren im Gelb der Originalbahnen lackiert. „Damit die Leute eine Ruhe geben", dachte Steinberg. Desgleichen sollte auch die neue Brückenkonstruktion wieder drei Bögen zeigen. Damit die Leute eine Ruhe geben. Die älteste erhaltene Fabrik Europas wurde gnadenlos in die Luft gejagt, um einem modernen Bürobau Platz zu machen. Die Gestaltung sollte bieder ausfallen. Damit die Leute eine Ruhe geben. Diese Selbstzerstörungswut der Stadt Linz ließe sich beliebig lang fortsetzen.
„Ich sitze und werde nicht nass, er fährt ruhig dahin, keiner von uns fällt auf", dachte Steinberg und stellte den Winzling in eine Parklücke vor dem Polizeigebäude, die er mit seinen früheren Autos nicht als solche erkannt hätte.

Die rasante Entwicklung der Polizeiarbeit war auch an den Glasplatten im Besprechungszimmer der Soko „Bombe Linz" zu erkennen. Begonnen hatte alles mit einer dunkelgrün lackierten Holztafel, auf die mit weißer Kreide geschrieben wurde. Pinnwände aus Kork ermöglichten es bald darauf, Fotos anzubringen. Dann folgten weiße Kunststoffwände, die es mit bunten Filzstiften zu beherrschen galt. Die Reinigung mit trockenen

Schwämmen erwies sich als äußerst mühsam. Revolutionär waren Magnetknöpfe auf Metalltafeln, die mit ihrem leisen Klappern die Spannung bei jeder Sitzung erhöhten.

Doch das Whiteboard schlug alles. Drei Millimeter starkes Sicherheitsglas, auf der Hinterseite mit verzinktem Blech beschichtet. Der Referent konnte mit Boardmarkern alles Wissenswerte auf die glänzende Fläche zaubern. Fotos hielten selbstklebend. Da die Platte mit einem Abstand von drei Zentimetern an der Wand befestigt war, entstand ein dreidimensionales Feeling. Das Bild von Prof. Peter Schmitt in seinem zersplitterten Wagen wirkte auf dem Glashintergrund wie ein Ölbild von Lucas Cranach dem Älteren.

Das Whiteboard war nur eines der sichtbaren Signale für die fortschreitende Entwicklung der Polizeiarbeit. Die neue Polizeichefin hatte auch Bekleidungsvorschriften erlassen, die den Männern eindringlich das Tragen von Sakkos empfahlen, den Damen hingegen kurze Röcke untersagten. Wirklich entscheidend für die Verbesserung der Polizeiarbeit in Linz war das totale Alkoholverbot in Büros und Kantine. Das Rauchen war nur noch außerhalb der Polizeigebäude und erst im Abstand von zwanzig Metern vom Eingang erlaubt.

Als Steinberg in den Sitzungsraum trat, stand Stadtpolizeikommandantin Karin Moser vor dem Whiteboard und ordnete die Fotos darauf um. Der zerstörte Geländewagen, eine Totale vom Tatort, der zerfetzte Geldkoffer, einige Fünfhundert-Euro-Scheine und das Phantombild des Täters bildeten eine bunte Reihe. Als sie ihn bemerkte, drehte sie sich um.

„Guten Tag, Herr Steinberg. Wie steht es mit Ihren Ermittlungen?"

„Die Details werde ich ohnehin in der Sitzung berichten. Aber so viel kann ich jetzt schon sagen: Bei den Gesprächen mit der Verwandtschaft des Toten ergaben sich keinerlei Hinweise auf eine Täterschaft."

„Wir müssen uns mehr um die islamistische Szene kümmern. Glauben Sie mir, dort finden wir die Lösung."

Max Steinberg zuckte mit den Schultern. Er hatte keine Lust auf ein Vieraugengespräch mit seiner Chefin und war froh, als nach und nach die anderen eintrafen und am langen Besprechungstisch Platz nahmen. Karin Moser begrüßte und schlug vor, dass sich die Mitglieder der Soko ab sofort duzen, weil dies einfacher und persönlicher sei. Der Vorschlag wurde sofort angenommen.

„Gabi. Bitte dein Bericht."

Die junge Polizistin zuckte zusammen, sah kurz zu Steinberg und begann: „Wir waren bei der Witwe. Ihrer Meinung nach ist es vollkommen unverständlich, dass ihr Mann so einen schrecklichen Tod gefunden hat. Nichts habe auf Unregelmäßigkeiten hingedeutet, alles sei wie immer gewesen. Die Gespräche mit dem Bruder und der Schwägerin des Opfers führte Oberst Steinberg allein." Rasch korrigierte sie sich: „Führte Max allein."

Der Nächste in der Reihe war Karl Schmelzer von der Fremdenpolizei. „Ich war auf Ihren Befehl hin noch einmal in der Postgarage. Derzeit sind in dem Durchgangslager etwa neunhundert Menschen, hauptsächlich aus Syrien und Afghanistan, alle warten auf den Weitertransport nach Deutschland. Wie allgemein bekannt, sind die meisten davon junge Männer, eine schlanke Gestalt, dunkle Hautfarbe und schwarze Augen haben fast alle. Tragen sie auch noch einen langen Bart, entspricht ihr Aussehen natürlich dem Phantombild unseres Täters. Etwa dreihundert in Frage kommende Männer zu interviewen, erschien mir sinnlos, die freiwilligen Helfer und Dolmetscher in dem Lager haben mich auch so schon irritiert genug angesehen. Außerdem wurde die Tat am Samstag verübt, gestern war Mittwoch, und meist bleiben die Flüchtlinge gerade einmal für zwei Tage in dem Lager. Liebe Frau Vorsitzende, selbst wenn deine Theorie stimmen sollte und sich der Täter wirklich unter den Flüchtlingen befindet, ist er ziemlich sicher schon längst über alle Berge."

„Einen Versuch war es wert", meinte Karin Moser und wollte schon zu Steinberg überleiten, als Schmelzer pfauchte: „Nein, war es nicht wert. Und das hättest auch du wissen müssen. Mein Erscheinen in dem Lager hat nur Kopfschütteln ausgelöst und war peinlich für uns alle." Schmelzer hatte einen hochroten Kopf. Er tat sich schwer, die Beherrschung nicht zu verlieren. Steinberg wurde er immer sympathischer.

Moser überging seinen Einwand: „Max, bitte."

„Holger Schmitt gab an, dass es keinerlei Differenzen mit seinem Bruder gegeben habe. Seit sich ihr Vater aus der Firma zurückgezogen habe, hätten sie die Aufgaben gut untereinander aufgeteilt. Er sei im Management tätig gewesen, Peter Schmitt in der Forschung. Die Verantwortung für die Finanzen trägt der Prokurist Gernot Gutt. Mit ihm muss ich erst reden. Schmitt beschrieb seinen Bruder als Wunderkind in allen Dingen. Neid habe er aber niemals verspürt, sie hätten sehr harmonisch miteinander gelebt. Auch die Frauen der Brüder verstanden sich angeblich gut. Also alles in bester Ordnung. Aber ich glaube nicht, dass auch hinter den Fassaden alles stimmt. Bei keiner Familie ist das der Fall."

„Was hast du weiter vor?", fragte Moser.

„Ich rede demnächst mit dem Vater. Der alte Herr scheint immer noch der Mittelpunkt der Familie zu sein. Dann interessiert mich, wie der Prokurist das Brüderpaar Schmitt einschätzt. Und schließlich werde ich das berufliche Umfeld des Opfers in der Firma und auf der Universität unter die Lupe nehmen."

Karin Moser blickte Steinberg streng an: „Du meinst wohl, *wir* werden betrachten."

Steinberg überlegte kurz, fand dann aber, dass die Zeit für einen Streit noch nicht reif war, obwohl er Schmelzer auf seiner Seite wähnte. Daher ergänzte er: „Gabriele und ich werden die Verhöre führen und das Umfeld des Opfers durchleuchten."

„Burger King" grinste Steinberg zu und fragte Karin Moser: „Wie geht es denn mit deinen Terroristen weiter? Hast du noch ein paar für eine Gegenüberstellung auf Lager? Oder sollen wir welche nachliefern? Im Landesamt für Verfassungsschutz und Terrorismusbekämpfung kennen wir genügend mögliche Verdächtige."

Steinberg registrierte befriedigt, dass er noch einen Verbündeten gewonnen hatte.

„Ich könnte eine Liste der Ausländer in Linz mit muslimischem Glaubensbekenntnis liefern", setzte Karl Schmelzer spitz hinzu. Sein ironischer Unterton war kaum zu überhören.

„Wir haben jetzt wirklich alle Angestellten in der Arkade befragt. Wie von dir angewiesen auch die, die am Samstag gar nicht Dienst hatten. Es gab kein Ergebnis, außer dass uns manche fast ausgelacht haben", heizte Chefinspektor Hallsteiner die Stimmung noch etwas an. Die Sitzung drohte zu eskalieren.

Karin Moser erhob sich und atmete tief durch, da rettete Staatsanwältin Maria Sailer die Situation: „Es fehlt noch der Bericht von der Tatortgruppe."

„Paul bitte!", nahm Moser den Faden dankbar auf.

Paul Leutgeb, der Chef der Spurensicherung, blickte provokant lange in die Runde, bevor er seinen Bericht begann: „Wir haben die DNA-Spuren des Täters gesichert und die Daten mit der Europol-Datensammlung abgeglichen. Unser Mann konnte mit keiner begangenen Straftat in Verbindung gebracht werden. Damit ist mein Part erledigt. Aus diesem Grund schlage ich vor, mich aus der Soko zu entlassen."

Die Staatsanwältin würgte jede Diskussion ab und erwiderte sofort: „Das besprechen wir beim nächsten Mal. Nicht wahr, Karin?"

Moser nickte. Sie schloss die Sitzung der Soko „Bombe Linz", ohne weitere Anweisungen zu erteilen. Die Männer gingen, die Frauen blieben zurück.

Steinberg fuhr mit dem Lift ins Erdgeschoß, ließ sich beim Empfang die Telefonnummern aller Soko-Mitglieder geben und speicherte sie auf seinem Handy. Als er das Telefon wieder einstecken wollte, läutete es.

„Steinberg!"

„Hier spricht Agathe Kletzmayr." Als er zögerte, erklärte sie: „Ich bin die Mutter von Doris."

Langsam wurde hinter dem Bild von Doris, das sofort vor seinem inneren Auge erschienen war, die Silhouette einer kleinen Gestalt sichtbar. Sie trug einen Pagenkopf aus dichtem schlohweißen Haar. Der schwarze Chiffonrock reichte ihr bis zu den Waden, die Seidenbluse zierten unzählige Rüschen. Gold glitzerte an ihr. Eine Spange in den Haaren, eine schwere Kette um den

Hals, eine Brosche. An jeder Hand ein Ring, dazu ein Armreifen aus dickem Weißgold. Steinberg war zu ihrem Geburtstagsfest in ihrer Villa in der Knabenseminarstraße eingeladen gewesen.

„Entschuldigen Sie bitte, wenn ich Sie auf Ihrem Diensthandy anrufe. Ich wusste nicht, wie ich Sie sonst erreichen könnte, und die Dame in der Zentrale war so verständnisvoll, mir Ihre Nummer zu geben. Ich müsste Sie bitte möglichst bald sprechen. Bei mir zu Hause, wenn das ..."

„Kann das jetzt gleich sein?", unterbrach Steinberg sie.

„Das würde mich freuen."

Steinberg stieg in seinen Smart und fuhr los. Nachdenklich rollte er über die Nibelungenbrücke nach Urfahr. Jahrelang hatte Doris gegen ihre Krebserkrankung gekämpft und am Schluss doch verloren. Aber sie würde immer ein Teil von ihm bleiben, ihre Klugheit, ihr Charme, ihr Humor und ihre Leidenschaft. Um mit ihr zusammenleben zu können, hatte er seine Auslandsdienste beendet und die ruhigere Aufgabe an der Polizeihochschule in Linz übernommen. Zu zweit hatten sie ihre Tage verbringen wollen, alles gemeinsam erleben.

Ein hektisches Hupen riss ihn aus seinen Träumen. Er blickte auf den Tachometer und bemerkte, dass er nur mit dreißig Stundenkilometern unterwegs und damit eine einzige Provokation für die Pendler war, die ins Mühlviertel rasen mussten. Oder glaubten, rasen zu müssen.

Am Ende der Knabenseminarstraße befand sich die Villa der Familie Kletzmayr. Der rechteckige Bau mit seinen Türmchen und Balkonen versteckte sich hinter mächtigen Tannenbäumen. Steinberg konnte sich noch an einen großen Raum mit Biedermeiermöbeln, einem Kristallluster und Brokatvorhängen erinnern. Genau in diesen Raum führte ihn Agathe Kletzmayr auch diesmal. Als er durch die Tür trat, stürmte der schwarze Pudel auf ihn los und begrüßte ihn stürmisch.

Die Dame des Hauses erhob sofort ihre mahnende Stimme: „Aber Sophie. Schluss jetzt. Nicht springen." Und entschuldigend wandte sie sich an Steinberg: „Sie liebt Sie. So wie meine Tochter Sie geliebt hat."

Steinberg lächelte unsicher. Jetzt war jene Situation gekommen, vor der er sich gefürchtet hatte. Erinnerung und Wirklichkeit verschmolzen. Während der Pudel es sich auf seinen Füßen gemütlich machte, wartete er darauf, dass die Tür aufgehen und Doris eintreten würde. Die alte Dame bemerkte seine Betroffenheit und ging in die Küche. Sie kam mit zwei Tassen Espresso zurück.

„Sie dürfen gerne rauchen. Ich rauche auch wieder einige Zigaretten am Tag."

Steinberg nahm eine „Remember" aus seiner Schachtel.

„Wollen Sie ein paar Fotos sehen? Ich habe einige zusammengesucht."

Er nickte, obwohl er eigentlich nicht wusste, was er wirklich wollte. Agathe Kletzmayer holte einen Karton von der Kommode, öffnete ihn und reichte Steinberg einen Stoß unterschiedlichster Aufnahmen. Doris bei der Maturafeier, bei der Promotion, in ihrer Ordination, im Garten. Bei den letzten Fotos sah Steinberg nur noch verschwommene Konturen. Die alte Dame legte ihre Hand auf seine. Dann reichte sie ihm noch ein Foto.

„Können Sie sich erinnern? Das war bei meiner Geburtstagsfeier. Da war auch die Profilerin Maria Grossner zu Gast. Sie hat das Foto gemacht. Sie können es behalten."

Er bedankte sich. Doris' Mutter begann, verschiedene Dinge aus dem Leben ihrer Tochter zu erzählen, sie sprang von der Kindheit zu ihrem Studium in Boston, von ihrer Arbeit für „Ärzte ohne Grenzen" zu einem Ausflug, als ihr Vater noch lebte. Steinberg war froh, einfach zuhören zu können, nicht reden zu müssen. Die Zeit verging. Immer wieder kamen ihm die Tränen. Nach einer Stunde drängte er zum Aufbruch.

„Bevor Sie gehen, habe ich noch eine Bitte. Eine ganz große. Ich hoffe, Sie können mir helfen."

„Ich werde es versuchen."

„Ich bin schon so schlecht zu Fuß. Im Haus komme ich noch gut zurecht, aber spazieren gehen kann ich mit Sophie nicht mehr. Aber sie ist noch jung und will laufen. Mindestens eine Stunde pro Tag. Könnten Sie das für mich machen?"

Steinberg erinnerte sich an die winterlichen Spaziergänge mit Doris und dem Pudel. Es war wunderbar gewesen. Ohne Doris würde es schmerzen, doch der Schmerz war auch ein schöner, denn er brachte ihn nahe an die Liebe seines Lebens. Er willigte ein.

Ohne ein weiteres Wort zu sagen, stand die alte Dame auf, holte Halsband und Leine und gab beides Steinberg in die Hand. Dieser stand verdutzt da. So rasch hatte er nun nicht damit gerechnet. Außerdem wollte er doch noch das Gespräch mit Wieland Schmitt führen. „Will ich das wirklich?", fragte er sich selbst. Im nächsten Moment band er dem Pudel das Halsband um, hängte die Leine ein, nickte der alten Dame zu und verließ das Haus. Sophie ging mit ihm, als würde sie das täglich tun.

Als Steinberg wieder im Auto saß, beschloss er, Blumen an Doris' Grab im Urnenfriedhof zu bringen. Er freute sich schon auf den nächsten Spaziergang mit Sophie, die irgendwie ein Band mit seiner verstorbenen Geliebten knüpfte.

Der Radetzkymarsch ertönte. Es war Gabriele Koch.

„Hast du schon einen Plan, wann wir uns mit Wieland Schmitt treffen?"

Steinberg antwortete kurz angebunden: „Nein, ich werde erst einen Termin vereinbaren. Jetzt muss ich für meine Lehrveranstaltungen an der Polizeihochschule etwas tun. Ich setze dich dann in Kenntnis."

Er legte auf, fuhr zur Hochschule, wo er noch ein paar Unterlagen holte, und widmete den restlichen Nachmittag den prominenten Kriminalfällen. Den Abend verbrachte er zunächst in der Parkbadsauna und dann im Gasthaus „Lindbauer" mit einer Innviertler Knödelplatte und drei Krügerln Bier.

15.

Montag, 14. November, 10.20 Uhr

Sie haben sicherlich bereits die vielen unbeleuchteten Seitenstollen bemerkt. Hier waren überall Sitzplätze für die Schutzsuchenden. Erst beim Durchgehen bekommt man einen Eindruck von der gigantischen Dimension dieser Anlage. Wenn wir noch ein paar Schritte weitergehen, kommen wir nun zum sogenannten „Sargdeckel".

Wie gesagt gibt es Stollen, die Betonverschalungen aufweisen, dann solche mit Schalungen aus roten Ziegeln und eben auch jene, wo der rohe Sandstein die Wände bildet. An manchen Stellen sickert an der Decke Wasser durch und Kalzit wird abgelagert. So bilden sich hängende Tropfsteine, sogenannte Stalaktiten, wie wir sie im Verbindungsgang gesehen haben. In diesem kleinen Seitenstollen hier ist vor sechzig Jahren ein zwanzig Tonnen schwerer Steinbrocken von der naturbelassenen Decke herabgestürzt. Wäre jemand darunter gestanden, hätte das den sicheren Tod bedeutet. Stein und Geröll hätten dann einen „Sargdeckel" gebildet. Daher der Name.

Beim Bau wurden in den größeren Stollen Vortriebsmaschinen eingesetzt. Auch Presslufthämmer kamen zum Einsatz. Doch die weitaus meisten Stollen wurden von KZ-Häftlingen mit Hammer und Meißel aus dem Sandstein gehauen, das Material mit Schiebetruhen zu Sammelstellen gebracht. Gearbeitet wurde in zwei Schichten zu je zwölf Stunden. Verletzte sich ein Mann, bedeutete dies den sicheren Tod. Er wurde zurückverlegt nach Mauthausen, wo er entweder seinen Verletzungen erlag oder vergast wurde.

Wenn Sie mir ein paar Schritte folgen, sehen Sie das Herzstück des Stollens. In diesem gemauerten Raum steht die Belüftungsanlage. In dem verrosteten Eisenschacht drehte sich ein Turbinenrad von zwei Metern Durchmesser. Angetrieben wurde es von einem riesigen Motor, der hinter dem Radgehäuse stand. Hinter der Turbine führt ein fünfzig mal fünfzig Zentimeter großer Luftschacht ins Freie, durch den Frischluft angesaugt wurde. Die Lüftungshäuschen mit ihren spitzen Dächern sind beim Botanischen Garten heute noch von außen zu sehen. Die Maschine versorgte den Stollen ununterbrochen mit Frischluft, aber nicht so, wie es bei den heutigen Klimaanlagen üblich ist, von der Decke aus, sondern vom Boden. So konnten die Stollen noch besser durchlüftet werden. Wollte man verbrauchte Luft aus den Stollen absaugen, wurde das Turbinenrad in die Gegenrichtung geschaltet.

Strom und Wasser lieferte das städtische Netz. Bei Stromausfall lief ein Notstromaggregat, bei Schäden an der Wasserleitung wurde Wasser aus Auffangbehältern eingeleitet. Die Baudurchführung lag in der Hand eines Wiener Architekturbüros, welches auch das Fachpersonal stellte, das die ausländischen Handwerker mit Sonderstatus und die Häftlinge einteilte. Für den nötigen Nachdruck sorgten fünfzig SS-Leute. Sie ließen die Männer bis zur völligen Erschöpfung arbeiten. Tempo kam vor Sicherheit.

In Linz gab es drei Lager für KZ-Insassen aus Mauthausen, die von der SS an die begünstigten Privatfirmen vermietet wurden. In den Stollen kamen Häftlinge aus Lager zwei zum Einsatz, die Häftlinge aus Lager eins und drei mussten in den Hermann-Göring-Werken arbeiten, der heutigen VOEST. Bis zu achttausend abgemagerte kranke Menschen hielten dort unter größten körperlichen Anstrengungen den Rüstungsbetrieb aufrecht. Die Linzer Kriegsindustrie war auch der Hauptgrund für die Bombardierungen. Insgesamt erlebte Linz zweiundzwanzig Luftangriffe, bei denen die Menschen in den Stollen Schutz suchten.

Zeitzeugen haben berichtet, dass die langen Wartezeiten in den Stollen oft unerträglich waren. Es quälten die Angst und die Ungewissheit, ob das Wohnhaus noch steht oder nicht, ob sich alle Freunde und Bekannten in die Stollen retten konnten.

16.

Freitag, 4. November, 4.00 Uhr

Der kleine stämmige Mann in der blauen Uniform der Österreichischen Wach- und Schließgesellschaft spürte weder Angst noch Schmerz. Als er auf die drei Männer zugegangen war, die ihren Kombi vor dem TNF-Turm der Linzer Kepler Universität geparkt hatten, hatte ihn jemand von hinten gepackt, ihm einen Wattebausch vor die Nase gehalten und geflüstert: *„Laku noć."* * Der Nachtwächter war alt genug, diesen Geruch aus der Medizin zu kennen. Bei seiner Blinddarmoperation als Achtjähriger hatten die Ärzte noch Äther zur Betäubung benutzt.

Sie legten den Nachtwächter in den Kombi. *„Ti ostaješ kod njega. Ukoliko se probudi daj mu još jednu!"* **, rief der dritte, der zur gläsernen Eingangstür des Universitätsgebäudes gegangen war. Er machte sich mit verschiedenen Schlüsseln am Schloss zu schaffen, bis die Tür aufsprang. Beim Lift wartete er auf die anderen beiden. Sie trugen einen Werkzeugkoffer, zwei Zwanzig-Liter-Schutzgasflaschen und ein hellblaues kofferförmiges Schweißgerät mit sich.

Wortlos fuhren sie in den neunten Stock und gingen zur Eingangstür des Zentrums für Oberflächen- und Nanoanalytik. Nach wenigen Versuchen war auch hier der richtige Schlüssel gefunden. Sie schalteten das Licht ein. Es kam durchaus vor, dass auch zu dieser ungewöhnlichen Zeit noch am Institut gearbeitet wurde. Durch den großen Forschungsraum traten sie in ein kleineres Zimmer. Gegenüber dem Fenster war ein etwa einen Meter breiter und eineinhalb Meter hoher Tresor eingemauert.

„Već sam si mislio da ministarstva moraju štedjeti. Ovaj stari gospodin nikad nije obnovljen i ovdje spava od kada je ugrađen sedamdesetih godina" ***, vermeldete der Mann, der vorausgegangen war.

* „Gute Nacht."
** „Du bleibst bei ihm. Wenn er munter wird, verpasst du ihm noch eine Ladung."
*** „Ich habe es mir gedacht, dass Ministerien sparen müssen. Dieser alte Herr wurde nie erneuert. Er schlummert seit seinem Einbau in den siebziger Jahren vor sich hin."

„*U to je vrijeme, međutim, bio najmoderniji i najsigurniji zidni ormar. Ali to je bilo prije četrdeset godina. Možemo biti sretni – u ovoga ćemo provaliti brzo*"*, antwortete einer der anderen beiden, schloss die Flasche mit Argongas an, setzte Sicherheitsbrillen auf, zündete das Schweißgerät und machte sich ans Werk. In weniger als zwanzig Minuten hatte er die Ränder der Tresortür zerschnitten. Mit einem leichten Zug am Türgriff neigte sie sich nach vor. Zu dritt hoben sie die Tür auf den Boden. Im Inneren des Tresors lag ein silbern glänzender Aluminiumkoffer.

„*Evo nam našeg blaga!*" **

Innerhalb weniger Minuten hatten sie ihr Werkzeug wieder eingepackt und verließen mitsamt dem Aluminiumkoffer das Institut, fuhren seelenruhig mit dem Lift ins Erdgeschoß und gingen zu ihrem Wagen. Sie hoben den Nachtwächter aus dem Kofferraum, legten ihn ins Gras und packten das Werkzeug ein. Ganz langsam rollte das Auto über den großen Parkplatz Richtung Freistädterstraße.

Tatata tatata tatatatata. Die Bläser spielen viel zu laut. Die Wiener Philharmoniker waren auch schon besser, das klingt alles so metallisch. Steinberg riss die Augen auf, fand sich in seinem Schlafzimmer wieder und rollte aus dem Bett, um das Handy aus seiner Anzughose zu kramen. Es war fünf Uhr morgens.

„Steinberg!"

„Hallo Max. Guten Morgen. Paul hier. Fahre bitte sofort zur Johannes Kepler Universität. Es wurde ins Zentrum für Oberflächen- und Nanoanalytik eingebrochen. Es befindet sich im TNF-Turm."

„Und wo finde ich diesen TNF-Turm?"

„Das ist das schäbige graue Hochhaus der Technisch-Naturwissenschaftlichen Fakultät. Ist nicht zu übersehen."

Das Innere des Gebäudes war ebenso uncharmant wie die Außenfassade. Die Glastüren verschmiert, der Gang düster, nur durch zwei flackernde Neonröhren beleuchtet. Unzählige graue

---

* „Damals war er allerdings der modernste und sicherste Wandschrank. Aber das war vor vierzig Jahren. Wir können uns freuen, den knacken wir in Kürze."
** „Da haben wir ja unseren Schatz!"

Türen, von denen nur eine einzige geöffnet war. Steinberg trat ein. Leutgeb von der Spurensicherung war schon mit seiner Gruppe da. Ebenso alle anderen Mitglieder der Soko „Bombe Linz", bis auf die Frau Staatsanwalt.

Steinberg hatte noch nie einen derart skurrilen Polizeieinsatz erlebt. Acht Bullen, bekleidet mit weißen Ganzkörperanzügen, die Schuhe in blauen Plastiküberzügen, die Gesichter hinter einem Mundschutz verborgen, standen in einem etwa dreißig Quadratmeter großen Raum herum. Im Nebenraum standen und hockten die ebenfalls maskierten Spurensicherer. Auf einem Sessel saß zusammengesunken ein Mann in einer blauen Uniform, der von Einsatzleuten des Samariterbundes behandelt wurde.

„Schönen guten Morgen! Oder gute Nacht? Ist das hier ein Betriebsausflug? Wo bekomme ich mein Jausenpaket?"

Steinberg handelte sich wieder einmal einen bösen Blick der Soko-Chefin ein.

„Max, schau her!", rief Paul Leutgeb und winkte ihn in den Nebenraum.

Nachdem auch Steinberg die Tatortkleidung angelegt hatte, betrat er das Zimmer, das offensichtlich das Büro von Professor Peter Schmitt gewesen sein musste. Ein Schreibtisch beim Fenster, mehrere Holztische in der Mitte des Raumes. Darauf einige Bildschirme sowie elektronische Geräte, die Steinberg nicht kannte. An der Wand klaffte als Loch ein offener Tresor, die Tür war am Boden abgestellt.

„Der Safe ist uralt und hat einen niedrigen Sicherheitsfaktor. Für Profis eine Angelegenheit von einer halben Stunde. Spuren haben sie keine hinterlassen, so viel wir bisher gesehen haben. Aber wir suchen noch weiter", präsentierte Paul Leutgeb seine Erkenntnisse. So laut, dass nicht nur Max Steinberg, sondern das gesamte Team es hören konnte.

„Hast du eine Idee, was aus dem Safe gestohlen worden ist?", fragte Steinberg.

„Der gesamte Boden ist völlig verstaubt. Nur diese Fläche ist staubfrei. Da muss ein rechteckiger Gegenstand gelegen sein. Vielleicht ein Aktenstoß", antwortete Leutgeb.

„Oder ein Koffer? So einer, wie er beim Attentat übergeben worden ist?"
„Kann durchaus sein."
„Dann sind jetzt vielleicht zwei Koffer mit dem gleichen Inhalt im Umlauf."
„Dann hätten wir zwei Stecknadeln in zwei Heuhaufen", meinte Leutgeb.
Die Soko umringte den Mann in der blauen Uniform.
„Ich bin von der Wach- und Schließgesellschaft. Dieses Gebäude gehört zu meiner Runde", gab er sich als Mitarbeiter der 1904 gegründeten und damit zu den ersten privaten Wach- und Sicherheitsunternehmen gehörenden Firma zu erkennen.
„Geht das nicht etwas lauter?", fuhr ihn Karin Moser an.
„Entschuldigung, mit meiner Stimme ist etwas nicht in Ordnung."
„Der Einsatz von Äther kann Nebenwirkungen bei den Atemwegen erzeugen", kommentierte Thomas Wanda vom SPK Linz. Alle blickten ihn erstaunt an. „Ich habe ein paar Semester Medizin studiert, bevor ich zur Polizei gegangen bin", erklärte er stolz, ging zum Waschbecken, nahm einen der dort gestapelten Plastikbecher, füllte ihn mit kaltem Wasser und reichte ihn dem Wachmann.
Nachdem dieser ein paar Schluck getrunken hatte, fuhr er einigermaßen verständlich fort: „Ich machte meine dritte Runde auf dem Universitätsgelände. Gegen vier Uhr kam ich zum letzten Mal beim TNF-Turm vorbei. Da stand ein dunkler Kombi direkt vor der Tür. Drei Männer standen beim geöffneten Kofferraum und hoben etwas heraus."
„Haben Sie gesehen, was die Männer ausgeladen haben?", fragte Chefinspektor Hallsteiner.
„Dazu war es zu dunkel. Die Beleuchtung wird in der Nacht auf Sparflamme reduziert. Aus Kostengründen", antwortete der Mann, nahm wieder einen Schluck Wasser und sprach weiter: „Dann packte mich ein vierter von hinten und hielt mir einen mit Äther getränkten Wattebausch vor Mund und Nase. Ich habe ganz schnell das Bewusstsein verloren. Das ist alles." Der Mann blickte in die Runde. „Kann ich jetzt gehen?"

„Geben Sie meiner Kollegin noch Ihre Personalien und Ihre Telefonnummer, danach brauchen wir Sie fürs Erste nicht mehr", erklärte Karin Moser.

Im Weggehen drehte er sich noch einmal um. „Bevor mir der Mann den Ätherbausch auf die Nase drückte, hat er etwas gesagt."

Alle blickten ihn gespannt an.

„Er sagte Lago Madsch."

„Wahrscheinlich meinte er Lago Maggiore", kommentierte Chefinspektor Schmelzer.

„Sonst noch etwas?", ignorierte die Soko-Chefin den Kommentar.

Der Mann schüttelte den Kopf. „Ich hatte gedacht, es sei wichtig."

„Ist es auch. Sehr wichtig, danke. Auf Wiedersehen", forderte sie ihn freundlich, aber bestimmt, zum Gehen auf. Dann wandte sie sich Leutgeb zu. „Gibt es seitens der Spurensicherung noch etwas?"

„Nein. Wir packen jetzt zusammen", erwiderte dieser und begann, sich aus dem Overall zu schälen. Die anderen folgten seinem Beispiel.

„Dank an euch alle. Der Einsatz hat hervorragend funktioniert. Alle waren in kürzester Zeit am Tatort. Als Leiterin der Soko ‚Bombe Linz' möchte ich euch als Dank zu einem gemeinsamen Frühstück einladen. Wir treffen uns im Arcotel. Dort wird das Buffet um sechs Uhr geöffnet", ordnete Karin Moser an.

Als Steinberg durch den Gang Richtung Lift ging, fasste sie ihn am Arm, zog ihn zu sich und flüsterte: „Das war eine Aktion zum Teamfinding und zur Teamentwicklung. Ich denke, wir müssen in der Soko stärker zusammenrücken, die Zusammenarbeit intensivieren und uns näher kommen."

Steinberg blickte sie erstaunt an. Dass sie gerade ihn ins Vertrauen zog, verwunderte ihn sehr.

Das Arcotel „Nike" am rechten Donauufer war vom selben Architekten geplant und gebaut worden wie der TNF-Turm der Universität. Artur Perotti hatte in den siebziger Jahren einige Gebäude in Linz entworfen. Nachdem sich alle am Buffet versorgt hatten, kam umrahmt von Kaffeeduft das Gespräch in Gang.

„Warum hast du uns eigentlich alle an der Uni antanzen lassen?", fragte Karl Schmelzer die Chefin.

„Das würde mich auch interessieren. So etwas Verrücktes habe ich noch nie erlebt", hakte Burkhard König nach, auf dessen Teller ein vierstöckiger Toast in die Höhe ragte.

„Ich wollte, dass wir einmal alle gemeinsam im Einsatz sind, nicht nur im Sitzungszimmer besprechen."

„Darf man hier rauchen?", fragte Steinberg den Kellner und wurde in den Eingangsbereich des Hotels verwiesen. Er nahm seine Kaffeeschale, stand auf und ging.

„Warte. Ich komme mit dir", verkündete Emmerich Hallsteiner und folgte ihm.

„Teamfinding", sagte Steinberg.

„Was soll das heißen?"

„Ich gebe jeder Zigarette einen Namen. Diese heißt eben Teamfinding. Die Chefin wollte mit diesem frühmorgendlichen Schwachsinn ja das Miteinander der Soko-Mitglieder stärken."

„Also mir reicht es schön langsam."

„Mir auch."

„Findest du, wir sollten sie ..." Hallsteiner strich mit dem Zeigefinger der Breite nach über seine Kehle.

„Warten wir's noch ab", antwortete Steinberg.

Es war bereits halb acht Uhr, als Karin Moser zum Aufbruch drängte. „Max und Gabriele, ihr bleibt noch ein bisschen. Die ersten Leute vom Institut kommen um acht Uhr zur Arbeit. Bitte verhören und dann berichten. Wir treffen uns alle um elf Uhr."

In dem kleinen Auto war ausreichend Platz für zwei Personen, stellte Steinberg erleichtert fest, denn eine körperliche Berührung seiner Kollegin wäre ihm unangenehm gewesen. Er mochte sie nicht und weigerte sich, nach den Gründen zu suchen. Auch ihre hohe Stimme, die immer wieder kippte, störte ihn, sodass er es vermied, mit ihr zu sprechen. Er fürchtete ihre Antworten. So fuhren sie schweigend zur Universität zurück.

„Ich habe gegoogelt. Am Zentrum für Oberflächen- und Nanoanalytik arbeiten sechsundvierzig Leute. Sie kommen aus aller Welt, die Auflistung der Namen liest sich wie ein Protokoll einer UNO-Sitzung", beschränkte sich auch Gabriele Koch auf die notwendigste Information.

Steinberg nickte und stellte das Auto direkt vor dem Eingang des TNF-Turms ab. „Ich muss mir noch ein Einsatzschild und ein Blaulicht besorgen, so ein Winzling ist viel zu leicht abzuschleppen", dachte er, als er den Wagen versperrte.

Im großen Raum vor dem Büro Peter Schmitts standen zwei Männer und zwei Frauen beisammen und redeten durcheinander. „Unsere Chefin hat offensichtlich den gesamten Tatort schon freigegeben", stellte Steinberg verwundert fest.

„Ich habe den Safe noch nie offen gesehen", behauptete eine der Frauen.

„Du hast doch einmal probiert, ob deine Geburtsdaten als Nummernkombination funktionieren."

„Das war voriges Jahr beim Institutsfasching. Das war ein Scherz."

„Aber du hast es probiert."

„Vergiss mich", antwortete die resolute Frau und wandte sich zum Gehen.

„Bleiben Sie bitte. Wir haben einige Fragen an Sie alle. Mein Name ist Max Steinberg. Ich bin Polizeioberst und ermittle in diesem Fall. Das hier ist Bezirksinspektorin Gabriele Koch. Sie wird Ihre Personalien aufnehmen", erklärte Steinberg.

Die Polizistin zog folgsam einen Notizblock aus ihrer Uniformtasche.

„Ich heiße Susanne Montag und bin Institutssekretärin."

„Danke! Sagen Sie mir bitte, wo Sie die Nacht verbracht haben und ob es Zeugen gibt", wollte Koch wissen.

„Wo und mit wem ich die Nacht verbracht habe? Das geht Sie gar nichts an."

Steinberg kam seiner jungen Kollegin zu Hilfe: „Sie irren, Frau Montag. Das geht uns sehr wohl etwas an. Wir ermitteln nicht nur wegen des Einbruchs, sondern vor allem wegen des Mordes an Ihrem Chef Professor Peter Schmitt."

„Ich war allein zu Hause. Meine Adresse ist Wilhelm Klein Straße zwei."

„Ich auch", meldete sich die andere, jüngere Frau, „ich bin Doktor Diplomphysikerin Evelyn Eck, Scanning Electronic Mikroskopie, wohnhaft Hauptstraße zwölf." Sie sprach mit norddeutschem Akzent.

Bei den beiden Herren handelte es sich um die Universitätsassistenten Narajan Tas aus Delhi und James Donovan aus Denver, die beide in der Abteilung für Elektronenmikroskopie beschäftigt waren. Während Gabriele Koch noch die letzten Daten niederschrieb, betrat ein großer Mann mit dunklem Teint und schwarzem Rauschebart den Raum.

„Schon wieder ein Salafist", witzelte Steinberg still für sich. Seine Kollegin musste Ähnliches denken, denn ihr Blick verriet einiges Staunen.

„Was ist hier los?", fragte der Mann in einwandfreiem Deutsch. Für Steinberg war aber an der Vokalfärbung erkennbar, dass er aus dem arabischen Raum stammen musste.

Nachdem die Institutssekretärin kurz den Einbruch geschildert hatte, zeigte sie auf die beiden Ermittler. „Das ist Kommissar Stemmberg und seine Kollegin Kuchel."

„Oberst Doktor Max Steinberg und ich heiße Koch, Gabriele Koch", korrigierte die Polizistin und fragte den Neuankömmling: „Und wie ist Ihr Name?"

„Osama Labwani. Ich bin Universitätdozent. Mein Spezialgebiet ist die Implantation von Ionen."

„Sind Sie Österreicher?"

„Nein, ich bin Syrer und habe in Damaskus studiert, bevor ich meinen Doktortitel hier am Institut erworben habe."

„Wie lange arbeiten Sie schon am Institut?"

„Seit acht Jahren bin ich im Team von Professor Schmitt."

„Wo waren Sie heute Nacht?"

„Im Zug. Ich bin mit dem Schlafwagen nach einem Kongress von Berlin nach Linz gefahren."

„Abfahrt? Ankunft?", fragte Gabriele Koch nach.

„Zwanzig Uhr Abfahrt, sechs Uhr dreiundzwanzig Ankunft in Linz. Wollen Sie die Fahrkarte sehen?"

„Was war das für ein Kongress?", warf Steinberg eine Frage ein.

„Es ging um das Zusammenspiel der Naturwissenschaften bei der Nanotechnologie."

„Und um drei Tage Spazierengehen in Berlin mit Opernbesuch, Karten für das Olympiastadion und dreimal Haubenküche am Abend", ergänzte Narajan Tas.

„Das Ganze auf Einladung und Kosten der Bauernbank", fügte die Sekretärin hinzu.

„Das stimmt nicht. Diesmal war es unsere liebe linz-spinning-company-ltd", ätzte Narajan Tas.

Evelyn Eck schüttelte den Kopf. „Geht das schon wieder los mit euch beiden? Ihr braucht euch keine Hoffnungen machen. Keiner von euch wird Peters Nachfolge antreten."

Steinberg brachte das Gespräch wieder in sachliche Bahnen: „Können Sie mir sagen, woran Professor Schmitt zuletzt geforscht hat?"

„Das kann keiner von uns. Gerade in unserem Forschungszweig herrscht Schweigepflicht, es hängen zu viele Interessen daran", antwortete die Physikerin. Die anderen nickten.

„Davon kann ich Sie alle entbinden. Ich ermittle in einem Mordfall. Verstehen Sie?"

Alle schweigen betreten. Auch als Steinberg seine Frage wiederholte, wagte keiner zu antworten.

„Frau Kollegin, laden Sie jeden einzeln zum Verhör zu uns. Ich brauche für jeden eine Stunde", erklärte Steinberg und verabschiedete sich. „Dann bis demnächst in diesem Theater, meine Damen und Herren. Frau Montag, Sie fahren sofort mit mir mit."

Völlig überrascht meinte sie: „Geht das nicht auch hier?"

„Wo haben Sie Ihr Büro?"

„Am Ende des Gangs."

„Gut, dann gehen wir, sobald Frau Koch die Termine für die anderen Herrschaften festgelegt hat."

So wie das gesamte Haus verbreitete auch das Institutssekretariat eine eigenartige Tristesse. Es war mit Möbeln aus den siebziger Jahren eingerichtet, durch die Fenster blickte man auf einen Hügel mit Mischwald. An der Pinwand hinter dem Schreibtisch hingen Postkarten von verschiedenen Urlaubsdestinationen.

„Sie haben uns angelogen", begann Steinberg das Gespräch.

„Stimmt", antwortete die mittelgroße Frau, die mit einem gelben Wollkleid ihre leicht mollige Figur zur Geltung brachte. Sie wirkte sehr selbstsicher.

„Ich wollte nicht vor versammelter Mannschaft erzählen, dass ich mit dem Institutsvorstand der Physikalischen Chemie ein Verhältnis und die Nacht in einem Linzer Hotel verbracht habe."

„Kann er das bestätigen?"

„Wenn es notwendig ist, sicherlich."

„Wo finde ich den Herrn?"

„Das Institut liegt genau gegenüber."

„Und jetzt beantworten Sie meine zuerst gestellte Frage: Woran hat Professor Schmitt geforscht?"

Susanne Montag nahm an ihrem Schreibtisch Platz und bot Steinberg und Koch Sessel an. Nach einigem Zögern begann sie: „So unwahrscheinlich es klingt, ich weiß es nicht. Offiziell lief das Projekt unter dem Titel ‚Nano: Materialzerlegungen'. Das Wissenschaftsministerium verweigerte aufgrund der Allgemeinheit des Themas jede finanzielle Unterstützung."

„Wer hat schließlich finanziert?", wollte Steinberg wissen.

„Die linz-spinning-company-ltd zahlte einhundertfünfzigtausend Euro."

„Sehr viel Geld."

„Ganz genau. Professor Schmitts Firma hat mehrmals Geld zur Verfügung gestellt, jedoch noch nie eine so hohe Summe. Sie werden es nicht glauben, aber für diese Finanzierung wurde er sogar vom Universitätsbeirat geehrt." Sie blickte zuerst Koch, dann Steinberg lange an und sagte schließlich: „Außerdem hatte er die Strategie, an sein wissenschaftliches Team individuelle Arbeitsaufträge zu vergeben, ohne dass die Leute wussten, auf was das im Gesamten hinauslaufen würde. Die Schweigepflicht hat er verordnet."

Steinberg bedankte sich und verließ mit Gabriele Koch das Sekretariat.

„Was denkst du über den Syrer? Ich dachte unser Täter kommt zur Tür herein", bemerkte sie.

„Die Ähnlichkeit mit unserem Phantombild ist verblüffend. Aber glaubst du wirklich, ein Nanotechniker sprengt seinen Chef mit einer Handgranate in die Luft?"

„Nein. Aber möglich ist es schon."

„Es gibt nichts, was es nicht gibt. Wir werden uns den Mann noch genauer anschauen müssen", meinte Steinberg und ging Richtung Institut für Physikalische Chemie. Er klopfte an die Tür mit dem Schild o.Univ. Prof. Mag. DDDr. Sener Sarifakli und öffnete. Eine klein gewachsene Asiatin saß hinter einem Sekretariatstisch.

„Sie wünschen bitte?"

„Wir wollen zu Professor Sarifakli", antwortete Steinberg und hielt ihr seinen Ausweis hin.

„Moment. Ich frage ihn, ob er Sie empfangen kann."

„Nicht Sie stellen Fragen, sondern wir." Steinberg ging weiter zu jener Tür, hinter der man eine kräftige Stimme telefonieren hörte.

„Was soll das! Sie sehen doch, dass ich telefoniere. Wer sind Sie überhaupt?", herrschte ihn der Mann hinter dem Schreibtisch an, wobei er sein Telefon etwas von sich streckte.

Steinberg und Koch hielten ihm ihre Erkennungskarten hin. Sarifakli beendete rasch das Telefonat. „Und was will die Polizei von mir?"

„Wir wollen wissen, ob Sie die letzte Nacht mit Frau Susanne Montag in einem Linzer Hotel verbracht haben."

Der Professor erhob sich, schloss die Tür zum Vorzimmer und bat die beiden, am Besprechungstisch Platz zu nehmen.

„Muss das sein? Warum wollen Sie das wissen?"

„Ja, es muss sein. Sie sollen uns ein Alibi bestätigen."

Der Professor nahm ebenfalls Platz und war nun für Steinberg und Koch bis auf Nasenhöhe hinter Stapeln von Büchern, Mappen und Ordnern verborgen. Als er sich im Sessel zurücklehnte, war nur noch der schwarze Haarschopf zu erkennen. Ruckartig beugte er sich vor und schob mit der rechten Hand den größten Stapel beiseite. Ein paar Blätter fielen zu Boden.

„Im Institut gegenüber wurde heute Nacht eingebrochen. Professor Schmitt wurde vor wenigen Tagen brutal ermordet. Daher ist es wohl nicht zu viel verlangt, dass Sie uns sagen, wo Sie heute Nacht waren", wurde Steinberg nun deutlich.

„Ich habe Familie", begann dieser besorgt.

„Keine Sorge, diese Auskunft ist völlig vertraulich. Vorausgesetzt, Sie haben nichts mit dem Mord und dem Einbruch zu tun."

„Ich war mit Frau Montag im Hotel Steigenberger am Winterhafen." Seine Antwort kam zögernd. Die Aussage war ihm sichtlich unangenehm.

„Sie sind Türke?", fragte Koch.

„Mein Vater. Meine Mutter ist Österreicherin. Ich bin in Istanbul aufgewachsen, habe dort studiert, danach lehrte ich in den USA und bin schließlich an die Kepler Universität Linz berufen worden. Mein Spezialgebiet sind Solarzellen." Er bückte sich nach den Zetteln am Boden.

„Kannten Sie Professor Schmitt näher?", wollte Steinberg wissen.

„Wir waren auch privat befreundet und haben viel Zeit miteinander verbracht. Unsere Familien kennen sich gut. Auch wissenschaftlich haben wir eng zusammengearbeitet. Ohne Nanotechnologie geht in der physikalischen Chemie nichts mehr."

„Aber diese Forschungen sind auch sehr umstritten", wandte Inspektorin Koch ein.

„Alles Neue wird anfangs bekämpft. Das wird sich legen, wenn die Menschen merken, welche Vorteile sie im Alltag haben."

„Nanotechnologie ist schon Alltag, aber die Leute wissen es nicht. Es wird ja auch nicht deklariert. In Textilien, in den Verpackungsfolien von Lebensmitteln, im Verbandszeug, überall Nanotechnologie. Und diese Nanoteilchen dringen in den Körper ein, aber es gibt keinerlei Untersuchungen, wie gefährlich das für den Menschen ist. Die Politik deckt dieses Spiel und alle Wissenschaftler arbeiten nach dem Motto: die Geister, die ich rief, gehen mich nichts mehr an", hakte sie hartnäckig nach.

„Das jetzt mit Ihnen zu diskutieren, dazu habe ich keine Zeit. Aber Sie können ja ein Studium beginnen. Vorausgesetzt Sie haben Matura."

Professor Sarifakli erhob sich und reichte Steinberg die Hand. Hinter seinen dunklen Brillen funkelten hellwache Augen, Lachfalten verrieten einen lebenslustigen Charakter.

Steinberg blieb sitzen und tat so, als würde er die Hand nicht sehen. „Wie würden Sie Peter Schmitt beschreiben?"

„Ein Sunnyboy, freundlich, immer gut gelaunt, stets zu Scherzen aufgelegt. Ein hervorragender Wissenschaftler. Man könnte sagen, er war ein Genie auf seinem Gebiet. Seine vielen Patente zeugen davon."

„Wissen Sie, woran er zuletzt geforscht hat?"

„Nein. Er tat auch ziemlich geheimnisvoll, arbeitete oft nächtelang allein in seinem Labor. Ich weiß nur, dass er immer an der Weiterentwicklung von Stofffäden forschte. Seiner Arbeit ist es zu verdanken, dass Stoffe erzeugt werden können, die jeden Schmutz abweisen. Wassertropfen und Schmutzpartikel perlen einfach ab. Wenig später entdeckte er andererseits die Heilkraft von Nanosilber. Die Medizinfirmen feierten ihn wie einen Popstar."

„Und seine Firma?"

„Die Spinnerei war die ideale Ergänzung. Dort konnte er seine Forschungen sofort in die Praxis umsetzen, ohne erst einen Partner suchen zu müssen. Mit dem selbstreinigenden Stoff landete die linz-spinning-company-ltd einen Welterfolg."

„Neidisch?"

„Sehe ich so aus?", grinste Sarifakli.

Auf dem Weg zum Lift schimpfte Koch: „So ein gemeiner Hund! Wenn Sie Matura haben, sagt er. Er weiß wohl nicht, dass Polizistinnen an der Polizeihochschule ausgebildet werden. Dazu ist eine Matura Voraussetzung."

„Seien Sie nicht beleidigt. Er hat mit dem Scherz einfach übertrieben. Beruflich dürfte er ein ähnliches Genie wie unser Opfer sein. Haben Sie die vielen internationalen Auszeichnungen und Diplome gesehen, die er an der Wand hängen hat? Die stammen nicht von Kegelklubs. War da nicht auch ein schwedisches Dekret darunter?"

„Ein Nobelpreis?"

„Kann sein."

Bezirksinspektorin Gabriele Koch blickte ihn ungläubig an.

17.

Freitag, 4. November, 8.00 Uhr

Am Ende des schwarzen Tunnels wartete das Licht. Er ließ seinen Körper zurück und bewegte sich durch das Dunkel darauf zu. Stimmen waren zu hören. Als er sich umdrehte, sah er sich zerschunden auf dem steinernen Boden liegen. Neben ihm standen zwei Männer, die aufgeregt diskutierten. Der Kleinere rief: „Das war zu viel! Der Mann ist tot! Unser Auftraggeber wird uns fertigmachen!"

Je näher er dem Licht kam, desto geringer wurden seine Schmerzen. Immer rascher kam er der Helligkeit entgegen. Er drang in einen warmen Nebel ein. Das Tempo verringerte sich. In das gleißende Weiß mischten sich jetzt goldgelbe Strahlen. Mit dem Gefühl vollkommener Schwerelosigkeit schwebte er nach oben. Seine Eltern kamen ihm entgegen und umarmten ihn.

Wie ein Vogel zog er in atemberaubender Höhe über die Erde. Er sah, wie seine Frau zu ihm hoch blickte, seine Söhne streckten die Hände nach ihm aus. Am Strand spielten seine Enkelkinder und winkten ihm. Die Strahlen wurden bunter. Klänge gaben jetzt die Geschwindigkeit vor. Er spürte eine unendliche Wärme und Liebe. Eine innere Liebe, wie er sie noch nie verspürt hatte. Schleierartige Körper schwebten wie durchsichtige Meeresquallen neben ihm. Immer stärker fühlte er sich als Teil eines schwerelosen Ganzen. Der Raum war unendlich, es gab keine Zeit. Die Farben vereinten sich zu einem gleißenden Weiß. Das gleißende Weiß öffnete sich. Aus dem leuchtend hellen Ring trat eine Figur auf ihn zu.

Irgendetwas zog ihn an den Füßen von der Erscheinung weg. Das Weiß rückte immer schneller in die Ferne. Wie von einem gewaltigen Sog wurde Ivica Bobić zurück ins Leben geholt.

Als er seine Augen öffnete, war es stockdunkel. Liegend tastete er mit beiden Händen Kopf und Körper ab, als wollte er sich vergewissern, ob er noch alle Gliedmaßen habe. Dann kniete er sich auf und rutschte so lange herum, bis er an einen Tisch und einen Sessel stieß. Er hangelte sich daran hoch, nahm Platz, ertastete eine Mineralwasserflasche und einen Papiersack mit Zwieback. Zuerst langsam, dann immer schneller aß und trank er.

„So ist also Sterben", murmelte er, „eigentlich wunderschön. Endlich bleibt dieser klobige Körper zurück, niemand kann mir mehr wehtun. Endlich die wahre Freiheit. Endlich Frieden und Liebe. Und bringt mich niemand dorthin, kann ich es selbst tun", dachte Bobić und beschloss, den Koffer zu öffnen, wenn die beiden Männer dies wieder von ihm fordern würden. Aber nicht mit der Zahlenkombination. Der Koffer würde explodieren und er würde wieder zu dem Licht kommen. Und seine Lieben würden ihn begleiten, ihm wieder winken.

Ivica Bobić nahm noch einen Schluck, erhob sich, hielt sich mit einer Hand am Tisch fest und tastete mit der anderen nach der Wand. Langsam schob er sich durch den finsteren Raum vorwärts. Als er endlich an das Bett stieß, ließ er sich ruhig daraufsinken. Vor dem Einschlafen versuchte Bobić noch einmal, die wunderbare Reise ins Licht nachzuträumen, stürzte jedoch in ein tiefes schwarzes Loch von Schmerzen und Angst.

18.

Freitag, 4. November, 11.00 Uhr

Die Soko „Bombe Linz" verfügte auch über einen Arbeitsraum. Jedem Mitglied war ein eigener Arbeitsplatz zugewiesen. Im Abstand von einem Meter standen die Schreibtische entlang der Fensterfront. Diese Enge führte dazu, dass nur äußerst selten ein Soko-Mitglied hier arbeitete. Schlecht für das Teamfinding.

Steinberg saß mit den aktuellen Tageszeitungen und einem Becher Kaffee an seinem Tisch. Die Angriffe der Journalisten wegen der fehlenden Ermittlungserfolge waren heftig. „Hilflose Truppe" und „Sonderkommission Kaffeekränzchen" lauteten die höflichen Schlagzeilen. Letztere Wortkreation stammte von Joe Vesper von der „Kronen Zeitung". Gerhard Böttner von den „Oberösterreichischen Nachrichten" hatte den Titel „Unsere Polizei: ergebnislos hilflos" erfunden. Er sang Lobeshymnen auf den pensionierten Polizeidirektor Jaruschek und stellte zugleich seine Nachfolgerin in Frage. Dass sie einen abgehalfterten Polizeioberst ins Team geholt habe, sei höchst fragwürdig. Der Mann habe jahrelang im Ausland gelebt und von den hiesigen Verhältnissen keine Ahnung mehr.

Es war nicht schwer zu erkennen, dass Steinberg damit gemeint war. Verärgert griff er zu seinem Telefon. Gerhard Böttner kannte er schon lange. Mit ruhiger Stimmte teilte ihm Steinberg mit: „Sage einmal, haben sie dir ins Hirn ge…"

Der Redakteur unterbrach ihn sofort: „Hallo Max! Entschuldige, aber ich konnte nichts machen. Wir haben einen neuen Ressortleiter und der hat etwas gegen die Soko-Weiber, aber besonders gegen dich."

„Warum? Seit Jahren löse ich auf meinen Heimaturlauben in Linz komplizierte Fälle! Und was heißt überhaupt abgehalftert? Ich bin jetzt an der Polizeihochschule!"

„Ich weiß. Ich weiß. Die Zeiten ändern sich. Tut mir leid. Ich erzähle dir alles bei einem Bier, okay?"

Steinberg schritt drei Runden um einen Tisch, der in der Raummitte platziert war, bis er sich beruhigt hatte und den Rest der Zeitung durchsehen konnte. Bei einer Doppelseite im Reiseteil hielt er inne. Kroatien wurde beworben, jeder würde dort verwöhnt, von *„Dobar dan"* bis *„Laku noć"*. Steinberg hatte als Kind mit seinen Eltern in Kroatien, damals noch Jugoslawien, mehrere Male den Urlaub verbracht. Verwöhnen war damals noch kein Thema, die Einrichtung der Hotels war eher spartanisch. Doch „Gute Nacht" hatte auch damals schon *„Laku noć"* geheißen.

Steinberg rief Gabriele Koch an und ließ sich von ihr die Nummer des Mannes von der Wach- und Schließgesellschaft geben.

„Guten Tag. Hier Oberst Steinberg. Sie haben uns erzählt, dass der Mann, nachdem er Ihnen den Arm um den Hals gelegt hatte, etwas zu Ihnen gesagt hat."

„Ja, es klang wie lago madsch."

„Kann es *Laku noć* gewesen sein?"

Eine Weile war es still, dann antwortete der Mann: „Das klingt sehr ähnlich. Könnte gut sein."

„Laku noć bedeutet auf Kroatisch gute Nacht. Das würde zu der Situation passen. Sie sind ja wegen der Narkose eingeschlafen."

Steinberg überlegte die verschiedenen Möglichkeiten, während er in den Sitzungsraum hinüberging. Entweder hatte jemand in Österreich vier Kroaten engagiert, oder vier Spezialisten waren direkt aus Kroatien angereist, um den Einbruch zu verüben und den Koffer in ihre Heimat mitzunehmen. In Gedanken versunken zündete er sich eine Zigarette an, dämpfte sie aber nach ein paar Zügen an der Unterseite des Fensterbretts wieder aus. Er stand auf und begann auf und ab zu gehen. Die Hände auf dem Rücken verschränkt, sprach er laut mit sich selbst: „Wie haben sich die Täter auf den Einbruch vorbereitet? Sicher haben sie das Universitätsgelände und den Turm im Vorfeld besucht, wahrscheinlich auch das Institut. Wenn sie direkt aus Kroatien gekommen sind, müssten sie schon einige Tage zuvor in Linz eingetroffen sein."

Die Tür ging auf und Leutgeb trat ein, gefolgt von König. Dieser machte seinem Spitznamen alle Ehre und biss gerade in einen mehrlagigen Hamburger.

„Bist du dir sicher, dass in dem aufgebrochenen Safe ein Koffer war?", fragte Steinberg Leutgeb übergangslos.

„Der staubfreie Fleck am Boden des Safes ist eindeutig rechteckig wie ein Koffer, oder vielleicht eine Schachtel. Aber die Maße entsprechen den gängigen Koffermaßen."

„Zwei Verbrechen. Zwei Koffer?"

„Sehr wahrscheinlich."

Steinberg brach die Unterhaltung ab, als das von ihm insgeheim so bezeichnete „Dreimäderlhaus" den Raum betrat. Soko-Leiterin Karin Moser und Staatsanwältin Maria Sailer trugen dunkelblaue Kostüme und darunter hellblaue Blusen, während Bezirksinspektorin Gabriele Koch in Uniform kam. Absicht oder Zufall? Als alle Mitglieder der Soko eingetroffen waren, eröffnete Karin Moser die Sitzung.

„Max und Gabi, ihr wolltet den Vater des Opfers verhören und das berufliche Umfeld erkunden."

Da Steinberg nicht die geringsten Anstalten machte, zu antworten, erklärte Gabriele Koch: „Wann hätten wir das machen sollen? Heute früh war doch der Überfall an der Uni und wir haben die Mitarbeiter dort befragt."

„Und gestern am Nachmittag?"

Koch warf Steinberg einen Hilfe suchenden Blick zu, doch er schwieg weiter und dachte an die Pudeldame, mit der er auch an diesem Nachmittag eine Runde drehen wollte.

„Ich habe etwas gefragt. Warum also nicht gestern?"

Koch sah noch einmal zu Steinberg und antwortete schließlich: „Wieland Schmitt war nicht erreichbar und in der Firma war Besuch einer ausländischen Delegation." Eine glatte Lüge.

Die Soko-Leiterin war anscheinend zufrieden mit der Auskunft und wollte nun von Karl Schmelzer wissen, ob es die Liste der Muslime in Linz schon gebe.

„Sie wollen wirklich eine Liste aller Muslime in Linz? Das war doch als Scherz gemeint!", schüttelte dieser den Kopf. „Ich habe hier eine Liste jener Muslime, die unter unserer Überwachung stehen, meine Gnädigste. Ich denke, das ist nützlicher." Er händigte ihr eine Mappe aus und ergänzte: „Von den hundertvierundfünfzig unter Überwachung stehenden Personen sind zwei seit dem Tag des Mordes verschwunden. Wie vom Erdboden verschluckt. Die Akten der beiden habe ich kopiert und obenauf gelegt."

„Wer sind die beiden?"

„Ihre Akten liegen wie gesagt obenauf", wiederholte Schmelzer provokant.

Karin Moser lehnte sich zurück, blickte zur Zimmerdecke und holte tief Luft. Ihr Unterkiefer zitterte. Wieder einmal rettete die Staatsanwältin die Situation. Sie hatte nach der Mappe gegriffen, die beiden Akte herausgezogen und vor sich auf den Tisch gelegt.

„Hassan Hadid und Faysal Amin, beide zweiundzwanzig Jahre alt, beide Flüchtlinge aus Afghanistan. Die jungen Männer sind vor drei Jahren – also vor dem großen Flüchtlingsstrom 2015 – nach Linz gekommen. Beide haben um politisches Asyl angesucht. Ihre Verfahren laufen noch."

Die Chefin hatte sich beruhigt und bat nun Schmelzer um eine Kurzbeschreibung der beiden Männer. „Damit Maria nicht alles vorlesen muss", lautete ihr Kommentar.

Schmelzer grinste. „Die beiden sind in einer kleinen Gruppe aus ihrem Heimatland nach Österreich gekommen. Die anderen sind nach Deutschland weitergereist, die beiden blieben in Linz. Sie stehen im Verdacht des Drogenhandels. Sie haben Kontakte nach Wien und Salzburg, wo die Großdealer sitzen. In Linz dürften die beiden an der Spitze stehen. Es liegt die Vermutung nahe, dass es sich um eine europaweit tätige Drogenbande handelt. Wir wollten über die beiden zuschlagen, doch sind sie jetzt eben untergetaucht."

„Könnten die Männer auch in unserem Fall tätig gewesen sein? Sind sie im Umgang mit Handgranaten geschult?", wollte Emmerich Hallsteiner vom Landeskriminalamt wissen.

„Sie haben keinen militärischen Hintergrund, also ist es eher unwahrscheinlich. Dennoch fahnden wir mit aller Kraft nach ihnen. Sobald ich etwas weiß, melde ich euch das natürlich sofort", schloss Karl Schmelzer.

„Ich habe auch eine Liste für uns mitgebracht. Das sind die Mitglieder von muslimischen Vereinen in Linz und Umgebung." Burkhard König schob Karin Moser den vor ihm liegenden

Ordner zu. Sie nahm ihn an sich, schloss die Sitzung und verließ ohne weitere Anweisungen den Raum.

Max Steinberg fuhr mit dem Lift ins Erdgeschoß und trat vor die Tür, um eine Zigarette zu rauchen. In Anspielung auf die deutsche Bundeskanzlerin und die Flüchtlingsthematik nannte er sie „Wir schaffen das". Belustigt sah er zu, wie eine Lenkerin mehrmals vergeblich versuchte, ein Fahrschulauto in eine Parklücke zu zwängen. Als sie beim dritten Versuch wieder mit einem Hinterrad am Gehsteig landete und der vordere Teil des Wagens in die Fahrbahn ragte, stiegen zwei Herren aus dem Auto, wahrscheinlich die Prüfer.

„Das kostet noch zehn Fahrstunden und erneut die Prüfungsgebühr", hörte Steinberg eine weibliche Stimme hinter sich. Staatsanwältin Maria Sailer trat zu ihm und holte eine Packung „Kim" aus ihrer Handtasche. Diese 1970 eingeführte Zigarettenmarke war wegen ihrer schlanken Form und der Länge von neun Komma fünf Zentimetern besonders auffällig. Sie galt als „Frauenzigarette".

„Schlank und rassig von Kopf bis Glut", grinste Steinberg.

„Soll das ein Kompliment sein?", fragte Sailer.

„Gerne! Aber eigentlich ist es der Werbeslogan deiner Zigarettenmarke."

„Ich kenne nur den Spruch: Für Männerhände viel zu schick."

Inzwischen hatte der Fahrlehrer das Auto eingeparkt und im Wageninneren gab es anscheinend noch einiges zu besprechen. Steinberg und Sailer standen schweigend nebeneinander. Dann wandte sie sich zu ihm: „Wenn du so weitermachst, wird die Soko nie erfolgreich arbeiten können."

„Ich mache doch gar nichts."

„Das ist es ja. Du blockierst die Arbeit durch dein ignorantes Schweigen. Und das Wenige, das du bisher von dir gegeben hast, ist nur dazu da, die Chefin bloßzustellen und anzugreifen. Außerdem versuchst du, auch andere Soko-Mitglieder in dein Boot zu holen."

Steinberg blickte sie an. Die schwarzen Haare waren nach hinten gebunden, sie war in hellen Farben geschminkt, am auffälligsten waren die getuschten Wimpern und der violette Lippenstift. Mit ihrer für das Schönheitsideal zu molligen Figur strahlte sie eine äußerst sympathische und faszinierende Selbstsicherheit aus.

„Diese Arbeit habe ich mir nicht ausgesucht. Ich wurde zugeteilt."

„Ich weiß."

„Außerdem eigne ich mich nicht als Fußvolk."

„Du bist Führungsarbeit gewohnt?"

„Genau. Unter einer Anfängerin zu dienen, geht mir gegen den Strich."

Die Staatsanwältin dämpfte ihre Zigarette aus. „Aber so ist die Situation nun einmal und wir brauchen den Erfolg. Du genauso wie ich und vor allem die Soko."

Bevor Steinberg antworten konnte, war sie weg. Es stand noch eine Weile da, dann kehrte er in den Arbeitsraum der Soko zurück. Dort suchte er an einem der Computer die Nummer jener Autovermietung heraus, deren herrenloser Wagen in der Spittelwiese gefunden worden war. Die Ermittlungen hatten sich gleich auf die DNA-Spuren des im Wagen gefundenen Gepäcks konzentriert und es war keine Befragung der Mitarbeiter der Autovermietung angeordnet worden. Genau diesen Weg wollte Steinberg nun aber einschlagen. Zuvor hatte er kurz überlegt, diesen Auftrag Gabi Koch zu erteilen. Doch dann hätte er sie einweihen müssen und das wollte er nicht. „Und zudem gehöre ich ohnehin zum Fußvolk. Also Max Steinberg, an die Arbeit!", befahl er sich selbst.

Der herrenlose Wagen war bereits am Samstag mit einem Strafzettel versehen worden. Als er am Sonntag noch immer da stand, führte die Autonummer zur Firma „Herzer". Ein Mitarbeiter kam, um das Auto abzuholen, das darin gefundene Gepäck wurde von der Polizei übernommen. Jetzt stand der Wagen wieder am Parkplatz des Autoverleihs.

Steinberg rief Leutgeb an. Er wollte diesen das Auto untersuchen lassen. Wieder einmal raste der Spurensicherer mit dem Streifenwagen bei aufgesetztem Blaulicht quer durch die Stadt. Steinberg hatte es aufgegeben, Leutgeb diese Unsitte abgewöhnen zu wollen.

Sie wurden vom Geschäftsführer erwartet und auf einen Kaffee eingeladen.

„Nein, danke", verweigerte Leutgeb, „wo steht das Auto?"

Der Mann wies auf einen weißen Ford und Leutgeb machte sich gleich an die Arbeit.

„Können Sie sich an den Mieter des Wagens erinnern? Sie haben angegeben, sein Pass habe auf Boris Dadić aus Split gelautet. Die Überprüfung hat natürlich ergeben, dass es ein gefälschter Pass war. Aber hatte er einen kroatischen Akzent?", fragte Steinberg.

„Er war mittelgroß, schlank, schwarze Haare mit grauen Schläfen, markante Gesichtszüge, sonnengebräunt."

„Wie war er gekleidet?"

„Er trug Jeanshose und Jeansjacke, dazu Cowboystiefel und seltsamerweise Handschuhe. Sein rechter Unterarm war tätowiert."

Steinberg fühlte eine innere Zufriedenheit, denn das klang ganz und gar nicht salafistisch. „Welchen Eindruck machte er auf Sie?", fragte er weiter.

„Höflich, aber bestimmt. Er sprach fließend deutsch, allerdings mit einem deutlichen Akzent. Es könnte durchaus ein kroatischer Akzent gewesen sein, jedenfalls war es eine slawische Sprache, so viel Erfahrung habe ich."

Steinberg verabschiedete sich und ging hinaus auf den Parkplatz. Leutgeb stand schon neben dem Wagen. „Da ist gar nichts Auffälliges, keine Spuren von Chemikalien oder Sprengstoff oder sonst etwas. Aber er ließ seine Reisetasche mit DNA-Spuren zurück."

„Damit haben wir eine neue heiße Spur", grinste Steinberg. „Außerdem suchen wir jetzt nach keinem bärtigen Prediger mehr, sondern nach einem glatt rasierten Cowboy."

19.

Freitag, 4. November, 15.00 Uhr

Der Raum diente mehreren Funktionen. Tisch, Sessel, Kühlschrank und Küchenkasten deuteten auf eine Art Aufenthaltsraum hin, zwei Feldbetten, zwei kleinere Medikamentenschränke an der Wand und zwei Auslässe für Sauerstoff auf eine Art Notambulanz. Eine Tür führte zu Toiletten und Duschen, eine andere auf einen Gang. Außerdem stand in einer Ecke ein schwerer Schreibtisch aus Metall, ein kleines Büro. Der Raum ließ sich unterschiedlich beleuchten. Momentan brannten lediglich kleine Notlampen über den Türen mit je zehn Watt Lichtleistung. Über den langen Gang und eine endlose Stiege gelangte man ins Freie, über eine dritte Tür in den Raum, wo Ivica Bobić lag.

„Einen Mörder entführen, drei Tage lang gefangen halten, Beute übergeben, Geld kassieren und zurück in das schöne Sachsen. So war die ganze Sache vereinbart. Jetzt sind schon sieben Tage vergangen und wir haben nichts erreicht. Im Gegenteil, man hat uns eingesperrt", fluchte Jan Siebert. Der Hüne schritt von einem Ende des Raumes zum anderen. Immer wieder drückte er die Schnalle der Tür zum Gang, aber der Weg ins Freie war versperrt. Steffen Schmuck döste auf einem Feldbett vor sich hin und murmelte: „Mit dem Geld hätte ich mir endlich ein Grundstück am Stadtrand von Emden leisten können. Wer weiß, wie das alles ausgeht."

„Was ist?"

„Nichts."

„Du hast Emden gesagt, oder? Die ostfriesische Perle des Nordens, deine geliebte Heimatstadt. Hast du doch gesagt, oder?"

„Ja, aber das ist doch egal. Es ist alles völlig falsch gelaufen. Wir hätten die Finger von diesem Auftrag lassen sollen", antwortete Schmuck.

„Zwei Ausländer für eine Art militärischen Einsatz, so hatten doch die Anforderungen gelautet. Und wir sind beides, oder? Wir sind nur aufgrund von Einsparungen bei der deutschen Bundesmarine ausgemustert worden, geeignet sind wir allemal!", entgegnete Siebert.

„Ich glaube nur, dass die Entführung eines Mörders um eine Nummer zu groß für uns ist."

„Blödsinn." Der Hüne nahm Platz und ließ seine beiden Fäuste auf die Platte fallen. „Ich habe Hunger und Durst. Der sperrt uns einfach ohne Vorräte ein. Und wir haben dem Mörder dort drüben noch Zwieback hingestellt."

Das Bakelit-Telefon läutete. Siebert stürzte hin, hob ab und polterte los: „Hören Sie, wir haben weder Lebensmittel noch Getränke. So geht das nicht. Auf diese Weise werden Sie den Kofferinhalt niemals bekommen."

Steffen Schmuck war aufgestanden und stellte sich nah zu seinem Partner, um mithören zu können.

„Wenn ihre eure Arbeit erledigt habt, mache ich die Türen wieder auf. Dann könnt ihr den Stollen verlassen. Jetzt mach nur die Tür zum Gang auf, dort liegt, was ihr braucht. Hol es herein und schließ die Tür wieder. Ich bleibe so lange am Telefon."

Mit einem Summen sprang die Tür auf. Zwei Plastiksäcke standen im Gang. Schmuck holte sie und stellte sie auf den Tisch. Sie waren mit Lebensmitteln und Getränken gefüllt. Jan Siebert hob den Telefonhörer wieder zum Mund. „Das wurde auch Zeit. Wann kommt die nächste Lieferung?"

„Morgen, Samstag. Aber zum letzten Mal. Wenn ich bis Sonntagabend den geöffneten Koffer nicht habe, seid ihr tot."

Siebert legte langsam den Hörer auf die Gabel. Beide schwiegen eine Weile und sahen einander betroffen an. „Vielleicht hast du doch recht", meinte der Hüne dann, „die Sache ist uns tatsächlich eine Nummer zu groß. Wir können nichts tun, der Einzige, der den Code wusste, ist tot."

„Sollten wir ihn noch einmal durchsuchen?", fragte Schmuck.

„Haben wir doch schon. Der hatte den Code nur im Kopf."

„Trotzdem."

Schmuck öffnete die Tür und drehte das Licht auf. Entsetzt prallte er zurück. „Der Bobić ist abgehauen."

„Du spinnst, der ist tot."

„Aber er liegt nicht mehr dort. Wir haben ihn doch dort am Boden liegen gelassen. Oder nicht?"

Jetzt stand auch Siebert auf und trat zu Schmuck. Beim Anblick des leeren Bodens schreckte er zusammen: „Aber das gibt es doch nicht. Der war tot! Und aus dem Raum kommt soundso niemand hinaus."

Er ging weiter in den Raum hinein und sein Blick fiel auf das Bett, auf dem sich eine graue Wolldecke wölbte. Siebert ging hin und hob sie vorsichtig hoch. Darunter lag zusammengekrümmt und regungslos Ivica Bobić.

„Unser Vögelchen ist wieder munter und ins Bettchen geflogen", lachte Siebert.

„Er lebt?"

„Na, Tote können nicht fliegen."

Siebert drehte Bobić auf den Rücken. „Ivica, hörst du mich?" Bobić zeigte keinerlei Reaktion. Der Hüne schüttelte ihn noch einmal an der Schulter, dann legte er sein Ohr über dessen Mund. „Also atmen tut er. Er lebt tatsächlich. Wir setzen besser wieder die Masken auf, bevor ich ihn aufwecke."

Nachdem Schmuck die Clownmasken geholt hatte, nahm Siebert ein Glas Wasser und flößte es Bobić ein, bis dieser die Augen öffnete. Er sah die beiden Männer, krümmte sich wieder zusammen und zog sich die graue Wolldecke über den Kopf. Siebert wollte ihn wieder hochreißen.

„Lass ihn liegen. Er soll sich noch erholen. Wir brauchen ihn, nur er weiß den Code", mahnte Schmuck und wandte sich der Tür zu. Siebert nickte und folgte ihm.

20.

Freitag, 4. November, 16.00 Uhr

„Dein Auto ist abholbereit."
„Gut, ich komme."
Steinberg steckte sein Handy ein und fuhr zum Autohändler nach Urfahr. Da es die Eisenbahnbrücke nicht mehr gab, musste er über die Voestbrücke fahren. Freitagnachmittags ein zeitraubendes Unterfangen. Er benötigte für die Donauüberquerung mehr als eine halbe Stunde. Jörg Gusenbauer erwartete ihn bereits und führte ihn in die Werkstatt. Ein Mechaniker montierte gerade die Nummerntafeln L 345 AB. Mit dieser Nummer konnte er sich sofort anfreunden, vermutlich würde er sie sich sogar merken.
„Sollte der Wagen nicht goldfarben sein?"
„Wir hatten kein Modell mit Faltdach lagernd. Weiß ist ohnehin die weitaus sichere Fahrzeugfarbe. Das rote Stoffdach passt genial dazu. Komm her, ich zeige dir, wie man es öffnet."
Steinberg winkte ab. „Gib mir einfach die Papiere, den Rest finde ich schon heraus. Ich hab es eilig."
Da es bereits zu dämmern begann, wollte er so schnell wie möglich zu Doris' Mutter, um die Pudeldame abzuholen und mit ihr eine Runde zu gehen.
Sophie begrüßte ihn wieder wie einen alten Bekannten. Sie sprang an ihm hoch und leckte ihm die Hände ab. Er konnte nicht anders, als sie hochzuheben und zu streicheln. Der harte Bulle aus Kabul und eine schwarze Pudeldame – was für ein Gespann.
Er wählte die Runde Petrinum, Riesenhof und über die Kaiserkrone zurück. Sophie ließ sich dafür nicht gewinnen, ging zunächst geradeaus am Petrinum vorbei und bog dann in Richtung Sportplatz ein. Auch gut.
Nachdem er den Pudel wieder abgegeben hatte, fuhr er mit seiner neuen Errungenschaft zum Gasthaus „Lindbauer" direkt an der nicht mehr vorhandenen Eisenbahnbrücke. Vom Parkplatz aus sah man die vorbeifließende Donau und die beiden traurigen

Brückenpfeiler. Für Steinberg ein Albtraum. Mit der Brücke war ein Teil seines Lebens entsorgt worden.

Er trat in das Gasthaus ein und schon war es zu spät. „Herr Professor, Herr Professor! Komm her und setz dich zu uns!"

Am hintersten Tisch war ein schlanker groß gewachsener Mann aufgestanden und winkte Steinberg zu sich. Es war Adi, und als Steinberg näher kam, erkannte er auch die anderen ehemaligen Ruderkollegen des Ruder- und Kajakvereins Donau Linz. Der ganze Achter war vertreten, jetzt allesamt Männer zwischen fünfzig und fünfundsechzig. Steinberg begrüßte jeden mit Handschlag. „Wartet, sagt nichts", forderte er die Männer auf, dachte jeweils kurz nach und nannte dann alle beim Vornamen.

„Du nix Alzheimer. Brabo, brabo, Maxi."

„Du hast es bis heute noch immer nicht geschafft, deutsches Deutsch zu sprechen. Auch brabo."

Der zart gebaute Mann hieß Pavel Smetana, war 1967 mit seinen Eltern aus der Tschechoslowakei geflohen und lebte seit damals in Linz. Er war der Steuermann des damals erfolgreichsten Achterbootes Österreichs gewesen.

Steinberg nahm Platz, bestellte geröstete Knödel, fing mit Bier an und stieg später auf Veltliner um. Im Underbergspiel zog er immer die Fläschchen mit den hohen Nummern, musste daher die nächste Runde bezahlen und verlor wieder. Schließlich musste er eingestehen: „Ich glaub, jetzt hab ich genug."

„Früher hast du aber viel mehr vertragen", behauptete Adi.

„Da war ich auch noch jünger! Und wenn du ständig in moslemischen Staaten lebst, kommst du aus der Übung."

„Wie lange warst du denn im Ausland?"

„Siebzehn Jahre. Das Innenministerium und die UNO waren meine Auftraggeber, meine Dienstorte waren überall dort, wo Krieg und Terror herrschten."

Adi nahm das nächste Underbergfläschchen, schaute auf die Nummer in der kleinen roten Verschlusskappe. „Sieben!"

Steinberg war der Einzige, der wieder eine zweistellige Zahl zog, bestellte noch eine Runde, zahlte und verabschiedete sich dann. Das Auto ließ er stehen. Er war acht Kilometer damit gefahren.

21.

Samstag, 5. November, 14.00 Uhr

Steinberg war überrascht von der Größe und der Übersichtlichkeit des neuen Wiener Hauptbahnhofs. Hier hatte sich die österreichische Tradition stark gewandelt. Bequem gelangte er über Rolltreppen zur U1.
Er fuhr zum Karlsplatz und erreichte mit wenigen Schritten das Café „Wortner" in der Wiedener Hauptstraße. Dort wollte er seinen Freund Hengstschläger treffen. Nicht im „Landtmann", nicht im „Schwarzenberg", denn beide Traditionshäuser verwehrten ihren Besuchern das Rauchen. Alkohol hingegen, eines der schwersten Nervengifte, wurde überall angeboten und beworben. Niemand redete über die 340.000 Alkoholkranken und die 735.000 Landsleute, die ihre Gesundheit schwer schädigten. „Es wird ein Wein sein, und wir werden nimmer sein." Punkt.
Durch den gläsernen Windfang betrat Steinberg das Kaffeehaus. Es hatte sich seinen typischen Wiener Stil erhalten. Bereits im Jahr 1880 war der Betrieb von Ferdinand Wortner eröffnet worden. Noch immer wirkte das Innere durch die großen schweren Kristallluster und die Holzverkleidung der Wände gemütlich und einladend.
Der Leiter des Bundesamts für Verfassungsschutz und Terrorismusbekämpfung Sektionschef Hofrat Dr. Joachim Hengstschläger saß bereits an einem Ecktisch. Auch für andere Gäste war die Herzlichkeit ihrer Begrüßung sofort zu spüren. Sie umarmten sich lange, bevor sie Platz nahmen.
„Die Küche hat nur bis fünfzehn Uhr geöffnet, wollen wir gleich bestellen?"
Beide wählten Kürbiscremesuppe und Wiener Schnitzel vom Kalb mit Erdäpfelsalat, dazu ein Glas Sekt. Joki, wie Steinberg Joachim abzukürzen pflegte, war wie immer bestens gekleidet. Groß gewachsen, braun gebrannt, mit leicht gewelltem blonden Haar, durchzogen von einigen weißen Strähnen, saß er da wie ein

Filmstar auf Drehpause. Er nippte am Sektglas und bemerkte zum Ober: „Das ist aber kein Hengstschläger."
„Tut mir leid mein Herr."
Der Hofrat zuckte mit den Schultern. Er fand es schade, denn er war Erbe der größten Sektkellerei Österreichs. Damit war er finanziell völlig unabhängig und nützte seinen Beruf als interessanten Zeitvertreib. Er berichtete Steinberg vollkommen unaufgeregt von seinem Job, den Intrigen im Ministerium, dem Wahnsinn um die Flüchtlingsthematik und das Asylchaos.
„Und jetzt zu dir. Was gibt es bei dir Neues? Du machst ja jetzt brav mit in der Soko, wie ich es dir angeraten habe."
Steinberg berichtete über den Fall, über die Arbeit der Soko, die Stimmung im Team und die Erfolgsaussichten der Ermittlungen. Er schloss mit einem Vorschlag: „Ich werde die Soko gegen den Willen der Vorsitzenden nie in eine andere Richtung lenken können. Und sie lässt unerbittlich und stur nach einem Täter im Terroristenumfeld ermitteln. Das ist völliger Schwachsinn. Es kann sich nur um einen Fall von Betriebsspionage von internationalem Ausmaß handeln. Der vermutliche Täter kam aus Kroatien, die Einbrecher von der Universität ebenfalls. In Rijeka laufen die Fäden zusammen. Du musst dafür sorgen, dass ich dort hinkomme."
Hengstschläger schmunzelte. „Das ist also der Anlass deines werten Besuchs. Ich soll dich ins Ausland schicken, ohne deine Vorgesetzte über den Grund zu informieren."
„Genau. Das sollst du und das kannst du. Du schickst mich zu einem dreitägigen internationalen Treffen europäischer Terrorspezialisten nach Zagreb."
„Und warum sollte ich gerade dich dorthin schicken?"
„Weil ich jahrelang in den Ländern dieser Netzwerke tätig war. Weil ich einiges darüber weiß, wie der Islamische Staat arbeitet. Das genügt wohl als Grund. Ein streng geheimes Mail nach Linz, unterzeichnet vom Minister, und ich fahre los."

Der Kellner brachte das Essen. Genüsslich verspeisten beide das österreichische Nationalgericht Nummer eins. Dazu Weißwein. Gemischter Satz aus Grinzing. Besprochen wurden jetzt private

Dinge. Wohnung, Auto, Beziehungen, Gesundheit und Pläne für die Zukunft.
„Nehmen die Herren vielleicht eine Nachspeise? Wir hätten frischen Topfenstrudel. Dazu ein Kaffetscherl?"
Beide verneinten und blieben bei Wein und Mineralwasser.
„Also, zurück zu deinem Anliegen", meinte Hengstschläger, während er sich eine Zigarette anzündete, „geht in Ordnung, ich mache es."
Steinberg rauchte daraufhin eine „Rijeka".
„Ich schicke so eine Anweisung an deine Stadtpolizeikommandantin", führte Hengstschläger weiter aus, „für das Klima in Österreich ist es fatal, durch ungelöste Fälle und mit solchen Verdächtigungen Ängste zu schüren. Und deine Theorie zur Tat scheint mir sehr plausibel."
„Wann kann ich fahren?"
„Bis Montag weilt die Ministerin in Brüssel. Am Dienstagvormittag treffe ich sie bei der Amtssitzung. Zu Mittag schicke ich das unterzeichnete Schreiben per Mail nach Linz."
„Dann könnte ich für Dienstag den Nachtzug nach Rijeka buchen?"
„Ja, das kannst du."
Steinberg hob sein Glas und stieß mit seinem Freund an. Er hatte auf dessen Verständnis gehofft und war nicht enttäuscht worden. Sein Interesse an diesem Kriminalfall wuchs zusehends.
Noch lange blieben die beiden Freunde in dem Lokal sitzen. Abends im Zug gelang es Steinberg nicht mehr, die Augen offen zu halten. Im bequemen Waggon der ersten Klasse schlief er bereits in Meidling ein. Zuvor hatte er den Schaffner mit einem Zehn-Euro-Schein motiviert, ihn in Linz aufzuwecken.

22.

Sonntag, 6. November, 10.00 Uhr

„Es herrscht Kriegszustand!"
„Mhm?"
„Im Franckviertel herrscht Kriegszustand. Am Parkplatz des Hauses Franckstraße zehn, Ecke Lastenstraße brennen mehrere Autos, zwei Personengruppen schlagen aufeinander ein. Näheres weiß ich noch nicht. Komm bitte sofort. Wir brauchen dich."
Stadtpolizeikommandantin Moser klang hektisch und aufgeregt. Steinberg gähnte, murmelte ein Ja und legte auf. Er ging ins Bad und übergoss sein Gesicht mehrmals mit kaltem Wasser, um so richtig munter zu werden. Dann holte er seinen Ausrüstungssack aus dem Kasten, zog Uniform, Stiefel und schussichere Weste an, legte seinen Waffengurt um, schob die siebzehnschüssige Glock ins Futteral und nahm den Helm.
Im Frankviertel herrschten tatsächlich bedrohliche Zustände. Etwa zwanzig Personen schlugen mit Baseballschlägern, Schlagstöcken und Fäusten aufeinander ein. Aus einem Auto züngelten Flammen. Als Steinberg aus seinem Smart stieg, schlug gerade ein dunkel gekleideter, bärtiger junger Mann das Seitenfenster eines Wagens ein. Eine Sekunde loderten auch aus diesem Auto Flammen hoch empor. Ein Jugendlicher wurde schrie auf und fiel zu Boden. Die prügelnde Menschengruppe näherte und entfernte sich wellenartig vor den brennenden Autos. Manche hatten Kapuzen über die Köpfe gezogen, einige trugen auch Sturmhauben. Einsatzkräfte der Cobra begannen mit angelegten Sturmgewehren einen großen Kreis um die brennenden Autos und die kämpfenden Männer zu ziehen. Rettungswägen trafen ein.
„Legen Sie sofort die Waffen nieder!", schrie Karin Moser ins Mikrofon. Sie saß mit Kampfanzug und Schutzhelm im Einsatzwagen. Dann wandte sie sich an die Schaulustigen im Haus Franckstraße zehn. „An alle Hausparteien! Treten Sie zurück und schließen Sie die Fenster!"

Ihre schrille Stimme hallte aus den Lautsprechern am Autodach über den gesamten Parkplatz.

„Was sind das für Leute?", wollte Steinberg wissen.

„Es dürften zwei rivalisierende Gruppen sein, aus Afghanistan oder dem arabischen Raum", informierte Chefinspektor Karl Schmelzer von der Einsatz-, Grenz- und Fremdenpolizeilichen Abteilung. Er saß neben Karin Moser.

„Darf ich einmal das Mikrofon haben?", fragte Steinberg.

Zögernd befolgte sie seinen Wunsch. Zunächst auf Arabisch und dann auf Dari forderte Steinberg die Männer auf, ihren Kampf zu beenden. Die Angesprochenen hielten jeweils kurz inne und blickten zum Polizeiwagen herüber, prügelten aber sofort wieder weiter. Einige lagen verletzt am Boden. Die Cobra-Leute begannen, den Kreis um die Männer enger zu ziehen.

„Sollen wir angreifen?", tönte es aus dem Lautsprecher im Einsatzwagen.

Moser blickte Steinberg unschlüssig an. Dann antwortete sie: „Ich fordere sie noch einmal auf, aufzuhören. Wenn sie wieder nicht reagieren, dann sollen Ihre Leute in die Luft schießen und anschließend angreifen."

Noch einmal hallte ihre Stimme über den Platz, ohne von den Kämpfern beachtet zu werden. Erst als die Cobra-Leute eine Salve nach der anderen in die Luft jagten und mit vorgehaltenen Schildern näher rückten, versuchten einige zu fliehen. Ein chancenloses Unterfangen, durch die Dichte des Polizeikorridors war ein Entkommen unmöglich. Die anderen Männer wendeten sich nun nicht mehr gegeneinander, sondern bildeten einen Kreis und hoben ihre Waffen gegen die Polizisten.

Die Situation spitzte sich zu. Eine kleine Gruppe scheinbar wild entschlossener Männer stand einer Hundertschaft von Polizisten mit Kampfanzügen, großen Plexiglasschildern und Helmen mit heruntergelassenem Visier gegenüber. Steinberg versuchte noch einmal, die Kämpfer in ihrer Sprache zur Aufgabe zu bewegen. Da sah er, wie einer der Männer leicht in die Hocke ging, die Hände vor den Knien. So zieht man den Dorn aus einer Handgranate, um sie scharf zu machen. „Alles in Deckung! Schilder hoch!", brüllte Steinberg durch das Mikrofon den Cobra-Leuten zu.

Die Granate detonierte über den Köpfen der nahestehenden Polizisten. Für zwei war der Schutz durch die Helme und die Schilder zu gering gewesen, sie sanken zu Boden.

„Rettungsleute zu den Verletzten!", kommandierte der Einsatzleiter durch den Lautsprecher.

Steinberg lief auf die Männergruppe zu. Den jungen Mann, der die Handgranate geworfen hatte, ließ er nicht aus den Augen. Er war etwa fünfundzwanzig Jahre alt, trug einen langen schwarzen Bart. Steinberg beobachtete, wie er sich zu Boden sinken ließ und zwischen zwei Autos rollte. Während die anderen Männer von den Spezialisten der Cobra gefasst und abgeführt wurden, riss Steinberg den Bärtigen an der Lederjacke hoch, bog ihm die Arme auf den Rücken und legte ihm Handschellen an. Der junge Mann war am Kopf verletzt und blutete stark. Steinberg zog seine Glock aus dem Halfter und hielt ihm die Waffe an die Schläfe. So führte er ihn zum Einsatzwagen, ohne den schmerzhaften Griff zu lockern.

Beim Auto zwang er den Mann auf die Knie, schrie ihn auf Arabisch und dann auf Deutsch an: „Sage: Ich habe die Granate geworfen! Los, sage es! Sofort."

Steinberg gab einen Schuss in die Luft ab. Der Mann zuckte zusammen, er zitterte vor Angst und Schmerzen. Wieder schrie ihn Steinberg auf Arabisch und Deutsch an und hielt ihm dann sein Handy vor den Mund.

Leise sprach der Attentäter ins Mikrofon: „Ich habe die Granate geworfen."

Steinberg stoppte die Aufzeichnung und spielte ihm den Mitschnitt vor. „Mehrfacher Mordversuch, das kostet dich mindestens zehn Jahre deines Lebens", erklärte er, bevor er ihn an einen der Polizisten übergab.

Alle Kämpfer waren mit Handschellen gefesselt und zu den Einsatzwagen geführt worden. Notärzte versorgten die Verletzten. Die zwei von der Granate verletzten Polizisten wurden in das naheliegende Unfallkrankenhaus gebracht. Die Löschfahrzeuge der Feuerwehr konnten endlich durch und kümmerten sich nun um die brennenden Autos.

Steinberg zündete sich eine „Cobra" an und lehnte sich an den Einsatzwagen. Karin Moser, Karl Schmelzer und der Einsatzleiter standen neben ihm. Dieser reichte Steinberg die Hand.
„Leutnant Franz Mooracher."
„Max Steinberg."
„Das war Krieg. So etwas hat es in Linz noch nie gegeben", bemerkte die Stadtpolizeikommandantin. Ihr Gesicht war aschfahl, ihre Stimme zittrig.
Steinberg antwortete nicht. Für ihn war Krieg etwas völlig anderes, das war die ständige Bedrohung, das Stakkato der Maschinengewehre, die Schreie der Verwundeten, der Tod, der an jeder Ecke einer Stadt lauerte, das war Elend, Krankheit und Hunger. Das hier war ein Scharmützel gewesen.
„Ich berufe sofort eine Sitzung der Soko ein. Dann beginnen wir mit den Verhören. Der Mann mit der Handgranate muss auch als Hauptverdächtiger in unserem Fall gelten."

Karin Moser musste sich mit einer äußerst schlecht besuchten Sitzung der Soko „Bombe Linz" zufrieden geben. Neben Steinberg waren nur Karl Schmelzer und Gabriele Koch anwesend, die anderen hatte sie nicht erreichen können. Es war Sonntag.
Sie teilte ihnen mit, dass SPK-Beamte des Journaldienstes dabei waren, die Personalien der Verhafteten aufzunehmen.
„Wenn die Leute medizinisch versorgt sind, werden sie zu uns gebracht und bleiben vierundzwanzig Stunden in Untersuchungshaft. Der Salafist, der die Handgranate geworfen hat, muss am Kopf genäht werden und wird anschließend ebenfalls zu uns gebracht." Zu Steinberg gewandt meinte sie: „Ich habe eine Bitte."
„Und die wäre?"
„Würdest du so nett sein und den Mann mit mir gemeinsam verhören? Du sprichst doch fließend Arabisch."
„Das tut ein Dolmetscher auch."
„Max, bitte!"
„Gut, ruf mich an, wenn er da ist."
Als die beiden Frauen das Zimmer verlassen hatten, fragte Steinberg Schmelzer: „Kannst du schon sagen, ob unter den

Kämpfern auch Leute waren, die bei euch in der Fremdenpolizei bereits aktenkundig sind?"

„Ein paar Informationen haben wir schon. Es waren zwei Gruppen, die gegeneinander gekämpft haben. Ein paar Männer sind wie vermutet aus Afghanistan, andere aus Syrien. Vorgemerkt sind manche davon bei uns wegen Kleinverbrechen, Schutzgelderpressungen und Überfällen. Die Afghanen beherrschen den Handel mit Crystal Meth, vielleicht wollten die jungen Syrer da mitmischen und das war der Grund für die Schlägerei."

„Und Karins Salafist?"

„Ich kann diesen Schwachsinn nicht mehr hören! Als ob jeder streng Gläubige zugleich ein Gewalttäter wäre, als ob wir nur einfach alle mit Bärten einfangen müssten und dann hätten wir das Paradies! Aber jetzt zu deiner Frage: Der junge Mann ist aktenkundig und hat eine lange Liste von Straftaten aufzuweisen. Er heißt Burhan Hemedi und kam bereits bei Beginn des Syrienkonflikts 2011 nach Österreich. Alleine, ohne Familie. Er ist jetzt vierundzwanzig Jahre alt und hat wegen verschiedener Delikte schon mehr als zwei Jahre im Gefängnis verbracht. Dass er mit Handgranaten herumwirft, ist neu. Bisher waren Messer und Schlagstock seine bevorzugten Waffen."

„Traust du ihm den Mord an Professor Schmitt zu?"

„Durchaus. Er ist skrupellos."

„Treffen wir uns in einer Stunde wieder. Ich fahre ins Unfallkrankenhaus und knöpfe mir das Bürschchen vor."

Neben dem Kepler Universitätsklinikum, dem drei traditionsreiche und renommierte Großkrankenhäuser untergliedert wurden, bestand das Unfallkrankenhaus Linz weiterhin als autonome Einrichtung. Steinberg ging zur Unfallambulanz und wies seine Dienstmarke vor. Ein Polizist bewachte den Eingang, im Wartezimmer beaufsichtigte ein zweiter Beamter die Verletzten, die auf Sesseln Platz genommen hatten. Einige waren schon medizinisch versorgt, andere warteten noch darauf.

„Wo ist Burhan Hemedi?", fragte Steinberg.

„Wie sieht er aus?", erkundigte sich der Polizist.

„Groß, schlank, Mitte zwanzig, dunkler langer Bart."

„Der wird gerade operiert. Er hatte am Kopf mehrere Rissquetschwunden."

Steinberg bedankte sich und ging vorbei an den Ambulanzräumen eins bis sieben, an Röntgen eins bis vier, bis zu der Tür mit dem Schild OP 1. Auf dem Operationstisch lag Burhan Hemedi. Ein Arzt zog gerade eine gebogene Nadel durch die Haut über der rechten Augenbraue des jungen Mannes. Zwei Schwestern assistierten. Der Arzt bemerkte Steinbergs Eintreten und drehte sich um: „Was wollen Sie? Wir operieren gerade."

„Polizei. Mein Name ist Oberst Max Steinberg. Können Sie mir sagen, wie lange es noch dauert? Ich warte dann draußen."

„Zehn Minuten."

„Hat er eine Narkose bekommen?"

„Wir operieren mit örtlicher Betäubung."

„Kann er dann nach Hause gehen?"

„Nein, wir behalten ihn noch zur Beobachtung da."

„Danke!"

Während Steinberg am Gang wartete, rief er seine Chefin an und berichtete ihr über Hemedis Zustand. Sie konnte ihre Verärgerung über seinen Alleingang nur schwer unterdrücken. „Es war ausgemacht, dass wir den Mann gemeinsam verhören."

Steinberg ging nicht darauf ein, sondern riet ihr, eine Vierundzwanzig-Stunden-Bewachung Hemedis zu organisieren, so lange er im Unfallkrankenhaus bleiben würde.

„Gut. Ich regle das und morgen um acht Uhr verhören wir den Burschen. Diesmal gemeinsam." Noch immer verärgert legte sie auf.

Die Türflügel des Operationssaales öffneten sich, eine Schwester schob das Bett mit dem Patienten auf den Gang. Der Arzt kam auf Steinberg zu und reichte ihm die Hand.

„Oberarzt Marschner. Darf ich jetzt meinerseits fragen, was das für eine Schlägerei gewesen ist?"

„Ein Kampf zweier rivalisierender Banden. Teils Afghanen, teils Syrer, wie Ihr Patient. Der hat aber noch eins draufgesetzt und eine Handgranate auf Polizisten geworfen."

„Na dann lassen Sie ihn besser nicht aus den Augen. Er wird gleich ins Zimmer verlegt, ich muss jetzt weiter. Auf Wiedersehen."

Steinberg nickte und blieb neben dem Bett stehen. Ein weiß gekleideter Mann mit äußerst gepflegter Frisur und würdevoller Haltung schritt durch den Gang auf ihn zu. „Das muss der Primar sein", dachte Steinberg. Wortlos trat der Mann zum Krankenbett, löste die Bremsen an den Rädern und schob es Richtung Lift. Der Wagenschieber hatte nur das Selbstbewusstsein eines Primars.

Im dritten Stock stiegen sie aus dem Lift. Als der Wagenschieber die Tür zu Zimmer dreihundertzehn öffnete, sah Steinberg, dass es ein Vierbettzimmer war.

„Das geht nicht, wir brauchen ein Einzelzimmer", stellte Steinberg fest.

„Der hat keine Zusatzversicherung, der kommt hierher", entgegnete der vermeintliche Primar voller Überzeugung.

„Wir können keinen Straftäter in ein Gruppenzimmer legen. Verstehen Sie das? Sagen Sie das den Zuständigen."

„Aber ..."

„Kein Aber! Gehen Sie bitte!"

Murrend zog der Mann ab und kam wenig später mit einem jungen Arzt zurück. Nachdem ihm Steinberg alles erklärt hatte, telefonierte dieser kurz und verkündete dann: „Zimmer zweihundertdreißig."

„Na also." Steinberg lächelte, während der Wagenschieber verstimmt seiner Aufgabe nachkam.

Burhan Hemedi lag reglos auf dem Bett. Sein Kopf war bis zu den Augenbrauen eingebunden. Ab und zu warf er einen Blick zu Steinberg. Als sich dieser auf den Bettrand setzte, zuckte er zusammen.

„Aber, aber", teilte ihm Steinberg auf Arabisch mit, „du brauchst dich nicht zu fürchten. Noch nicht. Es sei denn, du schweigst. Dann werde ich böse. Also los! Was war das für eine Schlägerei? Was war der Grund?"

„Ich weiß es nicht. Ein Freund rief mich an, ich solle kommen, er brauche Hilfe."

„Wie heißt der Mann?"

„Mahmoud Jafal. Er wohnt in dem Haus beim Parkplatz."

„Weiter?"

„Als ich hingekommen bin, standen unsere Leute einer Gruppe Afghanen gegenüber. Die haben bei Mahmouds Auto die Scheiben eingeschlagen und es in Brand gesetzt. Wir haben das gerächt. Den Rest kennen Sie."
„Warum hast du die Granate geworfen?"
„Befehl. Mahmoud hat es mir befohlen. Er ist der Chef."
„Letzte Frage: Wo warst du am Samstag, dem 29. Oktober, um elf Uhr?"
Burhan Hemedi drehte den Kopf zur Seite und schwieg. Steinberg überlegte kurz, entschloss sich aber, das Verhör abzubrechen.

Die Antwort auf seine Frage lieferte Karl Schmelzer, als er diesen wie vereinbart im Arbeitsraum der Soko traf. Schmelzer saß an seinem Schreibtisch, vor sich ein Laptop, auf dessen Bildschirm die Ankunftshalle eines Flughafens zu sehen war.
„Komm her", begrüßte ihn Schmelzer, „das ist der Flughafen Wien-Schwechat. Und jetzt pass auf."
Die Schiebetüren öffnen sich, die ersten Ankommenden streben dem Ausgang zu. Nach einigen Sekunden stoppte Schmelzer das Video und zoomte eine Person heran. Deutlich war Burhan Hemedi zu erkennen.
„Der Flug kam aus Istanbul. Ich glaube nicht, dass der junge Mann die Hagia Sophia oder den Topkapi-Palast besichtigt hat. Über Istanbul laufen viele Drogenkanäle, wie du weißt."
„Wann kam er in Wien an?"
„Am Freitag, 4. November, um 14.43 Uhr."
„Aber das war doch erst vorgestern", war Steinberg erstaunt.
„Genau. Damit scheidet er für den Mord an Professor Schmitt definitiv aus."
„Dabei hätten die Handgranate und der Bart so gut gepasst. Karin wird enttäuscht sein", ätzte Steinberg.
„Sonntag ist der Tag des Schweinebratens. Der Stieglkeller hat geöffnet. Kommst du mit?"
„Gerne, das ist sicher die beste Art der Islamisten-Austreibung."

23.

Montag, 7. November, 10.30 Uhr

Mit seinem Kleinstwagen war es leicht, auf dem überfüllten Parkplatz der Linzer Tabakfabrik ein Plätzchen zu finden. Steinberg stellte sich einfach auf eine freie Fläche vor einem Baum.

Die Linzer Tabakfabrik, 1935 eröffnet, war eine Ikone der modernen Industriekultur. Der leicht gekrümmte, 230 Meter lange Hauptbau war der erste Stahlskelettbau Österreichs. Die Fabrik umfasste insgesamt 38.000 Quadratmeter. In den besten Zeiten produzierten etwa eintausend Menschen fünf Milliarden Zigaretten. Nachdem der österreichische Staat den Betrieb an den britischen Gallaher-Konzern unter dem Motto „weniger Staat, mehr privat" verscherbelt hatte, verkauften die Briten an Japan Tobacco, die ihrerseits die Fabrik nach einem Jahr zur Konkurrenzbereinigung schließen ließen. Die Stadt Linz erwarb das Gebäude, um daraus ein Zentrum für Kreativwirtschaft zu machen. Nun waren dort Technologie- und Softwareentwickler, Architekten, Medienunternehmen und Handwerksbetriebe angesiedelt, die Kunstuniversität bot ein Bachelorstudium zum Thema Mode an und die Polizeihochschule hatte ebenfalls hier ihren Sitz.

Über das wunderschön angelegte Treppenhaus stieg Steinberg in den ersten Stock hinauf und betrat sein Büro. Die Möbel waren im Stil der 1950er Jahre, der Schreibtisch noch älter. An der Wand hingen Ölbilder von Hans Jascha, Leihgaben des Kunstmuseums Lentos. Die runde Deckenbeleuchtung war von Peter Behrens, dem Architekten des Hauses, entworfen worden. Er hatte auch sämtliche Türgriffe, Fliesen und Armaturen gestaltet. Das Gebäude der Tabakfabrik wurde ständig in Schuss gehalten und gepflegt. Steinberg fühlte sich dort sehr wohl.

Nachdem er seinen Schreibtisch ein wenig aufgeräumt und daran Platz genommen hatte, rauchte er eine „Personal". So wurden die Deputatzigaretten genannt, welche Arbeiter, Angestellte und Lehrlinge als Teil des monatlichen Gehalts erhalten hatten.

Genüsslich zog er den Tabak ein und sah sich um. Den Auslandsdienst aufzugeben, war eine gute Entscheidung gewesen.

Steinberg druckte die Datei „Nitzl" von seinem Laptop aus, nahm seine Unterlagen und ging in den Hörsaal eins. Es war seine zweite Vorlesung und die Bänke bis auf den letzten Platz gefüllt. Stolz über diesen Erfolg schritt er zum Rednerpult und schloss seinen Stick an den dort stehenden Laptop an.

„Schönen Vormittag, liebe Kolleginnen und Kollegen. Auch heute beschäftigen wir uns wieder mit einem prominenten Verbrecher Österreichs."

Auf der Leinwand erschien das erste Bild. Ein schlanker Mann, leichtes Bäuchlein, Mitte sechzig, steht mit einer gestreiften Badehose und einem Strohhut bekleidet vor einer Palme und winkt in die Kamera. Er ist braun gebrannt und trägt einen ergrauten Schnurrbart. Hinter ihm schiebt die karibische See hohe Wellen mit weißen Schaumkronen Richtung Sandstrand. Er wirkt wie der Prototyp des österreichischen Sexurlaubers in der Dominikanischen Republik.

„Dieser unscheinbare Herr ist Josef Nitzl, ein erfolgreicher Ingenieur und Immobilienmakler. Er wurde bekannt als das Monster von Amstetten. Nach außen hin ein ehrenwerter Bürger, hatte er seine eigene Tochter vierundzwanzig Jahre lang in seinem Haus in einem Kellerverlies gefangen gehalten, unzählige Male vergewaltigt und sieben Kinder mit ihr gezeugt."

Das Verlies, die Frau und die Kinder waren nun nacheinander auf der Leinwand zu sehen.

„Das Verschwinden seiner damals achtzehn Jahre alten Tochter erklärte er mit ihrem Beitritt zu einer Sekte. Dort verbrachte sie angeblich ihr Leben. Nitzl ließ sie im Keller Briefe schreiben, in denen sie ihr neues Leben schildern musste. Diese Briefe brachte er selbst zur Post, als sie dann eintrafen, ließ er sie neben seiner Gattin von noch möglichst vielen anderen Leuten lesen."

Am Display seines lautlos gestellten Telefons erschien der Name Karin Moser. Steinberg hob nicht ab.

„Wie viele Fratzen die menschliche Seele haben kann, zeigten seine nächsten Schritte. Nach der Geburt des dritten Kindes wurde es eng im Verlies seiner Tochter. Er wies sie an, einen Brief mit der Bitte an ihre Eltern zu schreiben, für ihr Baby zu sorgen. Ihre Sektenmitglieder würden es ablehnen. Das Baby und den Brief deponierte er vor der eigenen Haustür. Diesen Trick wendete er bei den nächsten beiden Kindern ebenfalls an, sodass er mit seiner Frau die selbst gezeugten Enkelkinder aufzog."

Steinberg schilderte das Leben und die Versorgung der Tochter und ihrer Kinder im Verlies, das Leben der Großeltern mit den Enkelkindern und spannte den Bogen über vierundzwanzig Jahre verbrecherischer Grausamkeit.

Wieder meldete sich sein Telefon, wieder war es Gabriele Moser. Wieder hob er nicht ab.

„Doch die Grausamkeit allein ist nicht unser Interessensgebiet. Jetzt geht es an den psychologischen Hintergrund, das Täterprofil und schließlich die Festnahme." Steinberg begleitete all seine Ausführungen mit Bildern und Originaldokumenten. Auch Teile der Vernehmungsprotokolle der ermittelnden Beamten sowie das Gerichtsurteil hatte er vorbereitet.

Als Steinberg die Vorlesung schloss, war den Gesichtern der Studenten anzusehen, dass er sie fesseln hatte können. Er war zufrieden.

„Es reicht. Zuerst schließt du Gabi aus der Befragung der Angehörigen von Peter Schmitt quasi aus. Dann solltest du mit mir gemeinsam den Werfer der Handgranate verhören, aber du machst es allein. Heute wurden die anderen Untersuchungshäftlinge ausgefragt, alle Mitglieder der Soko halfen mit, nur Herr Steinberg erscheint wieder nicht. So geht das nicht. Ich muss dich bitten, aus der Sonderkommission auszuscheiden. Befehlen kann ich es nicht, aber ich hoffe auf deine Einsicht."

Karin Moser sprach beängstigend ruhig. Die Hände hatte sie auf der Schreibtischplatte übereinandergelegt. Sie trug ihre blaue Uniform. Ihre Rangabzeichen leuchteten rot, der umkränzte Bundesadler, der Streifen und der Stern prangten goldfarben darauf. Sie wirkte höchst amtlich und hatte sich auf das Treffen mit ihm bestens vorbereitet.

„Am Montag habe ich meine Vorlesung. Außerdem sind diese Untersuchungshäftlinge, meiner Meinung nach, eine Angelegenheit für die Stadtpolizei. Zwei rivalisierende Gruppen schlagen sich fünf Kilometer vom Linzer Polizeigebäude entfernt auf einem Parkplatz die Schädel ein. Das geht unsere Sonderkommission nichts an. Unsere Aufgabe ist es, einen geplanten Mord aufzuklären. Und dabei mache ich gerne mit. Aber ich lasse mich nicht zu einem Streifenpolizisten degradieren."

„Wer degradiert da wen?"

„Ich bin nicht der Stadtpolizei, sondern einer Sonderkommission zugeteilt. Das gestrige Gespräch mit dem jungen Syrer war eine Gefälligkeit."

„Genau dieser Kleinganove hat gestern mit einer Handgranate Menschen verletzt. Unser Professor wurde mit einer solchen in die Luft gesprengt. Da sehe ich durchaus einen Zusammenhang. Außerdem ist sein Aussehen ident mit den Videoaufzeichnungen des Täters."

Sie erhob sich und blickte aus dem Fenster hinab auf den Fußballplatz des Polizeisportvereins. Hier waren im Sommer hunderte Flüchtlinge auf engstem Raum in Zelten untergebracht gewesen, bis andere Quartiere für sie gefunden werden konnten. Die Stimmung in der Bevölkerung war zwischen großzügiger Unterstützung und Fremdenhass und -angst gespalten. Daraus zog die Freiheitliche Partei politischen Nutzen, indem sie mit banalen Strickmustern das Wählervolk an sich zog. Das Verbreiten primitiver Parolen hatte in Österreich Tradition, und viele folgten diesen Parolen allzu willig. Befehlen zu folgen, macht unschuldig.

„Was ist dein Ansatz?", fragte Moser. „Sollen wir deiner Meinung nach die islamistische Szene nicht durchleuchten? Wer ist deiner Meinung nach verdächtig?"

Steinberg zuckte mit den Achseln. Er war nicht bereit, seine noch unbelegten Ideen und Thesen mitzuteilen.

Trotzdem reichte ihm Karin Moser die Hand. „Ich denke, wir sollten es noch einmal miteinander probieren."

Steinberg nickte und war ziemlich überrascht, als sie zu einem Schrank ging und eine Flasche Grappa hervorholte. Josef Jaruschek, ihr Vorgänger und letzter Polizeipräsident, hatte immer die italienische Marke „Bocchino" griffbereit gehabt.

„Hat dir Josef seine Schätze vermacht?"
„Ja, und er hat mir eindringlich empfohlen, immer Grappa lagernd zu haben, sollte ich einmal mit dem Steinberg zu tun haben. Nur so sei dem sturen Hund beizukommen."
„Hat er mich wirklich als sturen Hund bezeichnet?"
Sie nickte.
„Dann musst du ihn ja recht gut gekannt haben. Er drückte sich normalerweise etwas gehobener aus."
„Ja. Er ist mein Onkel."
Sie schenkte ein und gab Steinberg ein Glas. Sie stießen an.
„Davon hat er mir nie etwas gesagt."
Nun zuckte sie mit den Schultern.

Gemeinsam gingen sie zum Sitzungszimmer, wo die anderen bereits warteten. Die Ergebnisse der Verhöre waren äußerst dünn. Name, Anschrift, Herkunftsland, berufliche Tätigkeit, sonst war von den Leuten nichts zu erfahren gewesen. Drogen, was ist das? Grund der Rauferei, keine Ahnung! Angefangen haben natürlich die anderen. Die Auskünfte aller Beteiligten glichen sich frappierend.
„Wir werden alle freilassen müssen. Nachdem die beschädigten Autos jeweils einem von ihnen gehörten, ist nicht einmal Sachbeschädigung gegeben", kommentierte Staatsanwältin Maria Sailer die Auszüge aus den Verhörprotokollen.
Moser warf ein: „Aber der junge Mann mit der Handgranate ist fällig."
„Ich habe mit dem zuständigen Richter gesprochen. Er wirft ihm versuchten Mord, schwere Körperverletzung, Besitzstörung, Gefährdung der öffentlichen Sicherheit und Verstoß gegen das Waffengesetz vor."
„Und der Verdacht des Mordes an Professor Peter Schmitt?", vermeldete Moser.
„Nein, dazu gibt es ja keine Beweise."
„Dann müssen wir sofort eine Überprüfung der DNA vornehmen", meinte Moser.
„Unser Mann ist bereits aktenkundig", mischte sich nun Steinberg ein, „er hat eine lange Liste von Straftaten aufzuweisen. Er

heißt Burhan Hemedi, Syrer, seit 2011 in Österreich. Im Verhör behauptete er, am 29. Oktober nicht in Österreich gewesen zu sein."

Steinberg nickte Schmelzer zu und erwartete, dass dieser seine Informationen ergänzen würde. Aber der dachte nicht daran, etwas zu sagen.

„Mobbing pur", dachte Steinberg, „oder gar Amtsmissbrauch?"

„Der Wissenschafter, der aussieht wie unser Salafist, ist ja bereits als Täter ausgeschieden", meldete sich nun Gabriele Koch zu Wort. Die Soko-Chefin drehte den Kopf Steinberg zu und grinste ihn an. Steinberg fühlte sich ertappt, weil er darauf vergessen hatte, die Universitätsmitarbeiter weiter zu befragen, wozu er eigentlich den Auftrag gehabt hatte.

„Osama Labwani weilte tatsächlich in Berlin. Er hatte dort einen Vortrag gehalten. Sein Verhältnis zu Professor Schmitt sei ein freundschaftliches gewesen, die Zusammenarbeit bestens. Sein Chef habe ihn in alle Forschungen eingebunden, nur beim letzten Forschungsauftrag habe er sehr eingeschränkt mitgewirkt. Seine Aufgabe war es, an verschiedensten Metallen Nanopartikel zu erfassen. Über den Grund wurde er nicht informiert. Der indische und der amerikanische Wissenschaftler gaben an, ähnliche Aufträge erhalten zu haben. Eine Information über das Gesamtprojekt erhielten auch sie nicht. Übrigens, auch die beiden haben hieb- und stichfeste Alibis. Nur Diplomphysikerin Evelyn Eck hat kein Alibi, sie hatte jedoch mit den letzten Forschungen ihres Chefs gar nichts zu tun. Sie arbeitet an einem völlig anderen Projekt."

Karin Moser bedankte sich für den Bericht. Wieder grinste sie Steinberg an. Dann forderte sie alle auf, das Umfeld der Untersuchungshäftlinge zu erkunden. „Vielleicht ergibt sich etwas, dann können wir den einen oder anderen Herrn doch noch in Haft setzen."

„Gabriele und ich nehmen uns den Bruder noch einmal vor. Den Vater auch", gab Steinberg seine Absichten bekannt.

Karin Moser nickte nur.

24.

Montag, 14. November, 10.40 Uhr

Wir befinden uns jetzt im nördlichsten Teil des Limonikellers. Knapp über uns verläuft die Kapuzinerstraße Richtung Freinberg. Hier waren Kommandostellen des Polizeipräsidiums untergebracht. Daneben hatte die Stadtkreisleitung ihren Sitz. Es wird berichtet, dass die Bediensteten des Magistrats ihre Schreibmaschinen und Bürounterlagen persönlich vom Rathaus in den Stollen getragen hätten.

In der NS-Zeit gab es drei Bürgermeister in Linz: Josef Wolkerstorfer, Leo Sturma und Franz Langoth. Letztgenannter war ein Nationalsozialist der ersten Stunde, ab 1944 im Rang eines SS-Brigadeführers erster Mann der Stadt. Er galt als sogenannter „guter Nazi" und deshalb wurde unter dem SPÖ-Bürgermeister Franz Hillinger im Jahre 1973 eine Straße nach ihm benannt. Der damalige KPÖ-Gemeinderat und Schriftsteller Franz Kain protestierte heftig dagegen, doch erfolgte die Umbenennung in Kaisergasse erst im Jahre 1986. Es war bekannt geworden, was viele in Linz schon lange wussten: Langoth hatte als Richter 16 Todesurteile verhängt und Widerstandskämpfer zu insgesamt 130 Jahren Gefängnis verurteilt.

Durch den Verbindungsstollen zum Aktienkeller war vom Limonikeller aus der Märzenkeller leicht erreichbar. Dieser ehemalige Brauereistollen wurde zu einem Schutzraum für 7000 Menschen ausgebaut. Hier befanden sich eine Entbindungsstation, ein Raum für Mütter und Kleinkinder und eine Rettungsstelle. Die Einsatzgruppe „Gefallenenbestattung" hatte ihren Sitz im Märzenkeller. Sie sorgten mit 10 Bestattungswägen für den Abtransport von Opfern der Luftangriffe. Auch die Polizei hatte ihre Hauptbefehlsstelle hier eingerichtet. Zudem war in einem eigenen, groß angelegten Stollen die Gauleitung für das Land Oberdonau untergebracht, im Volksmund „Bonzenkammerl" genannt. Hier residierte der später als Kriegsverbrecher zum Tode verurteilte August Eigruber. Er hatte wenige Tage vor Kriegsende noch die Ermordung aller oberösterreichischen KZ-Häftlinge angeordnet. Hier unter der Erde, im sicheren Stollen, wurde bis zum letzten Moment verhängnisvolle und verbrecherische Politik betrieben.

Mit Sirenen wurden die Bewohner von Linz vor Angriffen gewarnt. Außerdem konnten sie mit ihren Volksempfängern „Radio Kuckuck" empfangen und sich über die bevorstehende Angriffe informieren. In die Stollen nahmen sie von zu Hause etwas Geld, Papiere und die Gasmasken mit. Die Entwarnung wurde durch lang andauernde Sirenentöne angezeigt und in den Stollen durch Stollenhelfer weitergegeben.

Einmal hat mir ein Teilnehmer der Führung erzählt, dass er als fünfzehnjähriger Hitlerjunge zur Luftraumbeobachtung eingeteilt worden sei. Er musste auf den Turm des Neuen Domes steigen und von dort aus den Himmel beobachten. Wenn er Flugzeuge erkennen konnte, hat er dies mittels eines Telefons an die Zentrale gemeldet. Er selbst sei bei den Angriffen immer am Turm geblieben, er dachte, dass die Wahrscheinlichkeit, dass eine Bombe die Turmspitze trifft, gering war.

Wir haben zuvor über die Belüftung der Stollenanlage gesprochen und den großen Ventilator gesehen. Wenn Sie hier auf den Boden schauen – warten Sie, ich leuchte mit der Taschenlampe hin – wenn Sie also hier auf den Boden schauen, erkennen Sie, wie die Frischluft eindringen konnte. Es sieht zwar aus wie ein Kanalgitter, ist aber ein Lufteinlass.

Sie können sich vorstellen, dass bei den Grabungsarbeiten eine große Menge an Abbaumaterial anfiel. Es musste über die vorhandenen neun Stolleneingänge ausgebracht und mit Lastkraftwägen zu Deponien gefahren werden.

Wie Sie schon gemerkt haben, sind die Stollen unterschiedlich groß. Der Zugang von der Sandgasse wies eine Höhe von 5,40 Metern bei einer Breite von 3,12 Metern auf, andere wiederum waren lediglich 2,23 Meter hoch und nur 2,30 Meter breit.

Unser Weg führt uns jetzt in die Mitte der Stollenanlage. Bitte folgen Sie mir, aber langsam, einige Teilstücke sind nicht beleuchtet.

25.

Montag, 7. November, 14.00 Uhr

„Dein neues Auto ist wirklich cool. Die Farbe, die Innenausstattung, echt cool." Für Steinberg klangen diese Kinderbegriffe aus dem Mund seiner dreißigjährigen Kollegin richtig lächerlich. Seit seiner Rückkehr wunderte er sich, dass die Anglizismen nun auch schon in der Sprache der älteren Generationen Einzug hielten.

„Ich finde es auch nicht uncool", äffte er sie nach und parkte den Smart vor dem Haupteingang der linz-spinning-company-ltd. Holger Schmitt erwartete sie bereits in seinem Büro. Der Kaffee war serviert. Max Steinberg und Gabriele Koch nahmen am Besprechungstisch Platz.

„Was verschafft mir diesmal die Ehre?"

Steinberg stellte seine Kollegin vor und antwortete: „Ihre geringe Auskunftsfreudigkeit beim letzten Gespräch."

„Sie haben uns beispielsweise nicht mitgeteilt, dass Sie und Ihr Bruder auch für die pharmazeutische Industrie entwickelt und produziert haben", ergänzte Gabriele Koch.

„Sie werden mich vermutlich nicht danach gefragt haben. Es stimmt, Peter hat zunächst die schmutzabweisende Nanofaser entwickelt. Dann entdeckte er die heilsame Wirkung von Nanopartikeln aus Silber. Wir produzieren für einen großen deutschen Arzneimittelkonzern die Polster für Heftpflaster."

„Was hat es mit diesen Nanopartikeln auf sich?", fragte Steinberg nach.

„Bei Nanosilber sind die einzelnen Teilchen so klein, dass schon wenige Milligramm eine Oberfläche von mehreren tausend Quadratzentimetern ergeben. Es können folglich sehr viele Silberionen freigesetzt werden, und Nanosilber wirkt deswegen besonders effektiv gegen Bakterien. Diese Nanopartikel töten die Keime an einer Wunde ab und verhindern Entzündungen, beispielsweise bei Brandwunden."

Wie schon bei Sener Sarifakli vom Institut für Physikalische Chemie hakte Gabi Koch auch jetzt wieder ein: „Aber diese Nanopartikel sind so klein, dass sie in jede Zelle des menschlichen Körpers ungehindert eindringen und sie beschädigen können. Die Folgen sind derzeit nicht abzusehen, es gibt noch keine Untersuchungen dazu. Aber die Forscher und Produzenten interessiert das nicht, die wollen das auch gar nicht wissen, sondern nur Geld verdienen. Wie bei der Gentechnik."

Schmitt reagierte scharf: „Wie Sie selber gesagt haben: Darüber gibt es keinerlei gesicherte Untersuchungen. Hingegen ist die heilende Wirkung von Nanosilber bewiesen. Wir liefern dazu den Rohstoff. Das ist alles."

„Ist Ihnen dabei nicht unwohl?", wandte sie ein.

„Der Zweck heiligt die Mittel. Mehr kann ich dazu nicht sagen."

Jetzt ergriff Steinberg wieder das Wort. Für ihn stand der Tod des Forschers längst in einem anderen Licht: „Ihr Bruder hat es immer verstanden, seine Forschungsergebnisse für eigene Zwecke zu nutzen. Er brachte sie in Ihre gemeinsame Firma ein und Sie beide verdienten ein Vermögen damit."

„Wir konnten in unserer schwierigen Branche positiv bilanzieren und Arbeitsplätze sichern. Ein schwieriges Unterfangen bei der Billigkonkurrenz aus China."

„Und bei seinen letzten Forschungen hat er sein Wissen nicht an Sie weitergegeben", fuhr Steinberg unbeirrt fort, „vermutlich hat er versucht, es jemand anders zu verkaufen."

„Wie kommen Sie darauf?"

„Ich habe Sie doch informiert, dass wir eine Million Euro in bar im Wagen von Peter Schmitt gefunden haben. Und er hat dem Täter im Gegenzug einen Koffer übergeben. Das sieht doch stark nach einem Geschäft aus. Finden Sie nicht?"

Schmitt schwieg. Es klopfte an der Tür. Ein junger Mann mit dem für Manager typischen Nadelstreifanzug und von Gel glänzendem Haar trat ein. Seine Ohren waren deutlich zu groß geraten. Die genagelten Budapester knallten auf dem Parkettboden.

„Guten Tag. Ich weiß, dass ich störe, Holger. Aber ich muss dich daran erinnern, dass in zehn Minuten unser Meeting mit unseren Partnern von der Pharmafirma beginnt."

„Warum hast du nicht angerufen?"

„Bei Besprechungen hebst du ohnehin nicht ab."

Der Umgang der beiden wirkte sehr vertraulich. Holger Schmitt stand auf und stellte vor: „Doktor Gernot Gutt. Er ist der Prokurist unserer Firma. Und das sind Oberst Steinberg und seine Kollegin! Wie war noch Ihr Name?"

Gabriele Koch kochte. Sie hasste es, wenn man sie als Frau neben einem männlichen Kollegen übersah und nicht zur Kenntnis nahm. Steinberg spürte und verstand ihre Wut, weshalb er scharf antwortete: „Das ist Bezirksinspektorin Gabriele Koch vom Stadtpolizeikommando Linz. Sie ist Mitglied einer Sonderkommission, die den Mord an Professor Peter Schmitt aufklären soll."

Holger Schmitt entschuldigte sich daraufhin bei Gabriele Koch und es war zu merken, dass es ihm peinlich war. Dann stand er auf: „Sie haben gehört, ich muss weg. Es tut mir leid, ich kann das Gespräch nicht weiterführen."

„Das war kein Gespräch. Das war schon ein Verhör, mein lieber Herr. Wir kommen wieder. In der Zwischenzeit denken Sie darüber nach, welchen Inhalt der Koffer Ihres Bruders gehabt haben könnte." Dann wandte er sich dem jungen Prokuristen zu: „Das gilt auch für Sie. Bei der Tat wurde eine Million Euro gegen einen Koffer getauscht. Was glauben Sie, was da getauscht wurde?"

Die Stadt Linz verfügt über vierzehn Volkshäuser. Sie sind in drei Gruppen eingeteilt: Volks- und Seminarhäuser, Volks- und Begegnungshäuser und Volkshäuser in Stadtteilzentren. Ein solches stand an der Kremsmünsterer Straße mitten in Ebelsberg. Von außen ein Betonbunker, dessen Walmdach jedoch an ortsübliche Hausformen erinnerte. Im Inneren befanden sich Veranstaltungssäle und ein Restaurant mit dem Charme einer Parkgarage. Dieses betrat Max Steinberg mit seiner Kollegin, um eine Kleinigkeit zu essen.

Der Termin mit Wieland Schmitt war um sechzehn Uhr und sie hatten noch genügend Zeit, sich zu stärken. Steinberg legte im Alltag auf Essen keinen großen Wert, ihm waren auch einfachste Speisen recht, wie sie in diesem Lokal angeboten wurden.

Wichtig war ihm vor allem, dass man rauchen konnte. Sie bestellten jeweils Frankfurter Würstel. Nach einiger Zeit fragte Steinberg: „Warum weißt du so viel über die möglichen Auswirkungen der Nanotechnologie?"

„Ich bin Mitglied von Attac und WWF und sitze daher an der Quelle. Diesen Organisationen geht es nicht um die Produzenten, sondern um die Konsumenten. Und sie informieren, so viel sie können. Nanoteilchen nehmen wir zum Beispiel über unsere Nahrung auf. Die Folien der Frischhalteverpackungen sind mit Nanotechnik präpariert, damit sie Keime abtöten und die Ware somit länger frisch bleibt. Und bei der Kleidung wandert sie über die Haut in unseren Körper. Wir sind alle nanoverseucht, aber niemand weiß das. Es gibt keine Kennzeichnungspflicht und die Politik schläft."

Ihr Engagement beeindruckte Steinberg. Diesbezüglich war sie ihm überlegen.

Sie fuhr fort: „Ich hätte auch eine Frage an dich: Warum sagst du in den Sitzungen der Soko nicht, dass wir überhaupt nicht mehr in Richtung Salafistentheorie ermitteln? Keiner glaubt mehr an diese Theorie und wir lassen die Chefin ins Leere laufen."

„Du sagst doch auch kein Wort."

„Bei mir ist das etwas anderes. Einen Konflikt mit Karin kann ich nicht brauchen. Das wäre meiner Karriere gar nicht förderlich und ich will nicht ewig die kleine Bezirksinspektorin bleiben."

Den einzigen Fehler, den man bei der Zubereitung von Frankfurtern machen kann, hatte der Koch zustande gebracht. Die Würstel waren der Länge nach aufgesprungen, weil sie zu heiß gekocht worden waren. Eine Tatsache, die von der Kellnerin völlig ignoriert wurde.

„Wären wir doch zum nächsten Fleischhauer gefahren", stöhnte Gabriele Koch.

„Dort hätte ich nicht rauchen dürfen", antwortete Steinberg und grinste.

Sie schwiegen eine Zeit lang. Steinberg nahm eine herumliegende „Kronen Zeitung" und las über die Ereignisse des Vortags aus der Sicht des ihm gut bekannten Journalisten Joe Vesper.

„Bandenkrieg im Franckviertel. Schon wieder fliegen Hand-

grananten" lautete der Titel. Der Bericht war im kurzsilbigen Stil der Kriegsberichterstattung gehalten. Im Schlusswort bezeichnete er Linz als Terroristenhochburg und die Polizei als einen hilflosen Haufen. Steinberg beschloss, sich mit Joe Vesper zu treffen.
„Fahren wir?"
Gabriele nickte.

Die tschechische Haushaltsgehilfin öffnete und führte sie in das Arbeitszimmer von Wieland Schmitt. Der drahtige Mann empfing sie mit gehöriger Distanz. Seine Körperspannung und sein schmales Antlitz mit dem grauen Bärtchen und den stechenden dunkelbraunen Augen verliehen ihm etwas Aristokratisches. Er sprach eine ungekünstelte Schriftsprache. „Nun hat es mit unserem Treffen endlich geklappt. Was wollen Sie von mir?"
Sie hatten an einem runden Holztisch Platz genommen. Die Haushälterin brachte Kaffee in einem Service aus Meissner Porzellan.
„Wo kommt Ihre Familie her?"
„Wir sind Österreicher. Mein Großvater allerdings war Berliner, meine Großmutter stammte aus Frankfurt. Er erbte mehrere Spinnereibetriebe in Europa von seinem Vater und entschloss sich im Jahre neunzehnhundertzweiunddreißig, nach Linz zu gehen. Die Stadt war damals ein vollkommen unwichtiges kleines Nest."
„Der Betrieb ging dann auf Sie über."
„Genau. Neunzehnzweiundsiebzig starb mein Vater. Er hatte sämtliche andere Betriebe verkauft und das Geld in den Ausbau des Standortes Linz investiert. Ich hatte Jus studiert. Ich war erst dreißig Jahre alt, als ich die Firma übernahm."
„Und Sie haben sie zu einem führenden Unternehmen weltweit ausgebaut", ergänzte Gabriele Koch.
Schmitt fühlte sich geschmeichelt. „Wenn Sie das sagen", lächelte er.
Mit der Konversation über seine Familie gewannen sie das Vertrauen des alten Mannes. Er legte nach und nach seine Distanz ab, erzählte von seinen unternehmerischen Erfolgen, seinen Innovationen und seinem glücklichen Familienleben. Von der Freude,

die ihm die Buben machten. Hier stockte er und besserte sich aus: „Gemacht hat, muss ich bei Peter sagen."

„Er war ein wichtiger Teil Ihres Lebens", warf Steinberg ein.

„Der wichtigste Teil", bestätigte Schmitt und fuhr fort, „auch wenn das etwas ungerecht klingt. Ich mag meinen Ältesten genauso und machte ihn zu meinem Nachfolger."

„Mit seinen wissenschaftlichen Erfolgen sorgte Ihr Sohn Peter für eine solide Basis der Spinnerei."

„So ist es. Kaffee?"

Beide nickten, Schmitt schenkte nach. Steinberg nahm einen Schluck und fragte Wieland Schmitt dann nach dem Verhältnis der beiden Söhne zueinander. Schmitt antwortete ausweichend und war plötzlich kurz angebunden.

„Was glauben Sie, war der Grund, dass Ihr Sohn einen Koffer mit Informationen gegen viel Geld getauscht hat?"

„Keine Ahnung. Sind wir fertig?", war alles, was er dazu sagte.

Steinberg und Koch spürten, dass es sinnlos wäre, weiterzumachen. Offensichtlich hatte Schmitt bemerkt, dass er im Laufe eines scheinbar unverfänglichen Gespräch zu viel preisgegeben hatte. Nach einer kurzen Verabschiedung gingen die beiden.

„Selten bei einem Bullen einen so knackigen Arsch gesehen. Genauer gesagt, noch nie." Die Saunagäste lachten. Steinberg drehte sich nach der Stimme um. Auf der obersten Reihe der Holzbänke saß Joe Vesper. Er hatte ihn beim Eintritt übersehen.

„Es wundert mich, dass du dich bei der Terrorgefahr in eine so enge Saunakammer getraust. Mutig, mutig, Herr Redakteur."

„Wie recht du hast", antwortete Vesper und forderte die Saunagäste auf, aufzustehen und ihre Handtücher zu lüften. „Vielleicht hat einer eine Eierhandgranate darunter versteckt."

Schallendes Gelächter folgte, der Saunameister kam und machte ausnahmsweise den Aufguss selbst. Die Hitze wurde für Steinberg unerträglich und er verließ als Erster die Saunakammer, duschte und tauchte in Minutenabständen im Kaltwasserbecken unter. Vesper schaute ihm zu. „Du wirst dich erkälten", meinte er.

„Zuvor ertränke ich dich. Deine unsinnigen Kommentare werden keinem fehlen", drohte ihm Steinberg.

„Lass uns lieber auf ein Bier gehen. In einer halben Stunde. Ich mache noch einen Aufguss mit."

Als sie sich im Saunabuffet trafen, hatte Vesper noch einen hochroten Kopf. Er kam mit zwei Gläsern Bier und setzte sich zu Steinberg an den Tisch. Sie waren die einzigen Gäste. Der Fernseher lief, Rapid Wien gegen Sparta Prag.

„Ich habe gehört, du bist jetzt Professor. Nichts mehr mit Kamelreiten in den Wüsten dieser Welt."

„Und du schreibst noch immer, was dir gerade einfällt, statt zu recherchieren."

„Wie meinst du das?"

„So wie ich es sage, du bist und bleibst der gewissenloseste Journalist, den ich kenne."

„Aber einer der erfolgreichsten. Ich schreibe das, was die Leute lesen wollen. So kaufen sie die Zeitung. Das ist notwendig, denn ich arbeite in einem Privatunternehmen und wir bekommen unser Geld nicht von Väterchen Staat. Außerdem stehe ich zu meiner Meinung, dass ihr ein hilfloser Haufen seid. Eigentlich hätte ich schreiben sollen: bestens bezahlt, aber unfähig. Das kann ich ja morgen bringen. Freue dich auf die Schlagzeile!"

„Der Fall ist äußerst kompliziert. Detonationen von Bomben im Stadtzentrum verunsichern die Bevölkerung. Denke an Paris, Brüssel und München, denke an Ankara und Istanbul."

„Das sind schwerwiegende Attentate, aber das Bomberl von Linz doch nicht."

„Dennoch ist ein terroristischer Hintergrund nicht auszuschließen."

„In eurer Soko sitzt ein Mann von der Fremdenpolizei und einer vom Verfassungsschutz. Was leisten die beiden? Nichts. Und eure Vorsitzende ist eine Traumtänzerin. Wenn der Jaruschek nicht gewesen wäre, säße seine kleine Nichte noch immer in der Polizeiinspektion Gallneukirchen. Dort wäre sie auch besser aufgehoben. Linz ist ihr einige Nummern zu groß", schimpfte Vesper vor sich hin.

Steinberg schwieg und holte zwei weitere Gläser Bier. Er hütete sich davor, irgendetwas zum Fall zu sagen. Vesper kannte keine Skrupel, auch noch so vertrauliche Hinweise für seine Arbeit zu verwenden. Es war Steinberg schon passiert, dass seine Meinung in der Zeitung zu lesen gewesen war. Dazu der Hinweis auf ihn als Informant.

„Du hättest doch damals als Kriegsberichterstatter nach Vietnam gehen sollen. Da wären deine Falschmeldungen nicht aufgefallen. Niemand hätte deine Märchen kommentiert."

„Steinberg, Steinberg! Schön sprechen! Es muss jemand geben, der euch in den Arsch tritt."

„Bevor wir uns hier ineinander verbeißen, schlage ich vor, bei Manfred eine Portion Carbonara zu essen."

„Du meinst beim Manfred Plenk an der Biegung? Geht in Ordnung, sagen wir in einer Stunde."

„Gut in einer Stunde."

Steinberg fuhr nach Urfahr und holte Sophie ab. Wieder wählte er den Weg zum Petrinum, wieder wollte die Pudeldame in die andere Richtung. „Sitz!" Sie gehorchte und sah ihm mit ihren schwarzen Augen in die Seele.

„Wenn du meinen Weg nimmst, nehme ich dich zum Plenk mit. Dann bekommst du einen eigenen Teller, darauf serviere ich dir die besten Spaghetti Carbonara Mitteleuropas."

Sophie stand auf und folgte ihm. Sie gingen vorbei an einem kleinen runden Kiosk. Hier hatte vor Jahren die Gattin eines Galeristen eine Greißlerei betrieben. Ihre Wohnung hatte ihr Mann in eine „Zimmergalerie" umgewandelt. Es gab nur einen Küchentisch und zwei Stockbetten für Eltern und Kinder, dazu jede Menge Kunstwerke an den Wänden.

„In diesem Kiosk haben sich die Schüler des Petrinum früher die Jause geholt. Das Petrinum kennst du doch? Das Riesengebäude ist vor hundert Jahren gebaut worden und diente als Ausbildungsstätte für Geistliche. Heute ist es ein ganz normales Gymnasium für Mädchen und Buben." Sophie stapfte unermüdlich weiter. „Das interessiert dich nicht? Vielleicht findest du es ja spannender, dass die Linzer immer behauptet haben, das Petrinum habe eintausend Fenster. In Wirklichkeit waren es jedoch nur neunhundertsiebenundfünfzig." Sophie zog ihn weiter an der Leine hinterher. „Das interessiert dich auch nicht? Gut, dann gehen wir zum Riesenhof. Du wirst sehen, das Haus hat eine spannende Geschichte."

Vorbei an einer Biogärtnerei, Wohnhäusern und einer Kleingartenanlage führte ihr Weg wieder bergauf. Sophies Interesse am Riesenhof war gleich null. Sie würdigte Steinberg keines Blickes, als er ihr erzählte, dass der große Vierkanter zunächst ein Kneippzentrum gewesen war, dann ein Säuglings- und Kleinkinderheim, eine Tbc-Heilstätte, eine landwirtschaftliche Fachschule und eine Sozialakademie, und dass im und rund um den Riesenhof Wohneinheiten entstanden waren. Dagegen blieb sie alle zwanzig Meter stehen, um Laternenmasten, Sträucher oder Zaunsockel zu beschnuppern. „Gut, dann nicht. Mein Bildungsauftrag ist für heute erfüllt. Wir müssen ja nicht miteinander reden." Steinberg entschloss sich zum Kauf von Ratgebern für Hundeerziehung. Er brauchte dringend einen Tipp, wie man einem Hund das Ziehen an der Leine abgewöhnt. Schweigend gingen sie zum Café Plenk den Auberg hinunter.

Das Ambiente und die Besetzung waren wie immer. Der ehemalige Bäcker war Winzer geworden, der Rechtsanwalt von der Hauptstraße hatte eine Bürogemeinschaft gegründet, die Gemeinderätin genoss ihr Ausscheiden aus der Politik, der Karikaturist speicherte Motive für neue Werke, der Komponist summte ständig vor sich hin, der Sparkassenmann war noch immer für jugendliche Sparer zuständig, der Polizist aus der TV-Serie „Soko Kitzbühel" wartete zwei Achtel lang auf seinen Zug nach Ottensheim und der emeritierte Kunstunirektor wirkte auch mit dreiundachtzig Jahren noch wie ein Jüngling.

„Oh, der Herr Oberst persönlich, grüß dich Herr Doktor, welch Glanz in meiner Hütte, noch dazu mit so attraktiver Begleitung!", rief Manfred Plenk, als Steinberg eintrat. Dieser begrüßte alle mit Handschlag und nahm am Ecktisch Platz. Sophie legte sich auf seine Schuhe und muckste nicht.

„Bist du auf den Hund gekommen?", fragte Plenk.

„Er gehörte meiner Freundin. Jetzt betreue ich die Pudeldame."

„Gehörte?"

„Ja, sie ist Anfang des Jahres an Krebs verstorben."

„Das tut mir sehr leid. Kann ich dir etwas Gutes tun?"

„Du kannst mir Spaghetti Carbonara machen und ein Achtel Veltliner vom Dockner bringen", bestellte Steinberg, blickte kurz auf seine Uhr und rief ihm nach, „koche bitte zwei Portionen. Joe Vesper kommt auch gleich. Und einen kleinen Teller für Sophie."

Joe Vesper hatte die Haare zurückgeföhnt und sein glatt rasiertes Gesicht glänzte vor lauter Hautcreme. Nachdem auch er alle Anwesenden begrüßt hatte, nahm er bei Steinberg Platz. Ein lautes Knurren empfing ihn.

„Bist du unter die Bauchredner gegangen?"

„Nein, das ist die Pudeldame Sophie, die sich von dir übergangen fühlt. Hunde erkennen die Oberflächlichkeit eines Menschen sofort."

Vesper bückte sich und streichelte dem Pudel über den Kopf.

„Du hast Glück, sie hat dir verziehen."

„Wo ist der Hund her?"

Steinberg erzählte ihm kurz und sachlich von seiner Beziehung zu Doris Kletzmayr, ihrem Krebsleiden und ihrem Tod.

„Und du bist wirklich nicht mehr im internationalen Sicherheitsgeschäft? Habe ich das richtig mitbekommen?"

„Stimmt, ich bin nur noch an der Linzer Polizeihochschule."

„Und warum sitzt du dann in dieser Soko?"

„Befehl von ganz oben."

„Die Leute in Wien wissen wohl auch nur zu gut, dass Frau Stadtpolizeikommandantin keine Leuchte ist."

Steinberg teilte zwar Joe Vespers Meinung, doch ging ihm dessen selbstgerechte Art gegen den Strich. Er zog es allerdings vor, ihm weder beizupflichten noch zu widersprechen, sondern einfach gar nichts zu sagen.

Manfred Plenk servierte die Spaghetti Carbonara und den Wein. Für Sophie hatte er eine Portion in einer kleinen Schüssel mitgebracht. Sie stürzte sich über die Köstlichkeit und verschlang alles in wenigen Sekunden. Die beiden Herren aßen hingegen langsam und genüsslich.

„Das ist noch immer die beste Carbonara, die ich je gegessen habe", schwärmte Vesper.

„Er war halt früher Haubenkoch in Kitzbühel, das merkt man", meinte Steinberg und rief Manfred, der hinter dem Tresen stand, zu: „Toll gekocht, toller Wein."

Als der Wirt abservierte, fragte Steinberg: „Wo sind denn heute deine Gäste aus der hohen Politik?"

„Meinst du den Finanzstadtrat? Den haben sie abgesetzt und auf einem Versorgungsposten der Partei geparkt. Seitdem kommt er nicht mehr."

Vesper mengte sich ein: „Der Schirmherr über achthundertvierzig Millionen Jahresbudget hat einmal in einem Interview zu mir gesagt, dass der einzige Punkt, wo er sich bei Finanzen auskenne, sein Bausparvertrag sei. Und dann trägt er die Verantwortung für Kreditschulden in der Höhe von fünfhundert Millionen, die aus fragwürdigen Spekulationen entstanden sind."

„Die Minister wechseln doch auch ihre Ministerien, wie es gerade passt", meinte Plenk.

„Wenn du einen Straßenbahnfahrschein lösen kannst, stehen die Chancen gut, Verkehrsminister zu werden", witzelte Vesper.

Die beiden Freunde traschten über dies und das, ab und zu kam einer ihrer Bekannten zum Tisch, um einige Worte mit ihnen zu wechseln. Sophie schlief. Erst spät fiel Steinberg ein, dass Agathe Kletzmayr vielleicht schon zu Bett gehen wollte. Er rief sie an und informierte sie, dass er Sophie zu sich nach Hause mitnehmen und morgen in der Früh wieder bringen wolle. Sie war einverstanden.

Als Sophie ihn immer wieder mit der Schnauze anstupste, verabschiedete er sich von der Runde und machte sich auf den Weg. Die Pudeldame trabte nahe an seinen Beinen und zog überraschenderweise nicht an der Leine. Im Schlafzimmer war Sophie schneller im Bett als er und sah ihn erwartungsvoll an. Er hob kurz den Zeigefinger, lächelte dann, legte sich neben sie und löschte das Licht.

26.

Montag, 7. November, 17.00 Uhr

Jan Siebert und Steffen Schmuck saßen wortlos am Tisch. Sie hatten nichts mehr zu besprechen. Es war alles gesagt. Ihnen blieb nur diese eine Möglichkeit. Ein letztes Mal wollten sie versuchen, ihre Geisel zum Reden zu bringen. Einen Trumpf hatten sie noch, und den wollten sie jetzt ausspielen.

Ivica Bobić lag auf dem Bett, die Hände hinter dem Kopf verschränkt, und döste vor sich hin. Siebert und Schmuck hatten darauf verzichtet, ihre Masken aufzusetzen. Siebert nahm sein Smartphone aus der Tasche und hielt es Ivica Bobić vor die Augen.

„Sehr geehrter Herr Bobić. Würden Sie so freundlich sein, sich dieses kurze Video anzusehen?"

Am Display war das Meer zu sehen. Langsam plätschern die Wellen auf den hellen Kiesstrand. Als die Kamera nach links schwenkt, kommen zwei Kinder ins Bild. Ein etwa zehnjähriger Junge und ein achtjähriges Mädchen sitzen am Strand und essen Schokolade. Vor ihnen liegen weitere Süßigkeiten. Knapp hinter ihnen steht ein Mann. Er ist mit einem schwarzen Anzug bekleidet. Die Uferstraße ist nicht weit entfernt. Unter hoch aufragenden Bäumen steht ein dunkelgrüner BMW. Die Kamera zoomt die Gesichter der beiden Kinder näher.

Bobić schrie entsetzt auf. „Nein! Nicht meine Enkelkinder! Lasst die beiden in Ruhe! Sie haben mit der Sache nichts zu tun."

„Doch", grinste Siebert, „sieh her, das Video hat auch einen Schluss."

Der schwarz gekleidete Mann greift in seine Brusttasche, zieht zwei Eintausend-Kuna-Scheine heraus und schwenkt sie im Sonnenlicht. Abwechselnd sind das Reiterstandbild von König Tomislav und die Kathedrale von Zagreb zu sehen. Die beiden Kinder stehen auf und strecken die Hände nach den Banknoten. Der Mann bückt sich kurz, nimmt die Süßigkeiten an sich, dreht sich um und geht auf sein Auto zu. Noch immer hält er die Geldscheine hoch in der Luft. Die Kinder laufen ihm nach. Beim Auto angekommen, öffnet der Mann die hintere Wagentür und wirft das Geld ins Wageninnere. Lachend und kreischend springen die Kinder nach. Der Wagen fährt davon.

Ivica Bobić schlug die Hände vors Gesicht und schluchzte: „Das könnt ihr nicht tun! Lasst sie wieder frei! Das sind doch Kinder!"

Siebert hatte den Kopf auf den linken Arm gestützt und zischte Bobić zu: „Und jetzt das Ganze noch einmal. Ich hoffe, dass es in deinen verdammten Schädel hineingeht, dass es jetzt ernst wird. Für dich und deine Enkelkinder."

Er spielte das Video noch einmal ab. Den weiteren Verlauf der Entführung konnte er nicht zeigen, da er gestern nicht mehr ins Freie gekommen war, um jenen Mann anzurufen, der die Kinder in ein Versteck gebracht und alles dokumentiert hatte. Aber die Wiederholung verfehlte ihre Wirkung nicht. Bobić brach zusammen.

„Trink einen Schluck. Wenn du wieder zusammenklappst, hilft das niemandem." Schmuck hielt ihm die Mineralwasserflasche hin. Bobić winkte ab.

„Was soll ich tun?"

„Ganz einfach, du gibst uns den Code, wir lassen dich frei und du bekommst deine Enkelkinder zurück. Wenn nicht, sterben sie."

Langsam konnte Bobić wieder klar denken. Sie hatten die Kinder, sie hatten ihn, aber er allein hatte den Code. Er bezweifelte, dass die beiden den Befehl geben würden, die Kinder ermorden zu lassen. Dass seine Entführer keine Profis und schon gar keine brutalen Killer waren, hatte er längst durchschaut. Dafür setzten sie ihre Aktionen viel zu unsicher.

Siebert redete noch einmal eindringlich auf ihn ein: „Hast du gehört, wenn du nicht redest, sterben sie."

„Er soll noch eine Weile nachdenken", kommentierte der andere und ging.

„Wir kommen wieder", ergänzte der Hüne und folgte ihm.

Wieder zurück am Tisch, beratschlagten sie, was zu tun sei.

„Am besten wir schenken unserem Auftraggeber reinen Wein ein."

„Bist du verrückt!", schrie Siebert auf, „wir können doch unsere Erfolglosigkeit nicht zugeben. Wir müssen Stärke zeigen. Wir fordern weiteres Geld. Das ist die Lösung. Wenn er nicht bezahlt, bekommt er den Code nicht. So einfach ist das."

Schmuck erwiderte: „Glaube mir, es ist besser, wir sagen ihm die Wahrheit und schauen wie er reagiert."

Schweigend sahen sie einander eine Weile an. Da klingelte das Telefon. Schwerfällig erhob sich der Hüne und hob ab. Mit ruhiger Stimme erklärte er: „Die Sache schaut so aus. Unser Mann schweigt. Wir haben ihn bis zum Zusammenbruch gefoltert. Beinahe wäre er gestorben. Er hat sich zum Glück wieder erholt."

„Und wie soll das jetzt weitergehen? Ich brauche den Inhalt des Koffers. Das Material ist bereits um viel Geld verkauft", antwortete die Stimme am Telefon.

„Wir haben seine Enkelkinder entführen lassen."

„Was habt ihr?" Die Stimme wurde lauter.

„Wir haben seine Enkelkinder entführen lassen."

„Seid ihr wahnsinnig? Kindesentführung ist ein schweres Delikt. Ich denke mir schon die ganze Zeit, dass ihr beide unfähig seid."

„Bei Kindesentführung wird es wahrscheinlich nicht bleiben. Mit zumindest einem Mord müssen wir rechnen, damit er redet."

Die Leitung blieb stumm.

„Wir lassen zuerst den Buben und danach das Mädchen umbringen. Den Fachmann dazu haben wir schon engagiert. Das kostet Sie übrigens zehntausend Euro für jedes Kind. Und jetzt lassen Sie uns endlich wieder frei."

„Ich sage euch gleich, für die Kinder übernehme ich keine Verantwortung. Das war eure Idee."

„Die Tat passiert in Kroatien. Dort lässt sich alles mit Geld regeln. Die Leute bei der Polizei verdienen nicht viel. Wir werden Sie wissen lassen, wie viel wir schmieren müssen. Dann sind die Kinder einfach ertrunken. Das passiert häufig."

„Trotzdem übernehme ich keine Verantwortung."

„Das wird Ihnen nichts nützen. Wenn wir nicht schmieren, wird unser Mann behaupten, dass Sie den Auftrag zur Entführung der Kleinen gegeben haben und wir werden das bestätigen. Das Match steht drei zu eins."

„Ich will nur den Koffer und den Code, mehr brauche ich nicht."

„Aber wir brauchen Geld. Fürs Erste jeder fünftausend Euro. Legen Sie es vor die Tür und dann öffnen Sie alle Schlösser wieder."

„Die Kinder werden aber nicht getötet."

„Vorerst nicht. Aber ich sage Ihnen gleich: es kommt, was kommt."

Das Gespräch war beendet, Siebert legte auf.

„Das hast du gut gemacht", lobte ihn Schmuck.

Wenig später summte die Tür. Sie gingen hinaus, nahmen die beiden Kuverts und verließen den Stollen über einen Lüftungsschacht ins Freie.

27.

Dienstag, 8. November, 7.00 Uhr

Diesmal war es nicht der Wecker, auch nicht das Telefon, sondern eine raue Zunge, die Max Steinberg weckte. Die glänzenden Hundeaugen ließen ihn weit fröhlicher aus dem Bett steigen als gewöhnlich.

Sophies Drang nach Frischluft ließ sich gut mit dem Gang zur Bäckerei verbinden. Da Steinbergs Kühlschrank so gut wie leer war, kaufte er einfach zwei zusätzliche Semmeln. Die Pudeldame schien auch durchaus zufrieden zu sein mit den gebutterten Semmelscheiben, die er ihr am Frühstückstisch servierte.

Im Radio warnte der Verkehrsfunk vor Staus, der Wettermann vor starkem Regen, und der Moderator hätte vor der Musikauswahl warnen müssen, denn das Programm war furchtbar schlecht.

Als Steinberg dann gemütlich durch Urfahr wanderte, um Sophie zurückzubringen und sein Auto zu holen, setzte der angekündigte Regen ein. Von einer Minute auf die andere schüttete es in Strömen und Steinberg wurde trotz Regenschirm bis zur Hüfte hinauf nass. Nachdem er die Pudeldame wieder abgegeben hatte, fuhr er mit dem Auto noch einmal nach Hause zurück, um sich umzukleiden.

Bevor er zum Polizeigebäude fuhr, verbrachte er noch einige Zeit in einer Buchhandlung vor dem Regal mit Büchern über Tierhaltung. Schließlich wählte er zwei Bände, die ihm nützlich erschienen, und hoffte, dass Sophie das auch so sehen würde.

Im Arbeitszimmer der Soko traf er „Burger King" und Chefinspektor Emmerich Hallsteiner vom LKA Oberösterreich. Steinberg holte für alle Kaffee.

„Wir sind jetzt noch einmal alle Verdächtigen in der Szene durchgegangen, die bei uns registriert sind", verkündete Burkhard König. „Die meisten sind Kleinganoven, die sich mit Diebstählen oder Drogenhandel über Wasser halten. Einige warten noch auf ihr Asylverfahren, manche haben schon das Bleiberecht.

Zu dem islamischen Gebetshaus in Wels, das mit Spenden aus Kuwait errichtet wurde, gibt es hie und da Verbindungen, aber das wird von uns ohnehin dauernd kontrolliert. Bislang gab es nichts Auffälliges."

„Ganz wie bei uns. Die meisten leben von kleinen Strafdelikten und schlagen sich so durch. Verbindungen zur IS konnten wir keine finden, abgesehen von Ahmad Hashami, dem Prediger der Altun-Alem-Moschee in Linz-Kleinmünchen, den wir eh schon gemeinsam in die Zange genommen haben", ergänzte Hallsteiner.

„Wie siehst eigentlich du die Ermittlungsarbeit unserer Soko?", wollte König von Steinberg wissen.

Er war noch immer nicht bereit, sich in die Karten schauen zu lassen. „Geht gut voran", meinte er und ging.

Im Lift rief er Katharina Schmitt an und bat sie um einen Gesprächstermin.

„Wann?"
„Jetzt gleich."
„Geht in Ordnung."

Der Herbstregen hatte die Blätter von den Bäumen getrommelt. Die entlaubten Skelette und die nassen Betonmauern verliehen der Gartenstadt Puchenau eine bedrückende Tristesse. Steinberg stellte das Auto bei einem dreistöckigen Häuserblock ab. Es hatte zu regnen aufgehört und er gelangte trockenen Fußes durch den Pappelweg, den Lorbeergang und den Ginsterweg zum Haus Kastanienweg Nummer drei.

Katharina Schmitt öffnete die Haustüre. Hinter ihr zogen die Zwillinge gerade Regenjacken an. Sie glichen einander aufs Haar.

„Guten Tag, Herr Steinberg. Das sind meine beiden Buben, Martin und Stefan. Sie haben heute schulfrei, aber sie werden uns nicht stören, sie sind ja schon auf dem Weg nach draußen."

Die beiden grüßten Steinberg, schnappten dann ihre Modellautos und Steuergeräte und stürmten ins Freie. Die Hausherrin bat ihn ins Wohnzimmer. Sie nahmen auf einer Sitzgruppe Platz. Blass, aber gefasst wartet sie auf Steinbergs Fragen.

„Ich möchte Sie bitten, mir noch Näheres über das Verhältnis der Familienmitglieder zueinander zu erzählen."

„Es ist ein sehr freundschaftliches Verhältnis. Wir verbringen viel Zeit miteinander, spielen alle Golf im Club Donau in Feldkirchen. Tamara und Holger sind die Taufpaten der Zwillinge. Den Sommer sind wir oft gemeinsam in unserem Haus am Attersee."

„Wie sehen Sie Ihren Schwiegervater?"

„Er ist ein schwieriger Charakter, sehr rechthaberisch. Seit dem Tod seiner Frau wird das immer schlimmer. Seine deutschnationalen Ansichten haben mich von Anfang an gestört, daher bin ich längeren Gesprächen mit ihm immer ausgewichen."

„Wie war das Verhältnis Ihres Mannes und seines Bruders zu ihm?"

„Stets respektvoll. Doch eigentlich haben sie Gespräche auf Floskeln reduziert und seine Monologe einfach über sich ergehen lassen. Aber man ist höflich zueinander."

„Haben Sie je erlebt, dass einer der Brüder die politische Einstellung des Vaters kritisiert hätte?"

„Nein. Angeblich haben sie das früher manchmal versucht, doch da es wirkungslos geblieben sei, hätten sie damit aufgehört."

„Und Sie?"

„Ich ertrage seine Schimpftiraden über Flüchtlinge und Ausländer nicht. Bei der letzten Geburtstagsfeier der Zwillinge hat er wegen der Wahlerfolge der ‚Alternative für Deutschland' Lobeshymnen auf diese Narrentruppe gesungen. Das war furchtbar, aber auch ich schwieg. Eine Diskussion mit ihm ist sinnlos."

„Sieht das Ihre Schwägerin genauso?"

„Ja, sie will auch keine Eskalation."

„Nun zu einem anderen Thema. Ich suche noch immer eine Antwort auf die Frage, warum Ihr Mann so viel Geld brauchte."

„Das kann ich mir auch nicht erklären."

„Ihr Mann war sehr attraktiv, erfolgreich, wohlhabend. Hatten Sie nie Angst, ihn zu verlieren?"

Die Antwort kam wie aus der Pistole geschossen: „Wir waren uns treu, wie am ersten Tag."

Steinberg bedankte sich für das Gespräch und bummelte mit seinem Miniaturcabrio zurück nach Linz. Bei den Aussagen der Frau passte für ihn einiges nicht zusammen. Besonders der Treue-

schwur war ihm zu schnell gekommen. Fünfzehn Jahre Ehe sind eine lange Zeit, da musste es doch Hochs und Tiefs gegeben haben.
„Jetzt fehlt mir nur mehr der Prokurist. Welche Rolle mag der in der Familie spielen", fragte sich Steinberg, als sein Telefon den Radetzkymarsch spielte. Es war seine Chefin, die ihn wieder einmal aufforderte, sofort in ihr Büro zu kommen. Steinberg grinste. Sein Freund Hengstschläger hatte offensichtlich beste Arbeit geleistet.

Karin Moser begrüßte ihn gleich mit der Neuigkeit: „Der Innenminister schickt dich auf eine Tagung nach Zagreb. Beginn ist morgen um zehn Uhr, Schluss ist am Freitag zu Mittag. Weißt du, warum sie gerade dich dorthin schicken? Hier steht, du würdest die Dschihadistenszene und die Funktionsweise des IS bestens kennen. Stimmt das?"

„Wenn es da steht", meinte er kurz angebunden.

„Also, dann sehen wir uns am Montag in der Früh wieder."

„Zu Mittag, vorher habe ich meine Vorlesung."

Steinberg ging in das Arbeitszimmer der Soko und buchte im Internet ein Schlafwagen-DeLuxe-Abteil für eine Person mit Dusche und Toilette für den Nachtzug nach Rijeka. Abfahrt Linz um dreiundzwanzig Uhr fünf, Ankunft um neun Uhr und zwanzig Minuten.

Auf dem Weg zur Tiefgarage vereinbarte er einen Termin mit Gernot Gutt um fünfzehn Uhr im Café „Traxlmayr". Danach kramte er in seinem schmalen Taschenkalender nach einer weiteren Nummer. Drago Milanović, Major der kroatischen Staatspolizei mit Dienstort Zagreb, hatte er bei einem der vielen UN-Einsätzen kennengelernt.

„Hallo mein Freund, alter Gauner. Lange nichts von dir gehört. Du willst wieder mit meinem Motorrad eine schnelle Runde drehen?"

Milanović spielte damit auf ihre gemeinsame Fahrt auf der alten Weltmeisterschaftsstrecke in Preluk an. Dieser gefährliche und extrem kurvige, nördlich von Opatja gelegene Straßenkurs, in Höchstgeschwindigkeit durchrast, hatte Steinberg vollen Respekt abgerungen.

„Danke. Einmal genügt. Ich ersuche dich um deine Hilfe. Morgen früh komme ich nach Rijeka, um in einem schwierigen internationalen Fall zu ermitteln. Es geht um …"

„Wann kommst du?", unterbrach ihn Milanović. „Ich hole dich vom Bahnhof ab. Du kannst in meinem Appartement im Zentrum wohnen."

„Danke, aber interessiert dich gar nicht, warum ich deine Hilfe brauche?"

„Ist egal. Du bist mein Freund", antwortete der Major und legte auf.

28.

Dienstag, 8. November, 14.00 Uhr

„Wo hast du die Kinder untergebracht?"
„Auf meinem Fischerkahn."
„Bist du alleine?"
„Mein Bruder ist bei mir. Alleine schaffe ich das nicht."
„Hast du Blut besorgt?"
„Ich habe ein Huhn geschlachtet."
„Gut so. Jetzt pass genau auf. Ich sage dir, was zu tun ist. Klar?"
„Klar."
„Du nimmst ein großes Messer, schüttest Blut auf die Schneide und setzt es dem Buben über dem Kehlkopf an. Es soll aussehen, als hättest du ihn geschnitten. Er wird vor Angst schreien. Wenn das Mädchen mitschreit, umso besser. Dein Bruder soll alles filmen. Dann schickst du mir das Video auf mein Handy. Wiederhole alles!"
Der Mann am anderen Ende der Leitung wiederholte seinen Auftrag.
„Lass dir Zeit. Nur keine Hektik. Ganz ruhig bleiben."
„Ich bin ganz ruhig."
„Noch etwas, platziere das Boot so, dass im Hintergrund Crikvenica zu sehen ist. Für unsere Geisel muss der Schauplatz zu erkennen sein."
Er hatte ganz leise gesprochen und legte auf.
„Wie bist du eigentlich an den Kindesentführer gekommen?", fragte Steffen Schmuck.
„Er war Mitglied der Kroatischen Marine und hatte als Gast an einem unserer Manöver im Raum Spitzbergen teilgenommen. Seine Eltern betreiben eine Pension in Kraljevica. Ich bin einige Male bei ihnen gewesen. So wie wir, verlor er seinen Job bei der Marine und machte sich selbständig."
„Wie viel Geld will er haben?"

„Siebentausend Euro. Er ist nicht gerade billig, aber sehr, sehr verlässlich."

Jan Siebert und Steffen Schmuck saßen in „Paul's.küche.bar. restaurant", genossen den traumhaften Blick auf den Linzer Dom und „Craft Bier" aus Freistadt. Zuvor hatten sie in ihrer neuen Unterkunft, dem unmittelbar daneben liegenden „Hotel am Domplatz", ausgiebig gefrühstückt.

„Was denkst du, wie Bobić reagieren wird?", fragte Schmuck.

„Er wird das Leben seiner Enkel nicht aufs Spiel setzen und den Code preisgeben", antwortete Siebert.

„Und was machen wir, wenn er das nicht tut?"

„Was soll das heißen! Selbstverständlich tut er das!"

„Ich frage dich aber, was wir tun …"

Siebert unterbrach ihn unwirsch: „Das werden wir dann sehen. Warten wir es ab."

„Wir brauchen aber einen Plan", ließ der Kleinere nicht locker.

„Wir brauchen gar nichts, außer zwei frische Bier."

Er zeigte dem Kellner Zeige- und Mittelfinger der rechten Hand, der nickte sofort. Als der Signalton seines Handys erklang, sah der Hüne eine Weile auf das Display. „Gut! Sehr gut! Das macht Freude. Schaue dir das an. Und da fragst du, wie Bobić reagieren wird."

Schmuck griff nach dem Handy und drückte auf Play. Das Video zeigte den besprochenen Ablauf so realistisch, dass er immer wieder seinen Kopf schüttelte. „Wahnsinn, das können wir doch nicht machen", murmelte er.

„Genau das werden wir machen", entgegnete sein Partner und hob sein Glas. „Auf uns!"

29.

Dienstag, 8. November, 15.00 Uhr

Steinberg war überpünktlich. Er wollte vor Gutt da sein und den Tisch wählen können. Starker Regen prasselte auf die großen Fenster des Traditionskaffeehauses. Alle Lampen waren eingeschaltet, das Lokal gut besucht. Es freute ihn, dass Billardspieler da waren, das Klappern der Kugeln schuf eine heimelige Stimmung. Er wählte einen Tisch in der Nähe der Spieler. Der Kaffee im „Traxlmayr" schmeckte ihm zwar immer noch nicht, aber die Atmosphäre im einzigen Linzer Jugendstilcafé war einzigartig.

Um fünfzehn Uhr betrat Gernot Gutt das Café und steuerte sofort auf Max zu, grüßte und nahm Platz. Der eng geschnittene Anzug betonte seine schmale Figur. Ein dunkelblaues Hemd mit gelber Krawatte sowie Schuhe vom Nobelschuster Ludwig ergänzten seine gepflegte Erscheinung. Früher hatte sich Steinberg ebenfalls so gekleidet, doch nun hatte er keine Lust mehr, den Dandy zu spielen.

„Weshalb wollten Sie mit mir sprechen, Herr Steinberg?"

„Ich denke, Sie können mir am genauesten Auskunft über die linz-spinning-company-ltd geben", antwortete Steinberg und fragte, ob es ihn störe, wenn er rauche.

„Wenn es Sie nicht stört, wenn ich auch rauche", grinste Gutt und erklärte dann: „Als Prokurist bin für alle Rechtshandlungen der Firma zuständig und daher immer bei Entscheidungen dabei, die zur Führung des Betriebes notwendig sind. Zudem leite ich auch das gesamte Finanzwesen."

„Eine Menge Verantwortung!"

„Stimmt. Der alte Herr wollte es so."

„Hatte Wieland Schmitt kein Vertrauen zu seinen Söhnen?"

„Das weiß ich nicht."

„Er hat Sie eigentlich zu einer Art Überchef gemacht", hakte Steinberg nach.

„Wenn Sie das so sehen."

Gernot Gutts Antworten kamen kühl und selbstsicher. Er wirkte äußerst aufmerksam und beobachtete jede Regung in Steinbergs Gesicht. Nicht Verteidigung, sondern Angriff, schien seine Devise zu sein, und er nahm Steinbergs Fragen gleich vorweg: „Ich habe mit achtundzwanzig Jahren mit Auszeichnung mein Jusstudium beendet und bin gleich in die Firma eingetreten. Nach dem Rückzug des alten Herrn im Jahre zweitausendvierzehn bekam ich die Funktion des Prokuristen übertragen. Damals war ich vierunddreißig. Ich bin unverheiratet, habe keine Kinder, spiele Tennis und Golf mit Handicap fünfzehn und nehme an Segelregatten im Mittelmeer teil. Das sind meine Urlaube. Ich bin Mitglied des Corps Allemania Köln zu Linz, des Golfclubs Braunau, des Tennisvereins ÖTB Dornach und der katholischen Kirche. Reicht das?"

Max Steinberg antwortete nicht. Er suchte einen Weg, sein aalglattes Gegenüber in den Griff zu bekommen. Um Zeit zu gewinnen, bestellte er ein Bier.

„Für Sie auch? Seit zwölf Uhr ist Dienstschluss."

Gutt nickte. Er hatte jede Faser seines Körpers angespannt und erwartete Steinberg Angriff.

„Ihre Firma hat von Jänner bis September vier Prozent ihres Umsatzes eingebüßt. Er beträgt nur mehr sechsundachtzig Millionen Euro. Außerdem mussten Sie fünfunddreißig Mitarbeiter entlassen. Könnte das der Grund gewesen sein, dass Peter Schmitt mit einem fragwürdigen Geschäft die Bilanz etwas aufbessern musste?"

Gabriele Koch hatte gute Arbeit geleistet, ihre Recherchen bewährten sich. Gutt schüttelte verärgert den Kopf, strich sich über die Haare, und wenn man wie Steinberg genau hinhörte, bemerkte man ein leichtes Zittern in der Stimme des jungen Mannes.

„So ein Unsinn! Wie können Sie so etwas fragen? Peter hatte keinerlei Auftrag der Firma zu einer derartigen Transaktion. Wir mussten viel investieren, daher der Umsatzrückgang. Der Gewinn nach Steuern ist gestiegen. Wir haben im Aktiengeschäft viel verdient. Genauer gesagt, ich habe an den Börsen dafür gesorgt. Ich muss das Gespräch beenden, ich habe noch einen Geschäftstermin."

Gernot Gutt war schon aufgestanden, als Steinberg zischte: „Nehmen Sie sofort wieder Platz! Das ist kein Gespräch, das ist ein Verhör!"

„Sie können mich nicht festhalten", antwortete Gutt mit nun merklich erregter Stimme. Steinberg hatte gewonnen.

„Aber ich kann veranlassen, dass Kollegen Sie in die Polizeidirektion zum Verhörraum bringen. Und das wollen wir doch nicht, Herr Doktor Gutt." Steinberg wies einladend auf den zurückgeschobenen Sessel. Gutt setzte sich wieder.

„Was könnte der Inhalt des ominösen Koffers von Professor Schmitt gewesen sein? Firmengeheimnisse vielleicht?"

„Wie soll ich das wissen?"

„Könnte es sein?"

„Alles kann sein, aber ich weiß kein Motiv, warum Peter wissenschaftliche Ergebnisse verkaufen hätte sollen. Eine Million wäre auch viel zu wenig Geld."

„Vielleicht war es nur eine Anzahlung. Vielleicht war die vereinbarte Summe höher? Zehn, zwanzig oder fünfzig Millionen?"

„Ich weiß das nicht", antwortete Gutt mit lauter Stimme. Er hatte endgültig seine Souveränität verloren.

„Sie sind doch auch der Rechnungsdirektor. Wie viel war denn die Erfindung des Silberpflasters wert?"

„Das war vor meiner Zeit."

Jetzt log der Mann. Steinberg wollte nun dranbleiben: „Haben Sie etwas mit der Sache zu tun? Haben Sie den Täter engagiert, um an das Material zu kommen? Das wäre für Sie das Tor zum Reichtum gewesen."

„Selbst wenn Sie jetzt Ihre Kollegen rufen, mir reicht es endgültig. Ich gehe."

Er stürmte aus dem Lokal. Steinberg lächelte und zündete sich eine „Triumph" an.

„Es ist immer wieder eine Freude, Ihre Stimme zu hören", schmeichelte Agathe Kletzmayr und fragte Steinberg, ob er nach dem Rundgang noch zum Abendessen bleiben wolle. „Wissen Sie, ich koche immer zu viel, so als würde Doris noch leben."

Steinberg nahm die Einladung dankend an.

Als er wieder mit Sophie durch die Straßen zog, übertrug sich die Lebensfreude der Pudeldame sofort auf ihn. Die Einfachheit und Geradlinigkeit dieses Zusammenseins erfrischte sein Herz und seine Seele.

„Es gibt das Lieblingsessen meiner Tochter", empfing ihn Agathe Kletzmayr nach dem Rundgang, „faschierte Laibchen mit Erdäpfelpüree und grünem Salat."

„Das ist auch ein Klassiker der österreichischen Küche", meinte Steinberg und verzichtete darauf, ihr zu sagen, dass dies auch seine liebste Mahlzeit war. Vermutlich hätten Doris und er ein Leben lang dieses Gericht gegessen.

30.

Mittwoch, 9. November, 10.10 Uhr

Wegen der wieder eingeführten Grenzkontrollen hatte der Zug schon Ljubljana mit Verspätung erreicht, dann stand er endlos an der kroatischen Grenze. Mittlerweile brachte er es auf fünfzig Minuten Verspätung. Doch der Blick auf das Meer, auf die Kvarner Bucht mit den Inseln Cres und Krk und die alles beherrschende Hafenstadt Rijeka machten dies rasch wieder wett.

Major Drago Milanović erwartete Steinberg auf Bahnsteig zwei. „Doktor, Doktor. Du siehst wie immer blendend aus und wirst immer jünger", begrüßte ihn Milanović.

„Und du wächst und wächst", spielte Steinberg auf dessen unterdurchschnittliche Körpergröße an.

Sie durchquerten den Ankunftssaal des in Zeiten der Donaumonarchie erbauten Bahnhofs und suchten ein Café auf. Hier wirkte alles etwas trostlos und verstaubt, dafür war der Espresso exzellent.

„Nun erzähle, warum bist du in Rijeka?"

Steinberg klärte ihn über den Tathergang und den Verlauf der Ermittlungen auf und schloss: „Den Kroatienbezug stellt ein Einbruch kroatischer Männer im Universitätsinstitut des Mordopfers her. Dort wurde vermutlich ein Aktenkoffer gestohlen. Außerdem hat die linz-spinning-company-ltd eine Fabrik in Zagreb und bei Rijeka gibt es einen Konkurrenzbetrieb. Und natürlich ist viel Bauchgefühl dabei. Aber du weißt selbst, wie wichtig das sein kann."

„Und derzeit findet die Fachmesse für Spinnereibetriebe der Alpe Adria Länder bei uns statt. Das war sicherlich auch ein Grund für dein Kommen", ergänzte Milanović.

„Wie bitte?"

„Sag bloß nicht, du hast davon keine Ahnung. Und das in Zeiten von Google!"

„Sicher habe ich das gewusst", log Steinberg.

„In einem streng katholischen Land wie Kroatien darf man nicht lügen, da bestraft dich der Herr. Diesmal darf ich das übernehmen. Komm, wir fahren."

Als sie durch die hellgrüne Schwingtüre auf die Straße traten, stand sie vor ihnen. Ein Ungetüm von einem Motorrad, lackiert in den Farben Rot, Weiß und Blau mit goldfarbenen Federbeinen und Tank und einem breiten Rahmen aus blank poliertem Titan.

„Das ist eine Honda Fireblad RC213V-S mit tausend Kubikzentimetern, zweihundertfünfzehn PS und einer Höchstgeschwindigkeit von weit über dreihundert Stundenkilometern. Ein Wunderwerk der Technik, findest du nicht auch?", schwärmte Milanović. Er zog zwei Helme aus seiner Sporttasche, reichte Steinberg einen, dann stieg er auf. Steinberg folgte ihm, zwängte seinen Koffer zwischen ihre Körper, hielt sich an der Lederjacke seines Freundes fest und hoffte auf eine kurze Strecke.

Der Motor heulte auf. Mit einem klackenden Geräusch schaltete Milanović einen Gang hinauf und bog in die Uferstraße ein. Gas geben, schalten, Gas, schalten und in wenigen Sekunden war die erlaubte Höchstgeschwindigkeit um das Dreifache überschritten. Der Kreisverkehr vor dem Busbahnhof flog näher, Milanović bremste hart. Zu Steinbergs Glück herrschte Verkehrsüberlastung und der Kreisverkehr war nur im Schritttempo zu befahren. Milanović bog über eine Seitengasse in die nächste Hauptstraße, fuhr in eine Tiefgarage und stellte den Motor ab. „So hier wären wir! Hier werden wir einige gemütliche Tage verbringen."

Steinberg folgte ihm schweigend in den dreizehnten Stock. Erst als er auf der Terrasse der Penthouse-Wohnung stand, hatte er sich wieder gefasst. „Der Ausblick ist überwältigend. Vor uns die Fußgängerzone, rechts der Hafen und links der steile Aufgang zum Museum, fantastisch."

Milanović stand neben ihm: „Eigentlich ist dieses Haus eine Bausünde. Es wurde in den neunzehnhundertsiebziger Jahren im damals modernen Stil errichtet und ist im Vergleich zur Umgebung viel zu hoch."

„Wie kann sich ein Major der kroatischen Staatspolizei eine Penthouse-Wohnung mitten in Rijeka und ein Motorrad im Wert eines Einfamilienhauses leisten? Ich bewerbe mich sofort bei euch."

Milanović grinste. „Du denkst doch nicht an Korruption?"
„Was sonst."
„Im Fall der Wohnung stimmt es sogar, aber es war nicht meine Korruption. Und beim Motorrad ist es eine glückliche Fügung. Ich bin der Präsident des kroatischen Honda-Clubs. Wenn die Japaner ein neues Modell herausbringen, bekomme ich es leihweise für einen Monat und gebe es dann gemeinsam mit meinem Gutachten zurück. Die Sache mit dem Penthouse war Korruption der übelsten Sorte. Mein Vater war Stadtrat für Bauwesen in der Gespanschaft, also im Bezirk Rijeka. Und er wurde vom Verkehrsminister zum Aufsichtsrat einer privaten Scheinfirma mit Sitz in Rijeka ernannt. Diese Firma erhielt im Jahr neunzehnhundertneunundsiebzig den Auftrag, eine achtzig Kilometer lange Autobahn von Matulji nach Bosiljevo zu bauen, die Rijeka und Zagreb verbinden sollte. Jährlich flossen Millionen Dinar in das Projekt, gebaut wurde nie. Geplant, kassiert, verschoben, neu geplant, wieder kassiert und wieder verschoben."
„Welche Rolle spielte dein Vater?", fragte Steinberg.
„Die Aufgabe meines Vaters war, den Bau zu verhindern. Die Zentralregierung in Zagreb hatte kein Interesse, die aufmüpfigen und unbequemen Kommunisten in Rijeka zu unterstützen. Die Baufirma bekam das Geld und lieferte immer neue Pläne. Den Hauptanteil des Geldes verteilte mein Vater an Funktionäre der kommunistischen Partei. Die kleinen bekamen ein wenig, die mittleren etwas mehr, die Bonzen in Zagreb und Rijeka streiften den Löwenanteil ein. Das funktionierte blendend. Kritik gab es nur in der Bevölkerung, aber Zeitungen, Radio und Fernsehen schwiegen. Sie waren alle verstaatlicht."
„Gibt es diese Autobahn heute?"
„Ja. Mit der Ausrufung der Republik Kroatien begann auch der Bau."
„Und dein Vater?"
„Er trat als Politiker ab und ging in Pension. Die Baufirma wurde liquidiert. Auf der Insel Krk ließ er sich eine Luxusvilla bauen und er kaufte sich diese Penthouse-Wohnung."
Milanović deutete auf ein Café: „Schauen wir uns das Ganze von außen an. Dort unten ist es sehr gemütlich."

Steinberg war einverstanden und sie nahmen im Gastgarten Platz. Es war angenehm warm, die Lufttemperatur betrug über zwanzig Grad. Ein runder Brunnen plätscherte vor sich hin.

An den blau-weißen Fahnen, die viele Menschen schwenken, erkannte Steinberg, dass der örtliche Erstligaklub HNK Rijeka ein Heimspiel hatte. „Gegen wen wird gespielt?"

„Dynamo Zagreb. Derzeit Tabellenführer. Willst du hingehen?"

„Vielleicht."

Erst jetzt bemerkte Steinberg die Bankfiliale im Erdgeschoß des Wohnhauses. Er deutete auf das Firmenschild. „Ist das die österreichische Skandalbank?"

„Das war die Hauptfiliale der Hypo Alpe Adria im Süden. Und daneben, in dem weißen Betonhaus, betreibt die Konkurrenz ihre Geschäfte. Du siehst, deine Heimat ist bei uns gut vertreten."

„Ist das *die* Hypo Alpe Adria?"

„Genau. Hier wurden die Kroatiengeschäfte abgewickelt, der Bau von Appartements und Hotels, von Hafenanlagen sowie der Ankauf von Jachten. Alles dubiose Kreditgeschäfte."

Steinbergs Handy meldete sich. Es war Karin Moser.

„Ich hoffe, ich störe dich nicht. Kannst du reden?"

„Gerade ist Tagungspause. Was gibt es so Dringliches?"

„Ich mache es kurz. Er ist eindeutig identifiziert. Unsere Staatsanwältin hat Anklage erhoben. Der Fall ist somit abgeschlossen, die Soko aufgelöst. Vielen Dank für deine Mitarbeit."

„Von wem redest du?"

„Von Burhan Hemedi, dem Handgranatenwerfer. Paul Leutgeb hat herausgefunden, dass beim Mord an Peter Schmitt und bei der Schlägerei in der Franckstraße die gleichen Geschosse verwendet wurden. Bei einer Gegenüberstellung hat unsere Zeugin, Frau Hilde Sagmeister, ihn eindeutig identifiziert."

„Na dann gratuliere ich dir. Vielleicht ergibt sich wieder einmal eine Zusammenarbeit. Dober dan."

Steinberg legte auf. Milanović blickte ihn fragend an.

„Das war meine Chefin, die Leiterin der Soko. Der Täter sei verhaftet. Jetzt muss ich bis Montag den wahren Täter liefern, denn danach gibt es keine Sonderkommission Bombe Linz mehr. Verstehst du?"

„Hast du nicht gesagt, dieser Hemedi sei als Tatverdächtiger ausgeschieden, weil dein Kollege ihn auf einem Video vom Flughafen erkannt hat? Weil er zur Tatzeit in Istanbul war?"
„Genauso ist es. Offensichtlich hat Karl Schmelzer die Chefin aber nicht informiert."
„Und was machst du jetzt?"
„Ich mache einfach weiter. Hier kann mir niemand etwas dreinreden und schon gar nichts befehlen. Meine Ermittlungen hier sind von Wien beauftragt, von höherer Stelle."
Steinberg nahm einen Schluck Kaffee und sah einem Auto nach, auf dessen Heckscheibe Name und Telefonnummer einer Mietwagenfirma prangten. Er ging ins Lokal, holte sein Handy aus der Tasche und bestellte bei eben dieser Firma einen Leihwagen. Danach kehrte er zum Tisch zurück. Sie aßen noch eine Kleinigkeit, dann forderte Milanović zum Aufbruch auf. Steinberg blieb sitzen.
„Wir müssen fahren, am Nachmittag ist großer Andrang auf der Messe", drängte der Major.
Ein weißer VW Golf blieb direkt neben ihrem Tisch stehen. Steinberg winkte, ein Mann stieg aus und ging auf ihn zu. Nach drei Unterschriften hatte Steinberg die Fahrzeugpapiere in der Hand. „So! Jetzt können wir fahren. Ich steige nie wieder auf ein Motorrad", grinste er Milanović an.

Die zweijährige „Spinning Week" in Rijeka öffnete als Fachmesse nur nachmittags ihre Pforten für das allgemeine Publikum. Seit 2010 war sie im „Centar Zamet" beheimatet, einem interessanten und international ausgezeichneten Veranstaltungszentrum im Westen der Stadt.
Die verschiedenen Firmen präsentierten Produkte und Maschinen in jeweils einer fünfeckigen Koje, nur der Stand der Kroatischen Rijeka-Spinning-Mill war fünfmal so groß. Gewissermaßen Heimvorteil. Schon von Weitem war das Logo mit dem kroatischen Wappen zu erkennen. Die beiden Polizisten schlenderten durch die Gänge und waren beide überrascht, welch unterschiedliche Produkte moderne Spinnereien und Webereien erzeugten, vor allem die Vielfalt der Verwendungsmöglichkeiten war erstaunlich.

Eine Koje wirkte sofort wie ein Magnet auf Steinberg. Sie war dem Produkt Nanosilber gewidmet. Ausgestellt waren Kosmetikartikel, Lebensmittelverpackungen und Verbandsmaterial. Eine Schautafel informierte in mehreren Sprachen über die Wirkungsweise: „Kommt Silber in Kontakt mit Wasser, lösen sich daraus Silberionen. Diese wirken gegen Viren, Pilze und Bakterien. Der Prozess wird durch den Einsatz von Nanosilber über einen langen Zeitraum fortgesetzt. Diese Langzeitwirkung hat den Vorteil, dass Wundverbände nicht so oft gewechselt werden müssen, verpackte Lebensmittel länger frisch bleiben."

„Genau diese Medizinprodukte hat Peter Schmitt, unser Linzer Mordopfer entwickelt", erklärte Steinberg. „Sie werden in Linz erzeugt und an einen deutschen Medizinkonzern geliefert."

„Der Text auf den Verpackungen hier ist aber auf Englisch verfasst. Sieh her, auf jeder steht Medical Company New Hampshire, made in U.S.A.", bemerkte Milanović.

„Dann müssen die Linzer das Patent an die Amerikaner verkauft haben", dachte Steinberg laut nach.

„Oder die Deutschen haben das Material analysiert, nachgebaut und an die Amerikaner weitergegeben."

„Oder die deutsche Firma steht in amerikanischem Besitz und produziert hier in Kroatien. Was meinst du?", fragte Steinberg.

„Oder jemand in Österreich hat die Lizenz illegal an die Amerikaner verkauft und die lassen die Produkte von der Rijeka-Spinning-Mill erzeugen", ergänzte Milanović.

„Kannst du das herausfinden?"

„Moment!"

Er nahm sein Smartphone und versank eine Weile darin. Dann überraschte er Steinberg: „Die Medical Company ist ein börsennotierter Medizingigant in den USA und hundertprozentiger Eigentümer der Rijeka-Spinning-Mill."

Sie schlenderten weiter, doch gleich bei der nächsten Koje stoppte Steinberg abrupt. Sie war wie ein Kaffeehaus eingerichtet. Eine Bar, dunkle Sitzgruppen, gedämpftes Licht und Musik. Vom Plafond hingen Stoffbahnen in den unterschiedlichsten Farben.

An einem der Tische saß der Prokurist Gernot Gutt aus Linz. Er trug einen beigefarbenen Anzug, darunter ein weißes T-Shirt

mit V-Ausschnitt. Der zweite Mann am Tisch sah ihm so ähnlich, als sei er sein Zwillingsbruder.
Langsam ging Steinberg auf den Tisch zu.
„Einen schönen guten Tag, Herr Doktor Gutt!"
Der junge Mann hob den Kopf und schien für einen Moment erstarrt zu sein. Dann stieß er hervor: „Guten Tag, Herr Steinberg. Was treibt Sie nach Rijeka?" Mehr schaffte er nicht.
Steinberg freute sich diebisch, den arroganten jungen Mann derart unsicher zu erleben. Er stellte Milanović und dann sich selbst vor.
Der zweite Mann erhob sich vom Tisch: „Mikola Antonić. Ich bin der Vizepräsident der Rijeka-Spinning-Mill. Darf ich Sie auf einen Espresso einladen? Nehmen Sie doch Platz."
Steinberg bedankte sich. „Ich dachte, Großfirmen sind untereinander spinnefeind", bemerkte er. „Und hier sitzen zwei Spitzenleute konkurrierender Betriebe friedlich zusammen an einem Tisch und plaudern gemütlich?"
„Wir sind zwar Konkurrenten, aber keine Feinde", antwortete Antonić. „Außerdem sprechen wir von der kommenden Regatta. Wir beide segeln schon seit vielen Jahren zusammen. Morgen ist Training und am Freitag und Samstag nehmen wir am Alpe Adria Cup teil. Es ist die letzte Regatta der Saison. Und, wie ich hinzufügen darf, wir beide sind Titelverteidiger."
„Und Ihre Chefs glauben, dass Sie rund um die Uhr geschäftlich im Einsatz sind?", fragte Milanović spitz. „Wenn wir in Grobnik auf der Rennstrecke unsere Runden drehen, ist das ja in Ordnung, wir sind immerhin bei der berittenen Polizei, wobei wir halt mit mehr als einhundert Pferdestärken unterwegs sind."
Antonić lachte, Gutt konnte sich gerade zu einem Lächeln zwingen. Die Situation war ihm höchst unangenehm. Ihm war klar, dass sich Steinberg so seine Gedanken machen musste.
Steinberg nutzte seine Unsicherheit und ging auf Angriff. Er wandte sich unvermittelt an Antonić: „Was sagen Sie zum tragischen Mord an Professor Peter Schmitt?"
„Wie bitte?" Antonić wurde blass. Er blickte zu Gutt.
„Ich wollte es dir schon die längste Zeit erzählen, aber bisher war nicht die richtige Gelegenheit dazu."

Milanović nahm nun die Fäden in die Hand und brachte seinen Landsmann geschickt dazu, von seiner Firma und deren Produkten zu berichten. Er schloss mit einer Einladung: „Sie können mich gerne besuchen, dann zeige ich Ihnen den modernsten Spinnereibetrieb Europas." Zu Gutt gewandt ergänzte er: „Nicht böse sein, aber wir bauen derzeit eine große Halle für einen völlig neuen Produktionszweig. Davon habe ich dir noch nichts erzählt."

„Ist das gleich morgen möglich?", wollte Milanović wissen.

„Vormittags kein Problem. Nachmittags bin ich im Jachtklub. Ist Ihnen zehn Uhr recht?"

Milanović nickte.

Als sie wieder durch die Gänge der Messe streiften, fragte der Major: „Glaubst du, dass die beiden schwul sind? Die sind doch nicht nur Segelpartner, sondern auch ein Liebespaar."

„Wer wen wie vögelt, hat mich noch nie interessiert. Mich interessiert viel mehr, ob die beiden auch geschäftliche Beziehungen pflegen. Tauschen sie Firmengeheimnisse untereinander aus? Betrügen sie ihre Firmen?"

Als sie den Stand der linz-spinning-company-ltd erreichten, wunderten sie sich, dass die Linzer genauso viel Platz zur Verfügung hatten wie die Rijeka-Spinning-Mill, während alle anderen Firmen mit einer Koje auskommen mussten. Die Dekoration war im älplerisch volkstümlichen Stil gehalten, aber auch hier gab es alle Varianten an Fäden und Stoffen, eine medizinische Abteilung, Informationen über Nanosilber, auch hier war Verbandsmaterial ausgestellt, allerdings mit deutschsprachigen Aufschriften eines Medizinmultis aus Rellingen.

Milanović blickte auf seine Uhr. „Nur fünfhundert Meter weiter liegt das Stadion Kantrida. Wenn du willst, schauen wir uns noch das Match an."

Steinberg war sofort einverstanden.

31.

Donnerstag, 10. November, 7.00 Uhr

Gefoltert wird in aller Welt und mit den unterschiedlichsten Methoden. Schlafentzug, ständiger hämmernder Lärm oder weißes Rauschen bei zusammengebundenen Händen und Füßen sind kaum auszuhalten, Russisches Roulette oder vierundzwanzig Stunden die Hände über den Kopf zu fesseln, führen zu schnellem Erfolg. Seine Peiniger hatten bislang nur Waterboarding und Flüssigkeitsentzug bei ihm eingesetzt. Auch das ließ Ivica Bobić erkennen, dass die beiden keine Profis sein konnten.

Und nun die Drohung, seine Enkel zu ermorden. Üblicherweise wurde bei dieser Art der Erpressung mit der Androhung von Gewaltanwendung begonnen, dann folgten Verletzungen oder Amputationen. Erst ganz zuletzt wurde die Tötung als Erpressungsmethode eingesetzt. Jan und Steffen hatten offensichtlich keinerlei Erfahrung mit Folter. Das machte sie aber umso gefährlicher für Bobić.

Wie sehr sehnte er sich danach, seine Frau in die Arme zu nehmen, ihr über den Kopf zu streichen. *„Moja djevojčica, moja djevojčica!"** Sie hatten jung geheiratet, früh eine Familie gegründet, ein kleines Haus oberhalb der Stadt gebaut. Sie war Lehrerin, er Berufssoldat. Dass der Grund direkt an der Magistrale, der Bundesstraße von Rijeka nach Split gelegen war, hatte sie damals nicht gestört. Hauptsache der Grund war billig. Bald hatte er sich ein Fischerboot leisten können, das unten in der Marina, dem kleinen Hafen der Stadt, an der Mole hing. Die Kinder machten ihren Weg. Bis heute waren sie ein glückliches Paar. Und jetzt?

Sein Zustand war schlecht, ständige Finsternis und Stille zeigten Wirkung. Wie bei einer Winterdepression war er ständig müde, klare Gedanken zu fassen, fiel ihm immer schwerer, und

---

* Mein Mädchen, mein Mädchen.

seine Angst stieg. Angst vor allem, was noch auf ihn zukommen würde.

Für das Töten von Menschen war er ausgebildet worden. Qualen und Folter auszuhalten, hatte er gelernt. Aber die Angst um seine Angehörigen war eine neue Belastung, der er kaum gewachsen war. Er war sich nicht sicher, ob er beim nächsten Gespräch mit seinen Entführern noch die Kraft aufbringen würde, gleichgültig zu wirken. „Wenn die beiden merken, wie fertig ich bin, wird es für sie leicht", dachte er und versuchte nachzurechnen, wie lange er schon in dem Stollen festgehalten wurde. Mehr als eine Woche musste es schon sein.

Der Entschluss, den Koffer zu öffnen und wieder zu dem gleißenden Licht zurückzukehren, hatte ihm neuen Mut gegeben. Doch was war dann mit seinen Enkeln oder seiner Frau? Würde er so ihr Leben retten können?

„Schau deinen Gegnern immer in die Augen." Das hatten ihm seine Kollegen von seiner Panzerbrigade eingeprägt. Wie beim Pokern. Man könne nur gewinnen, wenn man die Nerven behält und jegliche Regung der Hände, jedes Zucken der Mundwinkel, jeden gesprochenen Satz richtig deutet. „In die Augen", murmelte Bobić, bevor er wieder einschlief.

32.

Donnerstag, 10. November, 8.00 Uhr

„Guten Morgen. Bevor wir unten im Café frühstücken, lade ich dich noch auf einen Espresso auf der Terrasse ein", hörte er Milanović sagen. Steinberg schien die Sonne ins Gesicht. Blinzelnd öffnete er die Augen und nickte.

Wenig später saßen sie in weißen Korbsesseln in der prallen Sonne. Es hatte zwanzig Grad. Für Anfang November auch für kroatische Verhältnisse viel zu warm. Sie besprachen ausführlich das gestrige Fußballmatch.

Nach einiger Zeit zogen sie sich an. Milanović überreichte Steinberg einen Schlüssel für Haus-, Wohnungs- und Garagentür. Dann fuhren sie mit dem Lift zum Korzo hinunter und suchten sich einen Tisch im Café. Milanović bestellte für beide. Es gab Kaffee aus dem Kupferkännchen, halbfetten Prsut, Schafkäse von der Insel Pag, Butter, Honig und frisches Weißbrot. Kaffee wurde ständig nachgeliefert.

„Bist du eigentlich in Rijeka geboren?", fragte Steinberg.

„Ja. Nach der Matura ging ich nach Zagreb, studierte Jus und trat in den Polizeidienst ein. Dort lernte ich meine Frau kennen, sie ist aus Zagreb, wir heirateten und leben seitdem in der Hauptstadt. Wochenenden und Urlaube verbringen wir selbstverständlich hier."

„Ideal. Ich sollte mir vielleicht auch ein kleines Häuschen an einem unserer Salzkammergutseen kaufen."

Nach einer Weile fragte Milanović: „Was erwartest du dir eigentlich von dem Besuch der Rijeka-Spinning-Mill?"

„Ich habe den Eindruck, dass hier alle Fäden zusammenlaufen. Der Mord an dem Teilhaber einer Spinnerei, zugleich erfolgreicher Wissenschaftler in der Nanoforschung, die enge Beziehung zwischen den beiden Managern, das hängt irgendwie zusammen. Aber wie, kann ich dir nicht sagen. Ich hoffe, ich weiß bald mehr. Auch dass die Rijeka-Spinning-Mill im Eigentum einer US-Firma ist, spielt für mich mit hinein. Hier in Rijeka können die unauffällig und geheim etwas produzieren, was in den USA nicht im Rampenlicht stehen soll."

Milanović nickte, blickte auf die Uhr und schlug vor, sich um zehn vor zehn Uhr bei der Fabrik wieder zu treffen. „Findest du hin?"

„Navi", lächelte Steinberg.

Er nützte die verbleibende Zeit zu einem Spaziergang. Der Korzo zog sich breit, von Prunkbauten gesäumt, durch die Altstadt. Alle international bekannten Modelabels waren vertreten, selbstverständlich auch H&M sowie McDonald's. Die Gastgärten waren bestens besucht.

Steinberg bog Richtung Meer ab, schlenderte am altehrwürdigen k. u. k. Theater vorbei zum Grünmarkt und drehte eine Runde durch den Fischmarkt. Dann ging er durch die vielen Gemüsestände hindurch zum Hafen und von dort zurück zum Wohnhaus. In der Tiefgarage programmierte er das Navigationsgerät und folgte der Darstellung am Bildschirm, da er kein Kroatisch verstand. Er durchquerte Rijeka auf der Stadtautobahn und fuhr bei Draga auf die E 65 auf. Bei Sveti Kusam bog er ab in die Straße Richtung Einkaufszentren und Industriegebiet. Auf dem Monitor blinkte das Ziel auf. „*Dosegli ste odredište!*", verkündete das Navi, was wohl heißen musste: „Sie haben Ihr Ziel erreicht."

Major Drago Milanović erwartete ihn bereits vor dem Eingang zum Verwaltungsgebäude. Sie wurden von der Empfangsdame begrüßt und in den fünften Stock begleitet. Dort übergab sie die beiden an ihre Kollegin im Vorzimmer des Vizepräsidenten Mikola Antonić.

Der junge Mann, bestens gekleidet in blauem und weißen Leinen, trat freundlich auf sie zu. „Sie wissen, ich habe für die Beantwortung Ihrer Fragen leider nur wenig Zeit. Die Regatta wartet. Durch den Betrieb wird Sie unser stellvertretender Sicherheitsdirektor führen. Der kennt jeden Quadratzentimeter."

Steinberg kam gleich zur Sache: „Kannten Sie Professor Peter Schmitt?"

„Nein. Ich weiß zwar, dass er einer der Teilhaber unseres Mitbewerbers in Linz ist, aber kennengelernt haben wir uns nie.

Gernot hat mir von ihm erzählt. Er muss ein außergewöhnlicher Wissenschaftler gewesen sein."
„Lebt man im Spinnereigeschäft gefährlich?"
„Nein! Wo denken Sie hin. Es geht zwar um sehr viel Geld, der Markt ist hart umkämpft, aber wir leben nicht gefährlich."
Kaffee wurde serviert. Dazu gab es ein kleines Glas Sliwowitz, das mit einem freundlichen „Živjeli" hinuntergekippt wurde. Drago Milanović brachte das Gespräch auf die Nanotechnologie. Ihm sei aufgefallen, dass sowohl auf dem Stand der Linzer Firma, als auch auf dem der Rijeka-Spinning-Mill Produkte dieser Technologie ausgestellt waren.
„Sie haben gut beobachtet. Bislang sind wir die einzigen Firmen in Europa, die über diese Technologie verfügen. Aber die anderen werden bald nachziehen."
„Dann müssen Sie wieder etwas Neues vorlegen, um Marktführer zu bleiben", fügte Steinberg hinzu.
„Richtig. Wir bauen bereits eine neue Fabrikhalle. Bald beginnen wir mit der Produktion einer absoluten Weltneuheit. Damit sind wir allen einen Schritt voraus."
„Auch den Linzern?"
Mikola Antonić blickte Steinberg an. Er wirkte äußerst konzentriert, sagte aber nichts.
„Bisher waren die Linzer schneller gewesen", fuhr Steinberg fort, „zumindest mit dem Verbandsstoff auf der Basis von Nanosilber. Sie haben schon für einen deutschen Großkonzern produziert, als bei Ihnen die Maschinen erst anliefen."
Steinberg hatte einen wunden Punkt getroffen. Antonić erhob sich und teilte seiner Sekretärin über die Gegensprechanlage mit: „Carla, sag bitte Herrn Kalinić Bescheid, dass er die Herren bei mir abholen und durch das Haus führen soll."
„Etwas würde mich noch interessieren", meldete sich Milanović rasch zu Wort, „warum sind die pharmazeutischen Produkte der Linzer in deutscher Sprache beschriftet und Ihre in englischer Sprache?"
„Ich muss mich jetzt wirklich verabschieden, meine Herren", überging Mikola Antonić die Frage und geleitete die beiden zurück ins Vorzimmer.

Nach wenigen Minuten salutierte ein kräftig gebauter Mann in Militäruniform vor ihnen. „Luka Kalinić. Zu Ihrer Verfügung." Noch während er den steifen Gruß fertig sprach, öffneten sich seine Arme und er ging auf Milanović zu. Die beiden begrüßten sich wie alte Kumpel. Sie hatten gemeinsam den Grundwehrdienst in der jugoslawischen Volksarmee geleistet, wie Steinberg sogleich erfahren sollte.

„Und der Dritte im Bunde der glorreichen Drei des zehnten Korps in Zagreb war Ivica Bobić", erklärte er Steinberg und fragte dann Kalinić: „Wo ist der alte Gauner eigentlich?"

„Nicht jetzt. Kommt, wir gehen."

Kalinić schritt voraus. Seine Springerstiefel knallten auf den Steinboden. Mit dem Lift fuhren sie ins Erdgeschoß, verließen das Bürogebäude und gelangten über einen langen Innenhof zu einem Haus am äußersten Rand des Fabrikgeländes. Daneben parkten einige militärfarbene Geländewagen. Vor dem Haus hing an einem Mast eine dunkelrote Fahne mit einem hellblauen Adler, der mit seinen Krallen zwei Schwerter nach oben hielt. In weißer Schrift war zu lesen: „Croatian Security".

Kalinić führte sie in sein Büro. Aus seinem Spind holte er eine Flasche Sliwowitz und drei Wassergläser, schenkte die Gläser halb voll und rief laut: „*Živjeli!*" Mit einem Zug trank er einen Achtelliter des köstlichen Pflaumenschnapses. Milanović tat es ihm nach. Steinberg nippte nur.

„Ihr seid sicher nicht gekommen, um eine Touristenführung durch unsere Spinnerei zu machen", meinte Kalinić dann. Zu Steinbergs Erleichterung sprach auch er Deutsch.

„Du hast recht. Das, was du uns zeigen kannst, interessiert uns nicht, und das, was uns interessiert, kannst du uns nicht zeigen", witzelte Milanović.

„Ich habe immer schon gewusst, dass an dir ein Philosoph verloren gegangen ist."

Steinberg fragte nach: „Gibt es Sperrzonen auf dem Gelände?"

„Die halbe Firma ist Sperrzone. Worum geht es denn eigentlich?"

Der Major informierte Kalinić kurz in kroatischer Sprache über den Fall und fragte ihn dann nochmals nach Ivica Bobić. Der

Security-Mann erhob sich, ging zum Schreibtisch und drehte das dort stehende Radio laut auf. Dann nahm er wieder Platz.
„Nur zur Sicherheit", bemerkte er.
„Aber die UDBA gibt es doch nicht mehr", erwiderte Milanović.
„Ob UDBA, STASI oder KGB, irgendwer hört immer mit. Bei uns vermutlich die CIA."
„Wie kommen Sie darauf?", wollte Steinberg wissen.
„Wir sind eine amerikanische Firma und erzeugen Produkte für das Militär."
„Jetzt sag schon, wo sich Ivica aufhält."
„Ivica hatte einen Geheimauftrag. Er verriet mir nur, dass er nach Österreich fahren müsse, um ein besonders heißes Material einzukaufen. Er wollte nur zwei Tage unterwegs sein. Jetzt ist er schon seit zwölf Tagen abgängig. Und seit drei Tagen sind auch seine beiden Enkelkinder verschwunden. Ich vermute, dass sie entführt worden sind. Aber die Polizei in Crkvenica unternimmt nichts. Ich mache mir große Sorgen."
„Ich werde mich darum kümmern, dass die Suche nach den Enkelkindern sofort losgeht", versicherte ihm Milanović.
Luka Kalinić leerte noch ein halbes Glas.
„Wo in Österreich musste er hin?", wollte Steinberg wissen.
„Linz an der Donau."
„Wohin?" Steinberg rang um Fassung. Wenn das alles stimmte, musste dieser Ivica Bobić der Mörder von Peter Schmitt sein.
„Er wollte nach Linz an der Donau, verriet mir aber nicht, was er dort zu tun hatte. Als er nicht zurückkam, schickte der Vizepräsident mich mit ein paar Männern ebenfalls nach Linz. Wir hatten den Auftrag, etwas zu besorgen."
„Sie sind mit Ihren Männern in der Kepler Universität Linz eingebrochen und haben einen Koffer aus dem Safe des toten Professors gestohlen?"
„Genau. Zum Glück lag das Ding im Safe. Vorher wusste niemand, ob wir das Gesuchte dort finden würden, auch der Vize nicht. Es war eine reine Vermutung von ihm."
„Wo ist der Koffer jetzt?"
„Ich habe ihn unserem Vizechef ausgehändigt."

„Was war in dem Koffer drinnen?", wollte Steinberg wissen.
„Ein USB-Stick. Das war alles."
„Sie wissen, dass ich Sie jetzt verhaften könnte. Sie haben einen Einbruch mit schwerem Sachschaden verübt und einen Wachmann betäubt. Das bringt Sie in Österreich mindestens drei Jahre ins Gefängnis", drohte Steinberg.
„Sie werden mich aber nicht verhaften, denn Sie wollen etwas ganz Wichtiges von mir", grinste Kalinić, „das spüre ich."
„Ich brauche einen Beweis, dass hier Material für das US-Militär erzeugt wird."
Der Mann blickte zum Fenster hinaus. Er zögerte mit der Antwort. „Das ist jetzt unmöglich. Selbst wenn ich wollte, schaffe ich es nicht, euch jetzt dorthin zu bringen."
„Und in der Nacht?"
„In der Nacht wird patrouilliert. Mit scharfen Waffen."
„Zaun?"
„Der ist kein Problem, der ist uralt. Wir produzieren zwar für die Amerikaner, haben aber nicht ihren Sicherheitsstatus. Von elektronischer Sicherung der Fabrikeingänge halten die Chefs wenig. Dort haben wir noch immer Schlösser. Und die Kameraüberwachung ist auch kein Problem."
Die drei Männer schwiegen. Jeder dachte nach. Jeder suchte einen Weg, das Unmögliche möglich zu machen. Schließlich durchbrach Luka Kalinić das Schweigen. „Was schaut für mich heraus?"
„Ich verhafte Sie nicht", bot ihm Steinberg an.
Der Major ergänzte das Angebot: „Neuer Job statt Gefängnis. Du und Ivica, ihr habt doch die Anstellung beim Militär wegen Einsparungen verloren. Für Ivica habe ich bereits die Möglichkeit geschaffen, wieder in den Heeresdienst einzutreten. Ich wollte es ihm sagen, habe ihn aber telefonisch nicht erreicht. Für dich könnte ich das ebenfalls tun. Sicherheit, gutes Gehalt, du kennst ja die Vorteile. Das Heer stellt jetzt wieder Leute ein, wegen der Flüchtlingsgeschichte."
Noch bevor er antwortete, konnte man Luka Kalinić ansehen, dass ihn das Angebot interessierte. „Dienstort Zagreb?"
„Ja. Dann kannst du wieder die ganze Woche bei deiner Familie leben", versicherte ihm der Major.

„Und wenn ich es nicht tue?"
„Verhaftung!"
Kalinić zögerte noch. „Gehen wir jetzt einmal eine Runde durch die Fabrik, damit ich meinen Auftrag erfüllen kann."
Eine Stunde später standen die drei Männer wieder auf dem Parkplatz der Rijeka-Spinning-Mill.
„Ich mache es." Kalinić hatte sich entschieden. „Die drei großen hellrot gestrichenen Fabrikhallen sind der heiße Bereich. Sie sind miteinander durch Gänge verbunden. Wirklich interessant ist die erste, die gleich neben dem Zaun mit dem Stacheldraht steht. Dort drin ist die Verpackungsstraße für Erzeugnisse aus Nanosilber, die wir derzeit in die USA schicken. Die Eingangstür zur Halle wird unversperrt sein. Dass der Mann an der Videoüberwachung keinen Alarm schlägt, dafür sorge ich. Wie ihr auf das Gelände kommt, ist eure Angelegenheit. Wenn etwas schiefgeht und unsere Leute euch umlegen, übernehme ich keine Verantwortung. Ich weiß von nichts."
„Max wird die Aktion durchziehen. Ich bin nicht dabei", verkündete Milanović.
Steinberg blickte ihn kurz an, nickte und fragte Kalinić: „Wann?"
„Um ein Uhr werde ich den zuständigen Mann von seiner Kontrollfahrt abziehen. Ein zweites Mal ist das nicht möglich. Du hast genau fünfzehn Minuten Zeit. Dann dreht er wieder seine Runde."
Die Männer tauschten noch ihre Telefonnummern aus und verabschiedeten sich. Steinberg stieg in den Wagen, Milanović schwang sich auf sein Motorrad.

Zurück in der Wohnung duschten sie nacheinander und setzten sich dann auf die Terrasse unter den blauen Himmel. Milanović servierte zwei „Karlovačko svijetlo", die regionale Biersorte.
„Du verstehst mich?", fragte Milanović.
„Ich verstehe dich gut. Ich ziehe das allein durch, kein Problem."
„Du betrittst militärisches Sperrgebiet und Luka kann seine Leute nicht daran hindern, zu schießen. Ist es dir das wirklich wert? Es kann dir doch egal sein, ob der Fall gelöst wird oder nicht."

„Es ist nie egal, ob Verbrecher tun und lassen können, was sie wollen, oder ob man sie daran hindert. Wenn wir schon Zweifel haben, wer wird dann etwas unternehmen? Dann wird das Chaos im Geheimen zum öffentlichen Chaos in der Gesellschaft."
„Aber wir müssen uns nicht abschlachten lassen."
„Getötet wird nur, wer einen Fehler macht. Und das habe ich nicht vor."
Steinberg blickte hinab zum Korzo. In der breiten Fußgängerzone wimmelte es wie immer von Menschen.
„Weißt du, wo die Pflasterung herkommt?", fragte Milanović nach einiger Zeit.
„Woher soll ich das wissen?"
„Sie stammt aus Finnland. Nach dem die siebzig mal siebzig Zentimeter großen Platten gelegt waren, hellrot, dunkelorange und grau, behauptete ein Journalist, sie seien radioaktiv verseucht und der Bürgermeister habe wissentlich die Gefährdung der Gesundheit der Bevölkerung in Kauf genommen, nur um eine Provision in Millionenhöhe zu kassieren."
„Und?"
„Nichts stimmte. Der Bürgermeister klagte und bekam recht. So ist es hier in Rijeka."
„Rijeka ist überall."
„Einen Leckerbissen habe ich noch. Als unsere vierspurige Ausfahrtsstraße mit ihren zahlreichen Tunnels endlich fertig war, blieb sie noch fünf Jahre gesperrt."
„Und warum?"
„Wegen einem Streit mit der Stadt wollte kein Premierminister die Eröffnung vornehmen. Erst als der jetzige an die Macht kam, wurde eröffnet. Fünf Jahre später."
Steinberg musste schmunzeln. „Ich muss mich korrigieren: Die Schildbürger sind überall."

33.

Freitag, 11. November, 00.15 Uhr

Es war sternenklar. Keine Wolke zog über den Himmel. Heiße Luftmassen aus Afrika hielten die nächtlichen Temperaturen ungewöhnlich hoch auf siebzehn Grad. Steinberg hatte sich den Weg zur Fabrik gut eingeprägt und fuhr langsam seinem Ziel in Kukuljanovo entgegen. Die in den karstigen Boden betonierten riesigen Gebäude der internationalen Lebensmittelketten und Baumärkte waren hell erleuchtet. Außer ihm war niemand auf der Straße unterwegs.

Steinberg rollte auf der leicht ansteigenden Straße an der Rijeka-Spinning-Mill vorbei hinauf zu einem naheliegenden Blumenmarkt, wo er parkte. Von dort konnte er die Gebäude der Fabrik gut überblicken. Das hellrote Verwaltungsgebäude wurde von Scheinwerfern grell angestrahlt. Die Hallen hingegen waren nur schwach beleuchtet. Das Freigelände erhellten Halogenleuchten, die an hohen Metallmasten befestigt waren.

Um null Uhr fünfundvierzig sah Steinberg einen Mann aus dem Haus, in dem die Security untergebracht war, herausgehen und in einen Geländewagen steigen. Er trug eine militärische Kampfuniform und hatte eine Maschinenpistole umgehängt. Das Auto setzte sich in Bewegung und rollte langsam am Werksgebäude eins entlang.

Dann bog es um die Ecke und verschwand aus Steinbergs Blickfeld. Lediglich der leiser werdende Motorenlärm verriet ihm, dass jetzt die weiter hinten liegenden Hallen umrundet wurden. Zehn Minuten waren vergangen. Dann tauchten hinten am Gelände die Scheinwerfer des Wagens wieder auf. Langsam rollte er dem langen Zaun entlang zur Halle eins, umrundete sie noch einmal und fuhr zum Security-Stützpunkt zurück.

Als der Mann im Haus verschwunden war, startete Steinberg seinen Leihwagen, stellte ihn direkt am Zaun vor Halle eins ab. Er steckte eine Taschenlampe in die Jacke, zog die Sturmhaube, die ihm Major Milanović mitgegeben hatte, über den Kopf, nahm den Drahtschneider, lief zum Zaun und begann, die Zaunmaschen durchzuzwicken. Nachdem er sich durch die Öffnung gezwängt hatte, eilte er mit großen Schritten zum Eingangstor der Halle eins. Die Tür war tatsächlich unversperrt.

„Nimm die stärkste Lampe, die es gibt", hatte ihm Milanović geraten und damit recht behalten. Er konnte beinahe die gesamte Halle überblicken, die etwa siebzig Meter lang und dreißig Meter breit war. Bis zur Hälfte der Halle liefen vier nebeneinanderliegende Fließbänder, nach einem größeren Zwischenraum folgten drei weitere.

Steinberg stand am Beginn der ersten Straße. Über eine Art Schlitten, der oberhalb des Bandes endete, wurden zusammengefaltete Pappkartons antransportiert. Im Abstand von fünf Metern waren dann über dem Förderband mehrere Metallgitter angebracht, in denen kleinere Schachteln lagen. Diese wurden über quer verlaufende Förderbänder antransportiert und hier in die Pappkartons einsortiert. Steinberg nahm eine Schachtel heraus, sie enthielt Heftpflaster und war versehen mit einem runden, hell glänzenden Aufkleber, auf dem „silver" zu lesen war. Alle Texte auf der Schachtel waren in englischer Sprache. Bei den nächsten Arbeitsstationen wurden die Kartons mit Luftkissen ausgestopft, zugeklebt und mit einem Etikett versehen. Steinberg las den Adressaten eines Kartons: „Medical Company New Hampshire".

Er wandte sich dem zweiten Fließband zu. Zu seiner Überraschung leuchteten ihm dort von den fertig verpackten Kartons arabische Schriftzeichen entgegen. Er ging dem Förderband entlang und nahm auch hier eine Schachtel aus einem der Metallgitter. Sie enthielt dieselben Heftplaster, allerdings war als Produktionsstätte eine Firma in Bagdad aufgedruckt. Man wollte also vortäuschen, dass diese Pflaster im Irak produziert worden seien. Und von Bagdad aus wurde dieses Verbandsmaterial sicher in den gesamten Nahostraum und wahrscheinlich auch in andere afrikanische Länder exportiert. „IS und Boko Haram haben sicher perfekte Netzwerke, um mit den von den Amerikanern hier in Rijeka erzeugten Wunderpflastern regen Handel zu treiben", dachte Steinberg.

Steinberg machte mit dem Handy einige Fotos und ging dann zu den drei Förderbändern am anderen Ende der Halle. Hier lagen keine kleinen Schachteln mit Heftpflastern in den Metallgittern, sondern Kampfanzüge mit Marpat-Digitalmuster, Variante „Woodland". Durch die vielen farbigen Pixel dieses Musters vermischen sich die Farben besser als bei herkömmlichen Mustern und die Anzüge behielten auch bei Regen, bei nächtlichen Einsätzen, bei Infrarotbeleuchtung und durch Nachtsichtgeräte betrachtet ihre Tarneigenschaft.

In den nächsten Metallgittern lagen Batterien und eine Art Smartphone. Aufgabe der Fließbandarbeiter war es hier, das Smartphone in eine mit Plastikfenster versehene Tasche am linken Unterarm der Anzüge zu stecken, die Batterie in die darüber liegende Tasche, und beides mit einem Steckkabel zu verbinden. Auf den großen braunen Kartons am Ende des Fließbandes war als Adressat ausschließlich die Medical Company New Hampshire zu finden.

Während Steinberg auch von dieser Verpackungsstraße Fotos machte, meldete seine Armbanduhr mit einem Summton das Ende seiner Mission. Es war ein Uhr fünfzehn. Er schob sein Handy zurück in die Tasche, riss einen Kampfanzug von der Zulieferschiene und warf ihn über seine linke Schulter. Im Vorbeigehen steckte er noch einige „irakische" Pflasterpäckchen ein.

Rasch lief er zurück zum Eingang, hob den abgelegten Drahtschneider auf und schob vorsichtig seinen Kopf durch die Tür. Ein Security-Fahrzeug rollte langsam den Zaun entlang näher. Steinberg rannte los.

Sofort leuchteten die Zusatzscheinwerfer des Wagens auf und eine Sirene heulte. Steinberg lief um sein Leben. Der Weg zum aufgeschnittenen Zaun schien endlos. Jetzt schlugen auch die Fabriksirenen an. Ihr schriller Ton fuhr Steinberg in die Glieder. Am Zaun angelangt, warf er sich auf den Boden und schlüpfte durch das Loch.

Die Salve einer Maschinenpistole durchzischte die Nacht. Steinberg riss die Tür seines Autos auf, schwang sich auf den Fahrersitz, startete und raste im Zickzackkurs los.

Steinberg bog in die breite Schnellstraße 40 ein. Im Rückspiegel sah er, dass ihm drei Autos folgten. Er trat aufs Gaspedal,

doch der Dieselmotor hatte viel zu wenig PS, um auf der steil ansteigenden Straße davonzuziehen. „Verdammter Umweltschutz", fluchte Steinberg.
Per Telefon informierte er Milanović, während er bei Cavle in die E 65 einbog. Auf der Stadtautobahn 404 ging es endlich bergab und sein Auto nahm Fahrt auf, aber lange nicht genug, um seine Verfolger abzuschütteln. Vor dem „Tower Centar", einem großen Einkaufszentrum, raste er in den ersten Tunnel. Im Rückspiegel sah er Mündungsfeuer aufblitzen. Wieder rief er seinen Freund an.
„Die schießen auf mich!", schrie er ins Telefon.
„Wo bist du?"
„Beim Tower Centar."
„Pass gut auf. Du fährst bis zum Ende der Stadtautobahn, dann gerade weiter zum Theater. Weißt du, wo das Theater steht?"
„Weiß ich!"
„Gut. Ab dem Theater fährst du gegen eine vierspurige Einbahnstraße. Nach zwei Straßen biegst du links ab in die Ulica Riva Bodoli. Dort ist das Restaurant, wo wir zu Mittag gegessen haben, alles klar?"
„Alles klar!"
„Links ist das Gebäude der Schifffahrtspolizei, rechts geht es zur Anlegestelle der Fähren, Terminal sieben. Du fährst an der Abfertigungsstelle und dem langen grauen Betongebäude mit den vielen Fenstern vorbei. Dann bist du auf der Hafenmole. Achtung, teilweise ragen alte Schienen aus dem Beton."
„Und dann?"
„Und dann heißt es fliegen. Du jagst den Wagen über das Ende der Mole hinaus und springst. Den Rest regle ich. Okay?"
„Okay!"
Im Rückspiegel blitzte Feuer auf. Das Rückfenster seines Wagens barst. In kürzester Zeit erreichte er das Ende der Autobahn. Schon konnte er das grünlich beleuchtete Nationaltheater sehen. Er raste gegen die Einbahn. Vorbei am Restaurant und der Schifffahrtspolizei. Vor ihm lag die etwa fünfzehn Meter breite Mole. Ein schmales Band war betoniert.

Er drückte das Gaspedal bis zum Anschlag durch und raste die Mole entlang auf ein kleines grünes Licht zu. Das Lenkrad zitterte in seinen Händen, die Räder rumpelten hart über den unebenen Beton. Die drei Geländewägen folgten ihm. Sie hatten aufgehört, zu schießen, sie waren sich ihrer Beute sicher.

Das grüne Licht am Ende der Mole flog heran. Die drei Verfolger waren langsamer geworden. Steinberg wickelte sich den gestohlenen Kampfanzug um einen Arm und öffnete die beiden vorderen Seitenfenster. Er löste den Sicherheitsgurt, bremste stark, stützte sich gegen das Lenkrad und flog.

Beim Aufprall spritzte eine Fontäne hoch. Das Auto hielt sich einen Augenblick über Wasser und sank dann vornüber. In diesem Augenblick schlüpfte Steinberg durch das rechte Seitenfenster.

Ein Schiff mit der großen weißen Aufschrift „POLICIJA" näherte sich. Von der Reling warf ihm ein Uniformierter einen Rettungsring zu, ein zweiter schoss eine Salve aus einer Maschinenpistole in den Nachthimmel. Mit einem Schlauchboot wurde Steinberg zur Schiffsleiter gebracht. Als er nach oben geklettert war, wurde er von einem Beamten der Schifffahrtspolizei begrüßt.

„Na, da wären wir ja!" Auch er sprach bestes Deutsch. Er legte Steinberg eine Decke über die Schultern, den umgewickelten Kampfanzug übersah er höflich. „Kapetan Dario Vergić."

„Max Steinberg, vielen Dank."

Er sah zur Mole. Die drei Geländewagen hatten kehrtgemacht und fuhren langsam zurück.

„Ich denke nicht, dass Sie mir etwas zu erzählen haben", bemerkte der Kapitän und hielt Steinberg eine Zigarettenschachtel hin. Steinberg bedankte sich und rauchte erleichtert eine „Meeressprung". Das Polizeiboot fuhr Richtung offenes Meer. Die Lichterketten der mondänen Touristenhochburg Opatja waren gut zu erkennen. Dann drehte das Schiff bei, fuhr langsam zum Ende des Hafens und legte am Steg der Schifffahrtspolizei an. Am Ufer wartete, auf seinem Motorrad sitzend, Major Milanović.

„*Koliko daleko?*", rief er dem Kapitän zu.
„*Osam Metara!*"
„*Stav?*"
„*100 bodova!*"

„Was hat er gefragt?"
„Er wollte wissen, wie Ihr Sprung zu bewerten ist."
„Und?"
„Sprungweite acht Meter, hundert Punkte für die Haltung."
Die Männer lachten.
Steinberg ging mit dem Kapitän an Land. Milanović klopfte ihm auf die Schulter. „Gratuliere mein Freund. Wie du gesagt hast, wer sonst, außer uns, kann das Chaos verhindern."

Er hatte einen Rucksack bei sich, öffnete ihn, gab Steinberg trockene Kleidung und stopfte den Kampfanzug stattdessen hinein.

„Sie sollten heiß duschen. Folgt mir in die Kommandantur", forderte der Kapitän die Männer auf.

Die Zentrale der Wasserpolizei war in einem dreistöckigen Gebäude untergebracht, das ein Paradebeispiel für die schmucklose kommunistische Architektur war. Hinter dem Haus ragte ein riesiger Schiffskran vom Industriehafen hervor. Mit seiner geknickten Stahlkonstruktion wirkte er wie ein eiserner Schwan, der sich vor der Obrigkeit verneigte.

Schmale Steinstiegen führten in den ersten Stock, wo das Büro des Kapitäns lag. An den Wänden hingen Bilder von Polizeischiffen der letzten einhundert Jahre.

Nach der Dusche kam Steinberg wie neu geboren ins Büro zurück. Am Schreibtisch des Kapitäns stand nun eine Flasche Sliwowitz, daneben drei bis an den Rand gefüllte Achtellitergläser. Es wurde vier Uhr früh, bis Steinberg und Milanović aufbrachen.

Die Luft im Hafen war etwas kühler geworden. Vorbei an den großen weißen Luxusjachten schlenderten die beiden den kurzen Weg nach Hause. Der Kapitän hatte Milanović den Motorradschlüssel abgenommen.

34.

Montag, 14. November, 11.10 Uhr

So, da wären wir! Ich habe schon erwähnt, dass die Strom- und Wasserversorgung der Stollen über das städtische Netz erfolgte. Die Stromleitungen begleiten uns seit Beginn unserer Tour, sie sind oben an den Stollenwänden befestigt. Die Lichtleitungen verlaufen an den Decken. Wenn die städtische Stromleitung durch einen Bombenschaden defekt war, übernahm ein Notstromaggregat die Versorgung. Die Leute waren also nie lange der Dunkelheit ausgesetzt. Dies hätte zweifellos zu Verunsicherung und Chaos geführt.

Hier war der Bereich der sanitären Anlagen. Durch diese Öffnungen am Fußboden verliefen die Rohre der städtischen Wasserversorgung zu den sogenannten Waschbrunnen. Das waren längliche Blechwannen, in manchen Waschräumen waren runde Wannen in Reih und Glied aufgestellt. Hier sehen Sie eine große WC-Anlage. Die Trennwände sind erhalten, die Muscheln wurden nach Kriegsende gestohlen. Die WCs verfügten über Wasserspülung und waren über ein Kanalsystem mit dem städtischen Kanalnetz verbunden.

Ihnen sind sicherlich die großen Behälter in den kleineren Stollen aufgefallen. Das sind Fäkalienbehälter, die nach einem Angriff von den Häftlingen an Sammelstellen entsorgt werden mussten. Der Urin wurde in eigenen Kübeln gesammelt und zur Ammoniakgewinnung in einen chemischen Betrieb gebracht.

Einige Stollen von uns entfernt war eine Poststelle untergebracht. Im Falle der Zerstörung des Posthauptgebäudes hätte man dort den gesamten Postverkehr der Stadt bewältigen können. Unmittelbar daneben befand sich das C-Lazarett, eine medizinische Station, wo auch kleinere Operationen durchgeführt wurden. Die entsprechenden Krankenzimmer waren vorhanden.

Für die KZ-Häftlinge gab es keine medizinische Versorgung. Wie gesagt, wurden Kranke und Verletzte in das Hauptlager Mauthausen zurückgebracht und durch neue Arbeitskräfte ersetzt. Von den dreihundert Männern, die ständig im Stollen gearbeitet haben, wurden vierzig Prozent zurückgebracht und ersetzt. Es herrschte ein ständiges Kommen und Gehen. Während bei den Fachkräften für entsprechende Ernährung und gute Unterbringung geachtet wurde, galten die KZ-Häftlinge als Arbeitsgeräte und nicht als Menschen. Der menschenverachtenden Ideologie der Nazis fiel auch die jüdische Gemeinde in Linz zu Opfer. 1934 hatten noch fast 700 Mitglieder in Linz gelebt, bei der Volkszählung 1951 nur mehr 54.

Meine Damen und Herren! Ich sehe es als meine Aufgabe an, immer wieder darauf hinzuweisen, dass diese Stollenbauten aus der NS-Zeit stammen und unter grausamsten Bedingungen von misshandelten Menschen geschaffen wurden.

35.

Freitag, 11. November, 11.00 Uhr

„Das war ganz schön knapp, es hätte auch anders ausgehen können", bemerkte Milanović, als sie am späteren Vormittag beim Kaffee auf der Terrasse saßen.
„Möglich ist alles. Es sind auch schon Stuntmänner ertrunken, als sie für die Hauptdarsteller ins Meer gestürzt sind."
„Höre ich da eine leise Kritik an meiner Sprunglösung?"
„Nein! Du hast das alles in dieser kurzen Zeit perfekt organisiert. Auch die Idee mit dem Sprung war genial."
Sie hatten beide nur wenig geschlafen und genossen einen neuen warmen Tag.
„Willst du mit den beiden Jungmanagern noch einmal reden? Immerhin hast du jetzt einen ganz anderen Wissensstand."
„Soll ich?"
„Ich weiß nicht."
Bevor er zu Bett gegangen war, hatte Milanović den gestohlenen Kampfanzug zum Trocknen an der Hausmauer aufgehängt. Er holte ihn nun und legte ihn auf den Tisch. „Das ist allerneueste Qualität", stellte er anerkennend fest.
Steinberg befühlte den Stoff. Er gab nach, füllte sich dann gleich wieder mit Luft. „Das wirkt wie ein Luftkissen. Siehst du hier die kleinen Schläuche, mit denen die Stoffteile miteinander verbunden sind?"
Milanović nickte und griff nach einem spitzen Messer, das auf einem Frühstücksteller lag. Er durchtrennte einen der Schläuche am Ärmel. Nichts passierte. Ventile verhinderten ein Austreten der Luft. Dann durchstach er den Stoff und das Futter. Wie ein Ballon blies sich jetzt der Futterstoff an dieser Stelle auf.
„Gib her. Das müssen wir uns genauer anschauen." Steinberg zog den Kampfanzug an, nahm das Messer und durchstieß in Kniehöhe Stoff und Futter. Blitzartig blies sich das gesamte Hosenbein vom Oberschenkel bis zum Fuß auf dreifache Stärke

auf und drückte fest auf das gesamte Bein. Die übrigen Uniformteile blieben unverändert.

„Das ist quasi eine eingebaute Erste-Hilfe-Versorgung", kommentierte Steinberg. „Bei einer Stich- oder Schussverletzung wird so die Blutzufuhr abgesenkt und das Nanosilber des Futterstoffes verhindert eine Infektion."

Der Major nickte. „Und das Smartphone schlägt Alarm bei der Kommandostelle und gibt die Koordinaten des Verletzten an."

Steinberg nippte an seinem Espresso und blies den Rauch seiner Zigarette gegen den leichten Wind. Nach einiger Zeit zitierte er Heraklit: „Krieg ist aller Dinge Vater, aller Dinge König."

Milanović ergänzte: „Die einen macht er zu Göttern, die anderen zu Menschen, die einen zu Sklaven, die anderen zu Freien."

„Und der Vater dieser Dinge hier war Professor Peter Schmitt von der Kepler Universität in Linz. Er hat das Basismaterial für diesen Kampfanzug entwickelt. Und seine neueste Erfindung bezahlte er mit dem Leben."

„Wie du weißt, ist die Rüstungsindustrie kein Gesangsverein. Ein Menschenleben zählt nichts. In Linz gab es doch schon einmal einen Waffenskandal."

„Du meinst die Noricum-Affäre", antwortete Steinberg, „sie bauten in Linz die beste Kanone der Welt und verkauften sie über Umwege den damals kriegführenden Staaten Iran und Irak. Da war alles dabei: Mord, mysteriöse Todesfälle, Bestechung, Geldwäsche. Schmiergeld in der Höhe von fünfundfünfzig Millionen Euro ist bis heute verschwunden. Der Erfinder der Kanone GHN-45, der Kanadier Gerald Bull, wurde vor seiner Wohnung in Brüssel mit fünf Schüssen niedergestreckt, den österreichischen Sicherheitsattaché im Libanon trafen in Beirut tödliche Kugeln, ein Beteiligter nahm sich selbst das Leben, neun Männer starben an mysteriösen Herzattacken."

„Hat nicht ein Schriftsteller das alles in ein Buch gepackt?"

„Ja, ein Linzer, aber ich weiß nicht mehr, wie der heißt."

Major Drago Milanović räumte den Frühstückstisch ab und stellte das Geschirr in die Spülmaschine. Steinberg half ihm dabei.

„Jetzt zum Tagesbefehl. Was schlagen Sie vor, Herr Major?"

Milanović grinste: „Zuerst gehen wir Mittagessen. Dann überlegen wir weiter."

Für den Südeuropäer ist das Mittagessen durch die darauf folgenden Pause meist prägend für einen Lebensstil, der im Norden vollkommen abhandengekommen ist. Dort gilt eine halbe mit einer Stechuhr gemessene Stunde als Maß aller kulinarischen Dinge. Daher Hamburger, Döner, Pizza und Nudeln aus der Box.

Gleich hinter dem Wohnhaus führte die Ciottina ulica steil zur oberen Altstadt von Rijeka. Nach wenigen Schritten hatten sie das „Buffett Cocco" erreicht. Das kleine schmale Haus in Dreiecksform klebte direkt an einem höheren Wohnhaus. Im Gastgarten war noch ein Tisch frei.

Barba Jakov, Onkel Jakob, trat aus dem Lokal und begrüßte Milanović sehr herzlich.

„Das ist mein Freund Max Steinberg aus Linz, er ist auch Polizist", stellte Drago seinen Begleiter vor.

„Ah! *Policija! Dobro! Dobro!* Ich für euch kochen persönlich!" Dann verschwand er und kam mit drei Gläsern Sliwowitz zurück. Steinberg konnte den Geruch seit der letzten Nacht nicht mehr vertragen. „Aber was macht man nicht alles aus Höflichkeit", dachte er und kippte das Zeug hinunter.

Ein Polizeiauto hielt neben dem Lokal. Ein Beamter stieg aus, kam zu ihnen, salutierte, unterhielt sich kurz mit Milanović und gab ihm ein Formular. Dieser las, zog einen Kugelschreiber aus der Tasche und forderte Steinberg auf, zu unterschreiben.

„Was soll ich unterschreiben?"

„Deine Diebstahlsmeldung. Du meldest hiermit, dass dein Auto in der vergangenen Nacht gestohlen worden ist. Die Kollegen schicken das Papier zum Autoverleih und die holen sich ihr Geld von der Vollkaskoversicherung. Einen kleinen Selbstbehalt wirst du wohl bezahlen müssen. Aber das tust du doch gerne", grinste der Major.

Steinberg unterschrieb, der Beamte salutierte und fuhr wieder weg.

„Und wo ist das Auto wirklich?"

„Lass das unsere Sache sein."

Steinberg befolgte diesen Rat gerne und widmete sich stattdessen dem Mangoldgemüse mit Kartoffeln, einem Bohneneintopf, dem mit Knoblauch und Rosmarin gewürzten Wolfsbarsch und, als Nachtisch, an die Zeit der Donaumonarchie gemahnenden Palatschinken.

Nach dem köstlichen Mahl meinte Milanović: „Und jetzt fahren wir nach Crikvenica. Die beiden entführten Kinder sind mir wichtiger als dein Kriegsmaterial. Das kann jetzt ruhig ein wenig liegen bleiben."

36.

Freitag, 11. November, 13.00 Uhr

In Monarchiezeiten war Opatja das bevorzugte Reiseziel der Wiener Adeligen gewesen. Hingegen bevorzugten ungarische Magnaten Crikvenica als Luftkurort. Viele Prachtvillen und ein bereits im Jahr 1891 errichtetes Grand Hotel zeugen davon. Ein Sandstrand macht den Ort heute noch zu einem beliebten Reiseziel.

Milanović raste die neununddreißig Kilometer über die Küstenstraße, die Jadranska Magistrale. Geschwindigkeitsbegrenzungen oder Sperrlinien beachtete er kaum bis gar nicht. Dazu telefonierte er ständig. Mit einer Hand zu lenken und zu schalten, schien eine regionale Spezialität zu sein, der Major hob sich damit keineswegs von den anderen Verkehrsteilnehmern ab. Sie erreichten das Ortszentrum über eine lange Gerade, die direkt zum Polizeigebäude führte. Fast alle Geschäfte waren geschlossen, die Gehwege menschenleer.

Bezirksinspektor Luka Lipnović erwartete die beiden bereits. Er berichtete Milanović, was sie bislang über das Verschwinden von Ivica Bobić' Enkelkindern Boris und Svetlana in Erfahrung bringen konnten. Der Major übersetzte anschließend alles für Steinberg.

„Vor vier Tagen, also am Montag, kam die Großmutter zur Polizei und meldete, dass ihre Enkelkinder von der Schule nicht nach Hause gekommen seien. Die Kollegen riefen die Lehrerin an und wollten wissen, ob ihr etwas Außergewöhnliches aufgefallen sei. Sie berichtete, dass sie wie immer um zwölf Uhr Mittag den Unterricht beendet und die Schüler entlassen habe. Dann sprachen sie noch mit den Eltern, die erst am Abend von der Arbeit nach Hause kamen. Aber auch ihnen war nichts aufgefallen."

„Wurde sonst noch etwas unternommen?", wollte Steinberg wissen.

Die beiden Polizisten unterhielten sich kurz, dann antwortete Milanović: „Am nächsten Tag haben sie noch die Kinder der Klasse befragt. Ebenfalls ohne Ergebnis."

„Wo lebt die Großmutter?"

Milanović erkundigte sich nach der Adresse. Sie ließen das Auto stehen und erreichten in fünf Minuten ein zweistöckiges Haus, das von einem Garten umgeben war. „Appartmani Teresa" stand auf einem Schild neben dem Eingang. Eine etwa sechzig Jahre alte Frau mit Kleiderschürze und blauem Kopftuch schnitt mit einer Schere kleine Äste an einem Obstbaum.

„Sind Sie Frau Bobić?" fragte Steinberg.

„Ja. Und wer sind Sie?"

Auf Kroatisch stellte Milanović sich und seinen Begleiter vor und informierte die Frau über den Grund ihres Kommens.

„Da kann ich wieder einmal mein Deutsch üben", erklärte sie und meinte dann: „Aber ich habe doch unserem Inspektor schon alles gesagt."

„Würden Sie sich dennoch Zeit für uns nehmen?", fragte Steinberg.

„Gut! Kommen Sie herein."

Sie gingen in den ersten Stock, die Zimmer im Erdgeschoß wurden offensichtlich vermietet, und nahmen am Küchentisch Platz.

„Erzählen Sie bitte noch einmal, was am Montag geschehen ist."

„Meine Enkelkinder kommen nach der Schule immer zu mir. Sie essen, machen ihre Hausaufgaben und werden am Abend nach der Arbeit von meinem Sohn oder meiner Schwiegertochter abgeholt. Svetlana hat mich an diesem Tag angerufen und gefragt, ob sie nach der Schule noch zum Meer gehen dürfen. Es war so ein schöner und warmer Tag, also erlaubte ich es. Als die beiden um siebzehn Uhr noch immer nicht bei mir waren, bin ich zum Strand gegangen, um sie zu holen. Sie waren aber nirgends zu sehen. Dann habe ich sofort Inspektor Lipnović angerufen. Seitdem sind die beiden nicht mehr aufgetaucht."

„Auf welchem Teil des Strandes haben sich Ihre Enkel meist aufgehalten?", fragte Steinberg.

„Gleich nach der Hafeneinfahrt befindet sich das Wasserballstadion, danach beginnt der Strand. Dort waren sie immer. Aber ich habe sie nicht gefunden."

„Was hat Ihr Mann gemacht?"
„Den hat seine Firma auf eine Dienstreise geschickt. Er ist nicht da. Ich wollte ihm vom Verschwinden unserer Enkel erzählen, aber ich kann ihn nicht erreichen. Ich komme immer in die Mobilbox."
„Wo hält er sich auf?"
„Das weiß ich nicht. Er hat mir nichts gesagt."
Steinberg bedankte sich und ersuchte sie noch um ein Foto ihres Mannes und der beiden Kinder. Sie zog eine Lade der Küchenkredenz auf und gab ihm eine Aufnahme, die alle drei zusammen zeigte.
Der Weg zum beschriebenen Strand führte zunächst über einen riesigen mit weißen Steinplatten ausgelegten Platz zum Hafen von Crikvenica. Boote unterschiedlichster Art und Größe schaukelten im leichten Wind, der vom Meer kommend über die Stadt zog. Die Uferstraße verlief schnurgerade nach Osten, gesäumt von einer Allee großer Palmen auf der Strandseite und einer Allee alter Olivenbäume entlang der Häuserzeile mit den Geschäften.
Die Wellen plätscherten leise ans Ufer. Die Lufttemperatur war auf über zwanzig Grad gestiegen.
„Das war also ihr Lieblingsplatz", sagte Steinberg, „wer könnte sie gesehen haben?"
„Fragen wir doch den Fischer dort an der Mole", meinte Milanović und ging los.
„Stehen Sie jeden Tag hier, um zu fischen?", fragte der Major auf Kroatisch.
„Wer will das wissen?"
Milanović zeigte ihm seinen Dienstausweis.
„Ja", antwortete der alte Mann und rollte langsam seine Angelschnur auf.
„Waren Sie am Montag auch hier?"
„Ja."
Steinberg zeigte ihm das Foto der Kinder.
„Haben Sie die beiden Kinder da gesehen?", fragte Milanović.
„Ja."
Auch wenn er die Fragen seines Freundes nicht Wort für Wort verstand, die einsilbigen Antworten des Fischers waren kein

Problem für Steinberg. Sie hatten einen Volltreffer gelandet. Es zeigte sich wieder einmal, dass neben penibler Ermittlungstätigkeit auch Intuition, Zufall und das berühmte Bauchgefühl für die Lösung eines Kriminalfalls notwendig waren.
„Was haben die Kinder gemacht?"
„Sie sind dort auf der Bank an der Strandpromenade gesessen und haben Schokolade gegessen, die ihnen zwei Männer gegeben hatten."
„Wie sahen die Männer aus?"
„Weiß ich nicht. Sie trugen Sonnenbrillen."
„Wie alt waren sie?"
„Weiß ich nicht."
Die Antworten des Fischers kamen sehr langsam. Scheinbar bremste das Leben am Meer die Abläufe auf Zeitlupe herab. Milanović übte sich in Geduld.
„Sind die Männer dann zusammen mit den Kindern weggegangen?"
„Ja."
„Wohin?"
„Zum Auto."
„Ist das Auto weggefahren?"
„Ja."
„Und wohin?"
„Sie fuhren zum Hafen."
„Und was taten sie dort?"
„Sie bestiegen ein Schiff."
„Und?"
„Sie fuhren hinaus auf Meer."
Milanović atmete mehrere Male hörbar durch, bevor er die nächste Frage stellte.
„Wie sah das Schiff aus?"
„Ein weißes Fischerboot."
„Und?"
„Was und?"
„Besondere Merkmale, Aufbauten, Bootsnummer."
„Die Kajüte hatte ein blaues Dach. Die Nummer war CR oder KR."

Der Fischer hatte seine Angelschnur eingeholt, nahm den Köder vom Haken und warf ihn ins Meer. Dann nahm er seine kleine Kiste vom Boden auf und ging einfach weg.

„He! Bleiben Sie da. Sie können doch nicht einfach davonlaufen. Wir haben noch einige Fragen an Sie!", rief ihm Milanović nach.

Der Mann drehte sich um, zog seinen Hut, winkte und rief etwas zurück. Steinberg glaubte, einige Wortfetzen zu verstehen.

„Hat der einfach *dobro, dobro* gesagt?"

„Sei froh, dass du das andere nicht verstanden hast", antwortete Milanović und griff zum Telefon. Als er das Gespräch beendet hatte, forderte er Steinberg auf, ihm zu folgen.

Sie gingen zurück zum gepflasterten Platz und entlang der langen Hafenmole zur Anlegestelle des örtlichen Polizeibootes. Auf dem Weg teilte der Major Steinberg alles mit, was er in Erfahrung bringen hatte können.

Bezirksinspektor Luka Lipnović kam von der anderen Seite auf das Boot zu. Ihn begleitete ein riesenhafter Mann. „Dario Antelić", stellte sich dieser vor, nahm seine Kapitänsmütze ab und betrat das Schiff. Die anderen folgten ihm. Ein weiterer Polizist eilte herzu, nahm das Seil vom Poller, warf es an Bord und sprang nach.

„Wir suchen also ein weißes Fischerboot. Der Aufbau hat ein blaues Dach und die Kennzeichnung lautete CR oder KR. Ist das richtig?", fragte der Kapitän in perfektem Englisch. Steinberg und Milanović nickten.

Sie tuckerten in Schrittgeschwindigkeit bis zum Ende der Mole, bogen nach links und nahmen langsam Fahrt auf. Jetzt konnte Steinberg sehen, wie weit sich die Stadt nach beiden Seiten der Bucht entlangzog.

Nach etwa einem Kilometer fuhr Kapitän Antelić an einer kleinen Werft vorbei in die Marina von Srikvenica ein. Das rechteckige Hafenbecken war durch einen betonierten Steg geteilt, mehr als hundert Boote lagen aufgefädelt nebeneinander. Langsam glitten sie an Luxusjachten, Motorbooten mit Innen- oder Außenmotoren, Segelbooten, Katamaranen und jede Menge Fischerbooten vorbei. Einige waren weiß gestrichen, aber blaues Dach war keines zu finden. Sie drehten um.

„Es hätte mich auch gewundert, wenn das Boot hier bei uns im Hafen liegt!", rief der Kapitän ihnen durch den Motorenlärm zu. Er hatte beschleunigt und fuhr aufs offene Meer hinaus. Das Boot steuerte zwischen dem Festland und der gegenüberliegenden Insel Krk nach Westen in Richtung Rijeka. Rasch kamen die beiden atemberaubenden Bögen der 1400 Meter langen Krk-Brücke näher. Seit 1980 verband diese Konstruktion die Insel mit dem Festland. Steinberg genoss die Fahrt.

„Hinter dem nächsten Küstenbogen liegt die Stadt Kraljevica. Die Schiffe dort werden mit den Buchstaben KR gekennzeichnet. Ich hoffe, dort werden wir fündig", erklärte der Riese.

Das Polizeiboot fuhr in den etwa einen Kilometer langen Naturhafen ein. Zwei große Fährschiffe der Linie „Jadranova" lagen in der Werft Kraljevica, die vielen Menschen Arbeit gab. Im Hintergrund thronte auf einem Hügel stolz die Burg Frankopan. Die Anlegeplätze für die kleineren Boote waren durch eine Mauer von der Werft geschützt.

Am Ende der Mole winkte ein uniformierter Mann. Der Kapitän lenkte sein Polizeiboot langsam so nahe zu ihm, dass er an Bord springen konnte. Er stellte sich als Franjo Granić vor, Kommandant der örtlichen Polizei.

Wieder fuhren sie die Boote ab. Nach hundert Metern Fahrt wurden sie fündig. Ein weißes Fischerboot mit einem blauen Dach, die Kennnummer lautete KR 717. Steinberg machte ein Foto. Kurz darauf stießen sie auf einen weiteren Kutter, der der Beschreibung entsprach. Allerdings war das blaue Dach nur noch zu erahnen, da das Schiff schon sehr alt und ziemlich heruntergekommen war. Die Kennnummer lautete KR 12. Diesmal fotografierte Milanović. Ein ebenfalls älteres Modell mit der Kennzahl KR 367 und blauem Dach war ihr dritter Fund. Das Holz war unlängst gestrichen worden, alle Metallteile neu montiert. Auffällig war der starke Außenbordmotor mit 170 PS. Die Zahl war am Motor aufgedruckt.

Das Polizeiboot legte an und die Männer beschlossen, die nahe gelegene kleine Fischer-Kneipe zu besuchen, einen Glaspavillon direkt am Wasser. Als sie eintraten, hoben alle Gäste die Hände. Einer rief: „Wir ergeben uns, bitte nicht schießen!" Alles lachte.

Erst jetzt wurde Steinberg ihr martialisches Auftreten bewusst. Vier uniformierte bewaffnete Offiziere und zwei Beamte in Zivil drangen in eine kleine verschlafene Hafenkneipe ein, eine Szene wie in einem schlechten Agentenfilm. Als das Lachen abgeflaut war, nahm die Polizeigruppe an einem runden Tisch in der Nähe der Bar Platz. Franjo Granić nahm sein Telefon und erkundigte sich bei seinen Kollegen im Büro nach den Besitzern der gefundenen Boote.

Die Wirtin saß hinter der Bar und fragte, ohne aufzustehen, was sie trinken wollten. Kurz darauf ratterte die Kaffeemaschine und sie brachte das Gewünschte an den Tisch. „Würdest du bitte dem Kovač sagen, er soll zu uns kommen?", forderte der örtliche Polizeichef die Wirtin auf. Sie ging zu einem Mann im Blauzeug, dessen Gesicht von Wind und Meer gegerbt war. Er blickte kurz herüber, stand auf und setzte sich zu ihnen an den Tisch.

„Servus, Meister Kovač", begrüßte ihn Franjo Granić, „kannst du mir bei ein paar Schiffen helfen? Die KR 712 vom Grabnić, läuft die oft aus? Und die KR 12, die seinem Nachbarn gehört hat, fährt irgendwer damit, seit er gestorben ist?"

„Was bringt es mir, wenn ich dir helfe?"

„Drei Doppelte, weil eine dritte Frage habe ich noch."

Der alte Fischer lachte. Er hatte nur noch einige wenige Zähne im Mund. „Ich bin mit zwei Freunden da, die sind auch durstig, also sagen wir neun Doppelte."

„Gut, aber jetzt rede."

„Der alte Grabnić fährt sicher dreimal die Woche raus, muss er ja, für sein Lebensmittelgeschäft. Die KR 12 liegt seit dem Vorjahr unbewegt da, was man ihr auch schon ansieht."

„Und die KR 367 von den Tratnić-Brüdern? Was tun die beiden eigentlich für ihr Geld?"

„Die haben ein Haus hinter der Burg gekauft. In der Rovina ulica Nummer siebenundsiebzig wohnen sie jetzt mit ihren Frauen. Und jetzt reicht es mir, auf Wiedersehen, die Herren." Er stand auf und sagte noch: „Wenn du noch etwas wissen willst, musst du in Flaschen bezahlen."

„Hau ab, alter Gauner. Nächstes Mal nehme ich dich mit aufs Wachzimmer", meinte der Stadtpolizeikommandant.

Er erntete nur einen lauten Lacher des Zahnlosen, der auf dem Weg zur Bar war, um sich seinen ersten Sliwowitz abzuholen.

Nachdem Milanović für Steinberg alles übersetzt hatte, kamen sie zu dem Schluss, dass nur das Boot der beiden Brüder in Frage kam. „Wir sollten ihnen einen Besuch abstatten", meinte der Major.

„Unsere Kompetenz erlischt an der Hafenmauer", winkte der Kapitän gleich ab.

„Ich bin nur der Polizeichef von Crikvenica", ergänzte Luca Lipnović, „ich handle nur in meiner Stadt."

Alle Blicke richteten sich nun auf den örtlichen Polizeichef Franjo Granić. Der dachte kurz nach und verkündete dann: „Bei mir liegt keine Anzeige vor, daher gibt es auch keine Notwendigkeit für einen Einsatz der Polizei von Kraljevica."

„Ist das euer letztes Wort?"

Alle nickten.

Steinberg übernahm die Rechnung und die Gruppe verließ die Kneipe. Franjo Granić verabschiedete sich. Die Sonne stand bereits tief und tauchte die leicht schaukelnden Fischerboote in ein dunkles Rotgold. Der Kapitän startete den Motor, zog einen Bogen um die Landspitze und fuhr unter der Krk-Brücke hindurch. Dann erhöhte er die Geschwindigkeit. Dem karstigen Ufer der Insel entlang lenkte er das Polizeischiff schnurgerade zum Hafen der Stadt Crikvenica, dessen Kirchturm als einziges Gebäude noch einige Sonnenstrahlen trafen.

Steinberg und der Major gingen zurück zu ihrem Auto. Sie fuhren den Berg hinauf zur Magistrale.

„So eine Feigheit. Sage jetzt nicht, das sei auch eine kroatische Spezialität", fluchte Steinberg.

„Die Leute haben zwar schöne Uniformen, aber ein miserables Gehalt. Da musst du verstehen, dass keiner freiwillig bei irgendetwas mitmacht. Was ist, wenn die Entführer bewaffnet sind und schießen? Tapferkeitsmedaillen sind aus Blech, und mit Blech kann sich niemand etwas kaufen." Nach einer Pause fragte er: „Hast du eine Waffe dabei?"

Steinberg schüttelte den Kopf.

„Dann passt ja alles. Ich bin auch unbewaffnet."

Es dämmerte bereits, als sie vor dem Haus der beiden Verdächtigen ankamen. Als auch nach mehrfachem Läuten niemand öffnete, umrundeten sie das Haus.

„Da ist niemand. Besser konnten wir es nicht erwischen", meinte Milanović, hob einen Stein auf und zerschlug damit ein Fenster im Erdgeschoß. Dann schob er den Arm hinein und öffnete die beiden Fensterflügel. Das Einsteigen war kein Problem, da die Fenster niedrig lagen. Steinberg folgte ihm.

Sie standen in einem Schlafzimmer. Vorsichtig gingen sie weiter in Wohnzimmer und Küche. Niemand war da. Milanović deutete mit der Hand nach oben. Im ersten Stock gab es ebenfalls ein Schlafzimmer, ein Wohnzimmer, eine Küche und Bad und WC. Auch diese Wohnung war leer. Sie stiegen wieder die Treppe hinab und weiter hinunter in den Keller. Ein Gemüse- und Obstkeller und eine Werkstatt, auch hier war niemand.

Beim Verlassen des Hauses bemerkten Steinberg und Milanović eine Gartenhütte nahe der Felsmauer. Das alte Schloss der hölzernen Eingangstür war schnell überwunden. Ein Gang führte zu einem Weinkeller. Einige Fässer lagerten auf Holzblöcken. Leere Weinflaschen warteten in Holzkisten auf das Abfüllen. Am Ende des Kellers gab es eine weitere Holztür. Milanović nahm einen Hammer von der Wand, der zum Befestigen der Eisenringe an den Fässern diente, und zerschlug damit das Schloss. Dann öffnete er die Tür. Steinberg folgte ihm in einen kleinen Raum. Auf einer alten Matratze kauerten zwei Kinder, die sie mit weit aufgerissenen Augen anblickten.

„Boris? Svetlana?"

Die beiden nickten.

„Wir sind von der Polizei. Steht auf und kommt mit."

Milanović zeigte ihnen seinen Dienstausweis. Die Kinder zögerten, erhoben sich dann aber doch und folgten dem Major nach draußen. Steinberg machte das Schlusslicht.

Erst als sie im Auto saßen und wegfuhren, stieß der Bub unter Tränen hervor: „Sie werden uns töten. Sie haben gesagt, dass sie uns überall finden, und wenn wir ein Wort erzählen, sind wir tot."

„Ja, sie töten uns und unsere Eltern", ergänzte das Mädchen, „und Opa und Oma auch."

Milanović übersetzte. „Dass sie nicht reden wollen, könnte uns auch nützen. Wir waren nicht befugt, diesen Einsatz durchzuführen. Auch der gestrige Einbruch in der Fabrik war ja nicht genehmigt. So wächst das Gras der Verschwiegenheit über die Sache. Lassen wir es besser dabei und fragen wir nicht nach."

„Und wo sollen die Kinder dann gewesen sein?"

„Sie waren nirgendwo. Sie halten einfach den Mund."

„Das ist doch keine Lösung."

„Weißt du eine bessere?"

Milanović erklärte den Kindern, dass er ihnen keine Fragen stellen würde. „Für euch gibt es keine Gefahr mehr. Ihr seid jetzt in Sicherheit. Und ihr braucht auch sonst niemandem etwas erzählen." Boris und Svetlana nickten erleichtert. „Und wir werden sofort zurückfahren, die beiden Männer gefangen nehmen und einsperren."

Steinberg fuhr zum Haus der Großeltern. Die Kinder sprangen aus dem Auto und liefen auf ihre Großmutter zu. Diese umarmte sie, weinte und rief immer wieder: „Ein Wunder, ein Wunder! Sie sind wieder da! Meine Lieben, ihr seid wieder da."

Nach einiger Zeit kamen sie zu dritt zur Gartentür, wo Steinberg und Milanović warteten.

„Danke, meine Herren. Gott wird es Ihnen danken. Sie haben die Kinder wiedergebracht. Der Allerheiligste wird Sie belohnen. Mit einem langen Leben wird er Sie belohnen. Danke, danke, danke." Sie wischte sich die Tränen ab. Danach fragte sie: „Wo haben Sie die Kinder gefunden. Wo waren sie?"

„Sie waren zu Fuß auf der Straße unterwegs. Wir haben sie aufgeschnappt und zu Ihnen gebracht."

Die Frau nahm Steinbergs Hand und küsste sie. „Der Himmel hat Sie geschickt. Die Kinder sind wieder da."

Steinberg zog seine Hand zurück und sprach beruhigend zu ihr: „Was immer auch geschehen ist, zwingen Sie die Kinder nicht dazu, etwas zu erzählen. Irgendwann werden sie von sich aus reden wollen. Aber jetzt freuen Sie sich einfach, dass die Ausreißer wieder da sind. Die örtliche Polizei informieren wir."

37.

Freitag, 11. November, 20.00 Uhr

Müde saßen sie auf der Terrasse hoch über den Straßen. Dennoch rief Milanović ein Taxi, das sie in den östlichen Teil der Stadt brachte, zur Küste hinabfuhr und sie dort aussteigen ließ. An der schmalen Uferstraße stand ein ebenerdiges Holzhaus direkt am Meer. Die Terrasse war mit dicken durchsichtigen Plastikvorhängen abgedeckt.

„Boro hat nur mehr wenige Tage offen", verkündete der Major und fuhr etwas lauter fort, sodass ihn der Wirt gut verstehen konnte: „Dann hängt hier wieder das Schild: Wegen Reichtum geschlossen. Und Boro bleibt den Winter über zum Surfen in der Karibik."

Boro Suvćik trat hinter dem Tresen hervor. Der schlanke Endvierziger wirkte entspannt. Um Augen und Mund zogen sich freundliche Lachfalten. Er wischte sich die Hände an der Schürze ab und trat zum Tisch. „Weit besser als den ganzen Tag bei Minusgraden in Zagreb Strafzettel für Parksünder zu schreiben."

Er schüttelte Milanović die Hand, danach reichte er sie Steinberg: „Sie sind wohl auch Polizist. Oder?"

„Wieso weißt du, wo Max arbeitet?"

„Du kennst doch außer Polizisten keine Menschen. Alle wechseln auf die andere Straßenseite, wenn sie dich sehen." An Steinberg gewandt fragte er: „Und was machen Sie den ganzen Tag auf Staatskosten?"

„Ich schreibe in Linz Strafzettel."

Boro winkte seiner Mitarbeiterin zu. Sie brachte eine Flasche Sliwowitz und drei Gläser.

Steinberg wehrte ab. „Ich trinke heute keinen Alkohol."

„Morgen. Morgen trinken Sie keinen Alkohol. Heute seid ihr meine Gäste."

Er schenkte ein, hob sein Glas und rief so laut, dass alle mithören konnten: „Was wir alles täten, wenn wir keine Bullen hätten!" Dann verschwand er Richtung Küche.

Milanović rief ihm nach: „Hast du noch deine Leber? Wie steht es mit deinen Gamma-Werten?"

Boro drehte sich um: „Dreihundertzwölf!"

„Warum spricht er so gut deutsch?", wollte Steinberg wissen.

„Er hat in der Studienzeit lange in Österreich auf Saison gearbeitet. Als sein Vater starb, übernahm er auf Wunsch seiner Mutter das Lokal. Zuvor hatte er Architektur studiert", klärte ihn der Major auf und bestellte zwei Bier.

Steinberg blickte sich im Lokal um. Die Gäste waren bunt gemischt, alle Altersgruppen und Gesellschaftsschichten saßen hier friedlich nebeneinander und genossen den Abend.

„Kannst du das Jobversprechen, das du dem Mann von der Security gegeben hast, halten?", fragte Steinberg.

„Es gehört derzeit zu meinen Aufgaben, Spitzenpersonal anzuwerben. Der Posten ist ihm sicher. Auch der für Bobić, wenn er zurückkommt."

„In Linz muss etwas schiefgelaufen sein. Bobić hätte nach dem Auftrag sofort nach Rijeka zurückkehren müssen, ist aber verschwunden. Deswegen ist der Einbruch in der Universität erst notwendig geworden, denke ich. Ziemlich frech, das Material auf diese Weise besorgen zu lassen", meinte Steinberg.

„Alles trägt die Handschrift eiskalter Typen, das Attentat auch."

„Ja. Und ich bin mir sicher, dass der Käufer des Koffers hier in Rijeka sitzt."

„Ivica Bobić, der Sicherheitschef, war im Krieg gegen Serbien eingesetzt", bemerkte der Major nachdenklich.

„Nichts macht einen gefühlskälter als der Krieg. Und sein Chef, Mikola Antonić, scheint mir ebenfalls kaltblütig genug, so eine Tat in Auftrag zu geben."

„Was ist deiner Meinung nach die Rolle von diesem Prokuristen aus Linz?", fragte Milanović.

„Gernot Gutt fädelte den Deal ein. Er muss von den Forschungsergebnissen des Professors gewusst haben und hat ihn in eine Falle geschickt. Dafür bekam er die saubere Million."

„Aber das Material kam nie in Rijeka an, deshalb der Einbruch."

„Das schon, aber Gutt hat wahrscheinlich auch von dem Koffer im Tresor des Professors gewusst. Vielleicht hat der ja immer alles doppelt abgespeichert und gelagert. Jedenfalls ist das hochbrisante Material in Rijeka und vermutlich eine Million Euro in echten Scheinen in Linz. Gernot Gutt ist unser Hauptverdächtiger."

Milanović dachte nach. „Du kannst durchaus recht haben. Drei Fragen sind für mich aber noch offen."

„Und die wären?"

„Welche Informationen sind auf den Sticks, welche Rolle spielt Bobić und in welchem Zusammenhang mit dem Fall stehen die beiden Brüder und die Entführung?"

„Es müssen Informationen für die Produktion eines vollkommen neuen Stoffes sein, wahrscheinlich eine bahnbrechende Erfindung zur Weiterentwicklung der Kampfanzüge", überlegte Steinberg. „Dein Bekannter, der Sicherheitschef Ivica Bobić, hat sich gleich nach dem Attentat abgesetzt. Er wird erkannt haben, dass er eine Zeitbombe in Händen hält. Vielleicht versucht er jetzt, den Stick jemand anders zu verkaufen. Andererseits: Seine Enkelkinder wurden entführt. Vielleicht will man ihn unter Druck setzen. Irgendjemand erpresst ihn."

Boro kam mit einer ovalen Aluminiumplatte aus der Küche. „Die besten Fische für die besten Polizisten Europas", verkündete er. Besteck, Teller, Brot und Weißwein brachte die Kellnerin. Dann erklärte Boro die Spezialitäten: „Thunfisch, Wolfsbarsch, Schwertfisch, Oktopus mit Knoblauch, Calamari frittiert und Miesmuscheln. Alles vor meiner Haustür gefangen und heute von meinen Fischerfreunden geliefert. Dazu Mangold, Duveć und Pommes. *Dobar tek.*"

Schweigend genossen sie die Gaumenfreuden. Nach dem Essen kam Boro aus der Küche und erkundigte sich, ob es geschmeckt habe. Die beiden schwärmten in höchsten Tönen.

Steinberg zündete sich eine „Oktopus" an.

„Was hast du jetzt vor?", fragte Milanović.

„Ich möchte die beiden Manager mit meiner Theorie konfrontieren und schauen, was passiert."

„Gut, dann gehen wir morgen gleich am Vormittag zum Jachthafen. Wie lange bleibst du noch?"

„Am Abend fahre ich ab."

38.

Samstag, 12. November, 9.00 Uhr

Ivica Bobić lag ausgestreckt im Bett. Er lebte in einer Art Dämmerzustand. Waren es sieben Tage? Oder schon zwei Wochen? Bobić wusste es nicht. Ihn ekelte vor sich selbst. Der Gestank seines Körpers war ihm ein Grauen.

Die Luft im Raum war stickig. Die muffige Decke half nicht gegen Kälte und Feuchtigkeit. Immer wieder hustete er, mittlerweile begleitet von Schüttelfrost. Seine Stirn war heiß.

Die schlimmste Plage war aber die Angst um seine Enkelkinder. Wo waren sie? Mussten sie leiden? Lebten sie? Sein Denken kreiste immer wieder um diese drei Fragen, für die er keine Antwort wusste. Seine Hilflosigkeit, sein Ausgeliefertsein, seine Chancenlosigkeit ließen ihn oft sinnlos um sich schlagen, dann wieder zusammengekauert auf dem kalten Boden sitzen und weinen.

Bobić hörte, wie der Schlüssel ins Schloss gesteckt wurde. Nach einer Umdrehung ging die Tür auf. Es war absurd, aber er war froh, dass seine Peiniger zurückkehrten. Das Licht ging an. Bobić rieb sich die Augen, die Sechzig-Watt-Glühbirne war wie das grellste Sonnenlicht für ihn. Jan Siebert und Steffen Schmuck nahmen am Holztisch Platz, stellten Zwieback und Mineralwasser ab und forderten ihn auf, sich dazuzusetzen. Bobić sah gierig auf die Packung.

„Die Verkäuferin hat mir gesagt, Feldbacher Zwieback sei eine österreichische Spezialität, wenig nahrhaft, aber leicht verdaulich." Der Hüne reichte ihm eine Scheibe und grinste.

Als Ivica Bobić danach greifen wollte, sprang Steffen Schmuck blitzartig auf, packte ihn an den Haaren und knallte seinen Kopf auf die Tischplatte. „Der Appetit wird dir schnell vergehen, wenn du das Video gesehen hast, das Jan für dich mitgebracht hat."

Noch immer drückte Schmuck seinen Kopf nieder. Siebert hielt ihm das Handy knapp vors Gesicht.

Einem Buben wird ein Messer an den Hals gehalten. Blut am Hals, Blut auf der Klinge.

Bobić schrie auf: „*Nemoj molim te! Nemoj molim te!*"* Er versuchte, mit den Händen auf Schmuck einzuschlagen. Dann sackte er in sich zusammen. Schmuck ließ seinen Kopf los.

„Er ist recht empfindlich geworden, unser Herr Attentäter", ätzte Jan Siebert.

„Schütte ihm das Mineralwasser über den Kopf. Der soll gefälligst aufwachen."

Siebert öffnete die Flasche, die Kohlensäure zischte, das Wasser platschte in einem Guss heraus. Bobić regte sich, hob den Kopf, richtete sich auf. Mit beiden Händen wischte er sich das Wasser aus dem Gesicht und schüttelte stumm den Kopf.

„Du hast jetzt fünf Minuten Zeit, dann ist das Ding offen." Siebert legte den Koffer vor Bobić auf den Tisch. „Wir warten im Nebenzimmer und Gnade dir Gott, du kneifst. Dann rufe ich in Kroatien an und deiner Enkeltochter wird der Kopf abgetrennt. Das Video kannst du dir anschauen, bevor wir dich umlegen."

Bobić wusste sich keinen Rat. Würde Boris noch leben, wenn er den Koffer schon zuvor geöffnet hätte? Würden sie die Kinder nicht sowieso ermorden, um keine Zeugen zurückzulassen? Er entschloss sich, einfach zu handeln. Er konnte nicht mehr warten.

Ivica Bobić zog den Koffer nahe an seinen Körper. Er legte seine Hände auf den eiskalten Deckel, faltete sie und betete ein Vaterunser. Danach stellte er den Koffer auf und drehte an den kleinen Rädern des Sicherheitsschlosses. Er erinnerte sich noch gut an die Stimme des Professors: „Die Postleitzahl von Linz und das heutige Datum."

Bobić stellte die Zahl 4020 ein. Mit zittrigen Händen drehte er an den nächsten Rädchen. Zunächst der Tag, 29, dann der Monat, 10, und schließlich das Jahr, 2016. Nun legte er beide Daumen auf die Verschlussklappen, schloss die Augen, atmete noch einmal tief durch und drückten die Klappen auf.

„Klick!" Das war alles.

---

* Bitte nicht, bitte nicht!

Bobić öffnete die Augen. Die beiden Verschlüsse standen offen. Noch immer zitterten seine Hände. In einer kleinen Kunststoffschachtel, die in der Koffermitte befestigt war, lag ein 10-GB-USB-Stick. Bobić starrte das unscheinbare Ding an. „Deswegen musste der Professor sterben? Deswegen musste mein Enkel sterben? Deswegen soll ich sterben?"

Die Tür wurde aufgestoßen. Siebert kam mit einer Pistole in der Hand hereingestürmt und schrie: „Kein Krach, kein Knall, keine Explosion. Jetzt bist du dran, mein Sohn!"

„Was willst du von ihm?", brüllte Schmuck, der hinter ihm nachkam, „er hat doch den Koffer geöffnet!"

Beide blickten in den Koffer und sahen den Stick.

Siebert begann zu toben. „Da ist keine Bombe! Du hast uns an der Nase herumgeführt!"

Er steckte seine Waffe ein, stellte sich hinter Bobić, legte seine großen Hände um dessen Hals und drückte zu. Dabei fluchte er lautstark weiter: „Ich leg dich um, jetzt bist du wirklich dran!" Er warf Bobić aufs Bett, zog seine Pistole wieder aus der Jackentasche und schoss.

Schmuck schaute reglos zu. Dann sagte er: „Wir verschwinden. Bobić ist tot, der Koffer ist offen, wir können liefern. Uns hält nichts mehr hier. Liefern, kassieren und abhauen. Genau in dieser Reihenfolge."

Siebert nickte.

Schmuck griff hektisch nach dem kleinen roten Datenträger. Die dadurch ausgelöste Detonation war ohrenbetäubend.

39.

Samstag, 12. November, 10.00 Uhr

Der Wetterbericht hatte das Ende der ungewöhnlichen Wärmeperiode angekündigt. Ein über Südeuropa ziehendes Tief würde kühles und unbeständiges Wetter bringen. Die Bürgerinnen und Bürger Rijekas hatten dies scheinbar alle gehört und besetzten noch einmal die Gastgärten bis auf den letzten Platz.

Vorbei an dem klassizistischen Prachtgebäude von „Radio Rijeka" bahnte sich Milanović den Weg durch die Menschenmenge zur „Choco Bar Bonbonierre Kraš". Nachdem er kurz mit der Chefin gesprochen hatte, ging sie zu einem Tisch, an dem zwei junge Gäste saßen. Diese zahlten daraufhin und machten ihren Platz frei für die beiden Polizisten.

„Ihr habt das Sacher in Wien, wir haben das Kraš in Rijeka", meinte Milanović und bestellte zweimal kontinentales Frühstück.

„Übrigens, wenn du wieder einmal kommst, kannst du immer gerne bei mir wohnen."

„Danke für dein Angebot. Und Achtung: Ich werde es nutzen", antwortete Steinberg.

Immer wieder wurde Milanović von anderen Gästen gegrüßt, manche blieben für ein paar Worte am Tisch stehen.

„Kennst du eigentlich jeden in Rijeka?", fragte Steinberg, nachdem wieder jemand vorbeigekommen war.

„Fast", lächelte der Major verschmitzt und wechselte das Thema. „Ich habe in der Zeitung gelesen, dass heute der internationale Opatija Cup zu Ende geht. Gestern gab es zwei Rennen, eines wird noch heute am Vormittag gefahren. Der veranstaltende ACI Segelclub Opatja liegt in Icici. Dorthin sind es höchstens zwanzig Kilometer."

„Also sind wir mit deinem Motorrad in einer Minute dort", kommentierte Steinberg. Dann schwieg er eine Weile, bevor er erklärte: „Jetzt ist es elf Uhr fünfunddreißig. Wenn wir gleich gehen, ich meine Sachen packe und du mich in zehn Sekunden zum Bahnhof bringst, erwische ich den Zug um elf Uhr fünfundfünfzig."

Milanović sah ihn verwundert an. „Du wolltest doch erst am Abend fahren! Und zuvor noch die jungen Manager mit deinem neuen Wissen konfrontieren!"

„Ich habe mir das überlegt. Ich kann noch nicht genug beweisen. Und Gutt kann ich auch am Montag in Linz erwischen."

Der Major zuckte mit den Schultern und rief die Kellnerin. Sie zahlten, holten Steinbergs Koffer aus der Wohnung und rasten mit der Honda zum Bahnhof.

Bevor Steinberg in den Zug stieg, umarmten sich die beiden Männer.

„Weißt du, warum ich eigentlich schon zurück nach Linz fahren will? Weil ich die viele Fresserei und Sauferei mit dir nicht mehr länger aushalte."

Lachend winkte ihm der Major nach.

40.

Montag, 14. November, 9.00 Uhr

Geduldig saß die Pudeldame neben seinen Beinen und blickte ihn an. Seit Sonntag in der Früh hatte sie ihn begleitet. Sie hatten den Pleschingersee, ein Naherholungsgebiet im Osten von Linz, umrundet, wo sich Sophie nicht vor einem Sprung in das kalte Wasser abhalten hatte lassen. Hätte Steinberg nicht ein paar Köstlichkeiten beim Kraš mitgenommen, wäre es ihm kaum gelungen, sie zum Landgang zu bewegen. Danach hatte er sich ein ausgiebiges Frühstück in der Loggia gegönnt und die Zeitungen durchgeblättert.

„IRRTUM! Polizei verhaftet den Falschen!" schrieben die „Oberösterreichischen Nachrichten" auf der Titelseite. Die „Krone" hatte als Schlagzeile „Attentäter noch auf freiem Fuß!" gewählt. Beide Zeitungen schossen die Linzer Stadtpolizeikommandantin Karin Moser durch Sonne und Mond. Sie habe der Öffentlichkeit den Syrer Burhan Hemedi als Handgranaten-Attentäter präsentiert, obwohl dieser zur Tatzeit nachweislich im Ausland weilte. Videoaufnahmen der Überwachungskameras am Flughafen Wien-Schwechat lieferten einen klaren Beweis. Damit sei nicht nur der Falsche verhaftet, sondern auch die Suche nach dem wahren Täter um Tage verzögert worden. Die Auflösung der Sonderkommission sei mehr als verfrüht gewesen. Jetzt stünde Karin Moser mit leeren Händen da. „Schlägt der Bomber wieder zu?"

Mitleid war der falsche Ausdruck. Vielmehr war es Mitgefühl mit einer Kollegin. Schadenfreude empfand Steinberg nicht. Er hasste es, wenn Journalisten seine Berufsgruppe auf eine unsachliche Weise kritisierten, sie als unfähig hinstellten, selbst aber keine Ahnung von den wahren Zusammenhängen hatten. Tag für Tag leisteten Sicherheitsbeamte gute Arbeit für die Bevölkerung, die Anzahl der Verbrechen sank, die Aufklärungsquoten stiegen, und dennoch schürten die Medien Angst. Angst vor Flüchtlingen, vor Terroristen, vor Massenarbeitslosigkeit, vor Hochwasser, vor Erdbeben, vor Tsunamis im Erdbeerland, dem schwarzen Mann im Keller, dem Rumpelstilzchen und dem Jüngsten Gericht.

Steinberg beschloss, Karin Moser anzurufen. Sie hob sofort ab.

„Was ist euch da passiert?", fragte Steinberg.

„Schmelzer hat mich zu spät informiert, da hatte ich den Fahndungserfolg schon verkündet. Ich habe zu schnell gehandelt. Es war mein Fehler", gab sie zerknirscht zu.

Steinberg wusste zwar, dass Schmelzer sie bewusst ausrutschen hatte lassen, beließ es aber bei einer allgemeinen Tröstung: „Fehler machen wir alle. Jetzt kommt es darauf an, wie es weitergehen soll."

„Ich habe mich zu sehr in meine Theorie verrannt, es habe sich um einen Anschlag von Salafisten gehandelt. Gabi hat mir von eurem Weg der Ermittlungen berichtet. Du hattest vollkommen recht, der Täter kommt aus dem unmittelbaren Umfeld des Professors."

Steinberg zog vor Bezirksinspektorin Gabriele Koch den Hut. Er schätzte Loyalität. Dass sie ihre Chefin über seine Ermittlungsergebnisse informiert hatte, war das Beste, was sie tun konnte. Er machte Karin Moser ein Angebot. „Wenn du willst, komme ich morgen nach meiner Vorlesung bei dir vorbei."

„Danke, darum wollte ich dich gerade bitten."

Das Rollen der Steine, die ihr vom Herzen gefallen waren, war deutlich zu spüren gewesen.

„Sophie!"

Die Pudeldame neigte leicht ihren Kopf, so als wüsste sie längst, was geschehen würde.

„Ich gehe jetzt arbeiten. Zuerst bringe ich dich aber zurück. Am Abend sehen wir uns wieder."

Die Tabakfabrik stand da wie eine Kathedrale der Arbeiterschaft. Steinberg parkte seinen Smart beim Kraftwerk, holte im Büro seine Unterlagen und eilte zum Hörsaal eins, der wieder bis zum letzten Platz gefüllt war.

„Guten Morgen, Kolleginnen und Kollegen. Heute beschäftigen wir uns mit den Todesengeln von Lainz. Dieser Fall wird uns zeigen, dass in großen Unternehmen – in diesem Fall dem Wiener Krankenhaus Lainz – völlig unbemerkt ein Massenmord verübt werden kann. Sechs Jahre lang fiel es niemandem auf, dass vier Hilfsschwestern zweiundvierzig Patienten mit einer Überdosis von Medikamenten und Giftspritzen töteten. Manche Opfer wurden erstickt.

Das Morden begann neunzehnhundertdreiundachtzig. Erst im Frühjahr neunzehnhundertachtundneunzig bemerkte ein Arzt, dass einem Pensionisten eine Überdosis Insulin gespritzt worden war. Er rettete dem Mann das Leben und zeigte die Hilfsschwestern an. Diese legten in der Folge ein Geständnis ab. Sie hätten lediglich die Menschen gnadenvoll erlöst oder aus Mitleid ermordet, lautete ihre Verteidigung."

Steinberg las aus den Verhörprotokollen und den Gerichtsakten und legte dar, wie gerade in Situationen, wo viele Menschen beteiligt sind, kriminelles Vorgehen unbemerkt verübt werden kann. Auch auf die Beweggründe der Hilfsschwestern ging er ein. Die Zeit verging wieder wie im Flug.

Als er den Hörsaal verließ, wurde ihm klar, dass er es verabsäumt hatte, die Beweggründe von Professor Schmitt näher zu durchleuchten. „Warum wollte er seine Forschungsergebnisse an jemand anders verkaufen? Weshalb lässt er seine Entdeckung nicht in seiner eigenen Firma produzieren? Warum hat er sein Gepäck und das seiner Kinder dabei? Wollte er verreisen und wenn, wohin?" All diese Fragen hatte er sich nicht wirklich gestellt. Daher gab es auch keine schlüssigen Erklärungen.

Steinberg beschloss, vor dem Treffen mit Karin Moser noch einmal nach Puchenau zu fahren. Eine Art Überfall konnte vielleicht das Versäumte nachholen.

Diesmal fuhr er durch die engen Wege zwischen den Reihenhäusern der Gartenstadt. Der Smart war so schmal, dass er leicht durchkam. Er läutete. Katharina Schmitt machte die Tür auf.

„Herr Steinberg, was wollen Sie noch von mir?"

Noch im Eintreten konfrontierte er sie mit seiner Theorie. „Ihr Mann brauchte Geld für die Kinder. Er wollte mit ihnen fliehen. Aus welchen Gründen auch immer. Der Verkauf seiner Forschungsergebnisse sollte ihnen zugute kommen."

Steinberg hatte einen Volltreffer gelandet. Katharina Schmitt schlug die Hände vors Gesicht, ihre Schultern zitterten. Er nahm sie am Arm und führte sie zum Sofa. Dann wurde sein Griff fester und er herrschte sie laut an: „Und Sie sagen mir jetzt, was mit Ihren Kindern geschehen sollte. Sie waren informiert. Sie wussten, was er vorhatte. Sie wussten auch, was Ihr Mann verkaufte. Reden Sie, reden Sie jetzt, sonst lasse ich Sie einsperren."

Steinberg ekelte sich vor sich selbst. Aber er wusste, dass er auf die Gefühle der Frau keine Rücksicht nehmen durfte, wenn er endlich etwas in Erfahrung bringen wollte.

„Sie sollten operiert werden."

„Lauter!"

„Sie müssen operiert werden."

„Was heißt das?", erhob Steinberg noch einmal seine Stimme.

Jetzt brach alles aus ihr heraus. Schweigen oder Lügen war ihr nicht mehr möglich. „Martin und Stefan kamen mit Herzfehlern zur Welt. Sie haben beide eine Transplantation hinter sich. Dadurch konnten sie bisher ein normales Leben führen. Seit einem Jahr nimmt ihre Leistungsfähigkeit ständig ab, sie bekommen zu wenig Luft. Die Ärzte in der Uniklinik haben festgestellt, dass ihre Körper die transplantierten Herzen als Fremdkörper erkannt haben und damit hat der Abstoßungsvorgang eingesetzt. Die durchschnittliche Wartezeit auf ein Spenderherz beträgt bei Zehnjährigen etwa zweihundert Tage. Viel zu lange für unsere Söhne. Außerdem hätten wir zwei Organspenden auf einmal benötigt."

Jetzt erst nahm Steinberg den rüden Ton zurück und senkte die Stimme. „Ihr Mann wollte also zwei Herzen kaufen."

Sie nickte.

„Tausche Leben gegen Leben. Ist Ihnen klar gewesen, dass dafür erst zwei andere Kinder hätten sterben müssen?"

Wieder ein Nicken.

Ein grausames Detail der Flüchtlingswelle über die Balkanroute war der Anstieg des Angebots an Organspenden und damit das Sinken der Preise gewesen. Unter den Hunderttausenden, die nach Europa wollten, war es für Verbrecherbanden ein Leichtes, einzelne Menschen zu entführen und zu töten. Mehr als fünftausend junge Leute, deren Weiterreise nach Deutschland bewilligt und geplant gewesen war, kamen nicht an, entweder waren sie untergetaucht, oder eben anderweitig verschwunden. Am Balkan entstanden viele Spezialkliniken. Anästhesisten und Chirurgen standen für jede Art Transplantation bereit, egal ob ein Austausch des Herzens, der Leber, einer Niere, eines Pankreas oder eines Darms erfolgen sollte. Die Flüchtlinge galten hier nur als Ersatzteillager, geliefert wurde auch nach Russland und in die USA. Zwei Kinderherzen auf einmal aufzutreiben, dürfte also kein Problem dargestellt haben. Allerdings war sich Steinberg sicher, dass die Schmitts niemals einen dubiosen Arzt am Balkan in Anspruch nehmen würden, sie würden sicher den Fachmann mit dem besten Renommee in der besten Klinik wählen.

Katharina Schmitt atmete tief durch, setzte sich auf und begann gefasst zu erzählen. Sie wollte reinen Tisch machen. „Ein Schweizer Herzchirurg bietet auch privat Transplantationen an. Mein Mann hat ihn kontaktiert. Eine Operation war jederzeit möglich. Für unsere Söhne würden dort jederzeit die geeigneten Spenderherzen zur Verfügung stehen. Beide sollten am selben Tag operiert werden."

„Dazu braucht man Geld, viel Geld."

„In Deutschland kostet derzeit eine private Herztransplantation 210.000 Euro bei einer Wartezeit von eben zweihundert Tagen. Der Schweizer Chirurg wollte 350.000 Euro pro Kind. Die Kosten für die Beschaffung der Herzen hätten je 100.000 Euro betragen. Die entsprechenden Papiere und die Totenscheine der Spender inkludiert."

In der Vorlesung hatte Steinberg gesagt, dass jeder zum Verbrecher werden könne. Es hinge alles von den Umständen und Zwängen ab, denen ein Mensch ausgesetzt sei. Peter Schmitt musste handeln. Die Krankheit seiner Kinder zwang ihn dazu. Er hatte die Möglichkeit, das Geld zu beschaffen. Der Chirurg bot die Lösung des Problems an. Seine Frau war einverstanden und wurde zur Komplizin. Ein Zwang und drei Umstände fielen zusammen, die Tat wurde vorbereitet, die Koffer gepackt.

„Und dann kam alles anders."

„Und dann kam alles anders", wiederholte sie.

Eine Zeit lang saßen sie schweigend nebeneinander. Dann fragte Steinberg ruhig: „Jetzt erklären Sie mir bitte noch, woran Ihr Mann geforscht hatte."

„Es war ihm gelungen, einen Stoff zu entwickeln, der elektronische Informationen aufnehmen, speichern, weitergeben und umsetzen kann."

„Ein intelligentes Stück Stoff sozusagen?"

Sie nickte.

Blitzartig erkannte Steinberg den Zusammenhang mit den Kampfanzügen von Soldaten. Durch Schmitts Erfindung brauchten die Soldaten keine Geräte mehr in ihre Taschen zu stecken, die verloren gehen konnten oder die sie im Notfall nicht aus der Tasche bekamen. Jetzt wurde der Ärmel selbst zum Bildschirm. Eine Revolution in der Kriegstechnik.

Steinberg stand langsam auf und wollte sich nun verabschieden. Er hatte der Frau schon zu viel zugemutet. Sie sprach leise weiter: „Wie konnten wir so handeln? Was ist mit mir und Peter geschehen? Wie nahe sind wir dem Bösen gekommen? Wie soll ich jetzt weiterleben?"

„Glauben Sie an einen anderen Weg. Schaffen Sie für Ihre Kinder neue Chancen. Diesmal legal! Sie haben die Kraft dazu", versuchte Steinberg sie zu trösten. „Und keine Sorge, für Sie gibt es keine strafrechtlichen Konsequenzen. Sie haben nichts zu befürchten."

Als er wieder im Auto saß, zündete er sich eine „Tragödie" an.

41.

Montag, 14. November, 11.25 Uhr

Wir sind bald am Ende unserer Zeitreise durch die Linzer Stollenwelt. Da der Bauernberg aus weichem Sandstein besteht, war es hier möglich, die Luftschutzstollen innerhalb von vierzehn Monaten zu errichten. Größeren Widerstand leistete der Granit des Schlossberges. Dort wurde unter schwierigsten Verhältnissen Platz für zehntausend Menschen geschaffen.

Eine immer wieder gestellte Frage lautet, warum erst so spät mit den Baumaßnahmen begonnen wurde. Die Antwort ist einfach. Die Reichsführung plante mit einem Blitzkrieg Europa zu erobern. Anfangs gelang das auch. An eine Bedrohung des Deutschen Reiches dachte niemand. Nach dem Kriegseintritt der USA im Jahre 1941, der Niederlage bei Stalingrad und der Landung der Alliierten in Italien im Jahre 1943 wendete sich das Blatt. Die Bombenangriffe auf das Deutsche Reich nahmen zu und es wurden allerorts Luftschutzstollen und -keller errichtet.

Eine weitere Frage betrifft die verwinkelte Art der Stollenführung. Der Grund dafür liegt in der Druckwelle einer Fliegerbombe: Bei einer rechtwinkeligen Anlage kann sich die enorme Druckwelle der Bombe leicht bis in alle Enden ausbreiten, während die verwinkelte Bauweise die Druckwelle bricht. Die unterschiedlichen Raumhöhen haben denselben Grund.

Der Weg links führt zum Stollenhaupteingang, rechts befindet sich der Märzenkeller, wo Gauleiter August Eigruber residierte. Von hier aus gab er den Befehl zur „Mühlviertler Hasenjagd". Drei Monate vor Kriegsende gelang es vierhundert Gefangenen, aus dem KZ Mauthausen zu fliehen. Eigruber beauftragte SS, SA, Gendarmerie, Feuerwehr, Wehrmacht, Volkssturm, Hitlerjugend und die Zivilbevölkerung, die Ausbrecher zu suchen und zu töten. Nur elf von ihnen überlebten.

Eigruber war nur einer von der erschreckend langen Liste Linzer und oberösterreichischer Kriegsverbrecher. An der Spittelwiese wohnte

Adolf Eichmann, hochrangige SS-Verbrecher waren weiters Ernst Kaltenbrunner aus Ried, Franz Stangl aus Altmünster und Ferdinand Sammern-Frankenegg aus Grieskirchen.

Wir kommen jetzt wieder zum Ausgang. Bevor ich mich verabschiede, möchte ich Ihnen noch einen Tipp geben. Linker Hand führt ein Weg zu einem Kinderspielplatz. Daneben liegt in Felsmauern eingebettet der sogenannte Limonikeller. Damit bezeichnen die Linzer zum Teil bis heute diese runde Freifläche. Die amerikanischen Besatzungssoldaten strichen mit weißem Lack eine Leinwand auf die Felsen und hatten hier ein frühes Open-air-Kino. Später wurden unter freiem Himmel Boxkämpfe veranstaltet. Der Linzer Joe Kaspar erkämpfte sich hier den österreichischen Meister. Im Winter wurde eisgelaufen, 1955 gastierte sogar die berühmte Wiener Eisrevue im Limonikeller, der eigentlich eine Wiese war.

Sie merken schon, der Stollen wird höher und breiter. So konnten Fahrzeuge leicht hereinfahren. Ich ersuche Sie, die Helme wieder vorne in den Kasten zu legen. Wie bitte? –

Ja tatsächlich, da steht wirklich ein Auto. Nein, ich bin nicht informiert, wer hier eine Fahrerlaubnis besitzt. Vielleicht muss etwas repariert werden ...

Danke für Ihre Aufmerksamkeit, auf Wiedersehen!

Du, ich bin hier vor dem Eingang zum Limonikeller. Beim Stollenanfang steht ein roter Lieferwagen drinnen. Weißt du etwas darüber? Nein, der Wagen gehört nicht der Linz AG, er hat keine Aufschrift. Sag bitte der Polizei Bescheid!

42.

Montag, 14. November, 12.30 Uhr

„Du wolltest nach deiner Vorlesung zu mir kommen. Das muss ich leider absagen", teilte ihm Karin Moser am Telefon mit. „Kennst du den Eingang zum Limonistollen am Fuß des Bauernbergs?"

Steinberg konnte sich gut an den Platz erinnern.

„Ich muss zu einem Einsatz dorthin. Und ich würde dich bitten, auch hinzufahren, wenn das geht. Ich hätte dich gerne dabei."

„Um was geht es denn eigentlich?"

„Im Stollen wurde ein Lieferwagen gefunden. Er gehört einer Autovermietung, wurde am Tag des Bombenattentats für einen Tag angemietet und war aber bis heute spurlos verschwunden."

„Wie ist der in den Stollen hineingekommen?"

„Das ist es ja, was uns alle stutzig macht. Deshalb wird auch die Cobra vor Ort sein. Wir warten mit dem Einsatz auf dich."

Jetzt bewährte es sich, dass er sich ein aufsetzbares Blaulicht besorgt hatte. Sein Smart war nun buchstäblich ein Stadtflitzer.

Das Gebiet ab der Kreuzung Stifterstraße und Roseggerstraße war mit Gittern abgesperrt. Steinberg parkte und eilte die wenigen Schritte am ESG-Haus vorbei zur großen hölzernen Eingangstür in das Stollensystem. Die Stadtpolizeikommandantin löste sich aus einer Gruppe von Cobra-Leuten und kam ihm entgegen. Steinberg erinnerten die schwarzen Kampfuniformen, die heruntergelassenen Visiere und die Schutzschilder immer an seine Einsätze in Afghanistan. Ihm war die Notwendigkeit dieser Spezialtruppe zwar klar, sympathisch wurde sie ihm dadurch aber nicht. Moser übergab ihm eine kugelsichere Weste, ein Sturmgewehr und einen Helm.

„Ein Mitarbeiter der Austrian Guides hat eine Gruppe von fünfzehn Leuten durch das Stollensystem geführt. Das Ganze hieß: Das unterirdische Linz. Als sie am Ende der Führung angelangt waren, sahen sie hier den roten Lieferwagen stehen. Der

Fremdenführer meldete das seiner Zentrale, und die riefen bei uns an. Wie gesagt ist es ein Leihauto, das verschwunden war."

„Wie viele Leute sind oben postiert?", fragte Steinberg.

„Wo oben?"

„Vom Limonistollen gibt es eine Verbindung zum weiter oben liegenden Aktienkeller und von dort kommt man ins Freie", erklärte der Einsatzleiter der Cobra, der zu den beiden hinzugetreten war. „Ein möglicher Fluchtweg sozusagen. Wir haben drei Leute dort."

Karin Moser nickte. Ihr war klar, dass bei diesem Einsatz viel Ortskenntnis gefragt war, die sie nicht besaß. Daher erklärte sie der Truppe: „Meine Herren! Neben mir steht Oberst Dr. Max Steinberg. Er war Mitglied der Sicherheitstruppe bei den Vereinten Nationen und wird den heutigen Einsatz leiten."

Etwa zwanzig Männer blickten ihn nun an. Steinberg musste etwas sagen. „Kollegen! Ich ersuche euch um äußerste Vorsicht. Das Stollensystem ist ein wahres Labyrinth. Wir müssen alles durchsuchen, um herauszufinden, was es mit diesem Lieferwagen auf sich hat. Es könnte durchaus sein, dass er etwas mit dem Attentat vom neunundzwanzigsten Oktober zu tun hat, da er an genau jenem Tag angemietet wurde und seither verschwunden war. Und wir wissen, dass sich der Attentäter bestens mit Handgranaten auskennt. Also immer alles absichern, langsam vorwärts gehen und absolute Stille, an den Funkgeräten wird nur geflüstert. Alles klar?"

Die Männer nickten. Steinberg nahm eine Taschenlampe, ging vor und schob das hölzerne Tor auf. Durch den hohen Rundbogen betraten sie den langen Gang des Eingangsstollens. Von der Decke herunterhängende Lampen erleuchteten ihn. Wenige Meter hinter dem Tor stand links der Lieferwagen. Steinberg gab das Signal und zwei Cobra-Männer eilten zehn Schritte vor, knieten nieder und gaben nun ihrerseits das Signal. Die nächsten zwei Männer überholten die beiden, suchten einen günstigen Platz, knieten nieder und winkten wieder. Blitzschnell war die Truppe rund um den Wagen aufgestellt.

Nach weiteren Sekunden waren alle Türen des Wagens geöffnet und das Innere durchsucht. Es gab keine Spuren, die Aufschluss über den oder die Fahrer gegeben hätten. Ein paar leere Getränkedosen am Wagenboden, eine Handy-Ladegerät und eine Sonnenbrille konnten jedem gehören. Sie mussten weiter in den Stollen vordringen.

Nachdem Steinberg das Zeichen gegeben hatte, bogen die Männer in einen schmäleren Gang ein. Die Bauweise war hier eine andere. Der Gang war niedriger, der gewölbte Plafond und die Wände mit Ziegelsteinen gemauert, der Boden aus holprigem Beton, die Beleuchtung schwächer. Vorsichtig drangen die Männer in den Gang vor. Bei der nächsten Abzweigung überholte Steinberg wieder, schob seinen Körper an der Wand vor, bis er den nächsten Teil des Stollens überblicken konnte. Ein schmaler düsterer Rundbogengang, der sich gegen Ende verbreiterte. Die Lampen waren hier in so großen Abständen angebracht, dass die Strecken dazwischen fast finster waren. Nach etwa fünfzig Metern machte der Gang einen Knick, dahinter war eine Lampe angebracht. Steinberg erblickte eine alte Holztür in der Wand.

Sie war verschlossen. Ein Cobra-Mann schoss das Schloss auf, dann stieß Steinberg die Tür mit dem Fuß auf und leuchtete mit der Taschenlampe in den Raum. Nichts. Alles leer.

Wieder drangen sie Meter für Meter weiter im Stollensystem vor. Bis zu einer alten Stahltür. Auch sie war versperrt. Der Cobra-Mann zerschoss das Schloss, Steinberg stieß langsam die Tür auf.

Im Schein der Taschenlampe erkannte Steinberg einen Schutthaufen in der Mitte des Raumes. Der Plafond wies ein großes Loch auf. Eine Tür zu einem angrenzenden Raum war aus den Angeln gerissen.

„Herr Oberst, sehen Sie her", flüsterte ein Cobra-Mann, der zum Schutthaufen vorgedrungen war.

Steinberg ging zu ihm. Aus dem Schutt ragte ein Armstumpf, die Finger waren weggerissen. Etwas entfernt davon lag ein abgetrenntes Bein.

„Herr Oberst, hierher!", meldete ein zweiter Mann.

Neben einer zerfetzten Matratze und Metallrohren lag ein zusammengekauerter Mann. Der rechte Arm fehlte. Das Blut war tiefschwarz und gestockt. Steinberg fühlte nach dem Puls. Nichts.

Der Mann war tot. Er drehte den Kopf zu sich. Hinter den Blutkrusten um Mund, Nase und Ohren erkannte er die Züge von Ivica Bobić.

Zur Sicherheit verglich er noch das Gesicht des Toten mit dem Foto, das er von Frau Bobić bekommen hatte. Kein Zweifel, das war der Mann. Drei Cobra-Männer hatten einstweilen den Nebenraum untersucht. Er konnte als Büro, Aufenthaltsraum und Quartier gedient haben. An der Wand hing ein schwarzes Telefon aus Bakelit. Es gab keine Beschädigungen.

Steinberg erklärte den Einsatz für beendet. Er war sich sicher, dass nichts mehr zu finden sein würde. Routinemäßig sollten die Cobra-Leute das Stollensystem noch komplett absuchen und dann zum Eingang zurückkehren. „Danke meine Herren, Sie haben hervorragende Arbeit geleistet."

Nun wandte er sich an Karin Moser, die den Abschluss der Truppe gebildet hatte. „Der Leutgeb soll mit seinen Leuten kommen. Sag ihm aber, dass er viel Licht mitbringen muss."

Wenig später rückte die Tatortgruppe an. Gleich beim Hineingehen in den Stollen rollten sie Kabel aus, um die Halogenleuchten mit Strom versorgen zu können. Langsam glühten die Lampen zu voller Stärke auf und erhellten den gesamten Raum. Der Tatortfotograf nahm seine Arbeit auf. Der Schutthaufen wurde Stück für Stück abgetragen.

„Ja, wen haben wir denn da?" Leutgeb legte einen Körper frei. „Der hat noch beide Beine. Dann muss es noch eine Leiche geben, zu der das einsame Bein dort gehört."

Steinberg kannte Leutgebs Kommentare bei solchen Arbeiten nur zu gut. Schweigend sah er dem Spurensicherer weiter zu. Nach einer Weile rief dieser: „Max, komm her und schau dir das an. Siehst du die kleinen Stücke Aluminiumblech im Sand? Dort liegt sogar ein größeres. Kannst du mir das hergeben?"

Steinberg bückte sich und reichte es ihm.

„Wenn du etwas Geduld aufbringst, kannst du dir aus den Teilen sicher einen schönen Aktenkoffer aus Aluminium zusammensetzen", grinste Leutgeb. „Einer dieser drei Männer ist der Handgranatenmörder."

„Aber wer?", fragte Moser.

„Der Mann dort in der Ecke. Er heißt Ivica Bobić, arbeitete bei der Security einer Spinnerei in Rijeka und wohnte in Crkvenica. Eine DNA-Analyse wird bestätigen, dass ihm das Gepäck aus dem Leihwagen gehört, den wir auf der Spittelwiese gefunden haben. Er muss nach der Tat von den anderen Männern hierher gebracht worden sein", überraschte Steinberg die beiden.

„Der Sprengstoff explodierte, als jemand versuchte, den Koffer zu öffnen", mutmaßte Moser.

„Füllt bitte den gesamten Sand in Säcke", befahl Leutgeb seinen Leuten. „Ich möchte wissen, was sich in dem Koffer befand."

Steinberg ging ins Nebenzimmer. Auf dem Tisch standen einige Bierflaschen, zwei aufgerissene Packungen Vollkornbrot und offene Konserven. Er hob den Hörer des Bakelit-Telefons an der Wand ab. Es war funktionstüchtig, das Freizeichen ertönte. Also hatten sie mit der Außenwelt Kontakt halten können, auch wenn Handys hier im Stollensystem keinen Empfang hatten. Steinberg gelangte durch eine weitere Tür in einen schmalen Gang, der in eine große Halle führte. Ein Kühlbecken aus dunklem Beton und ein großer Sudkessel standen dort. In Letzteren griff ein Schaufelrad, um Material zur einer weiteren Maschine zu transportieren. Diese hatte oben eine trichterförmige Öffnung, über einen Einfüllstutzen lief das Erzeugnis unten in kleine Blechdosen, die auf einem Fließband vorbeizogen. Offenbar hatten sich hier noch mehr Maschinen befunden, am Boden waren noch die Abdrücke und Fixierungen zu sehen. Steinberg leuchtete die Seitenwände ab. Regale mit Werkzeug und Lackdosen, Pinwände mit Dienstplänen. Bei einer Lifttür machte Steinberg halt und drückte auf den Knopf. Die Maschinerie setzte sich in Bewegung, der Lift konnte also noch benutzt werden.

Steinberg ging zurück. Er stellte sich zu Karin Moser, die der Spurensicherung zusah. „Jetzt kannst du den Presseleuten eine super Geschichte liefern. Du wirst sehen, den Auftraggeber für das Attentat haben wir auch bald. Vorausgesetzt, du willst auch weiterhin ein gemeinsames Wir haben."

43.

Dienstag, 15. November, 9.00 Uhr

Steinberg ging die unterirdische Halle nicht aus dem Kopf. Die Dinge, die er dort gefunden hatte, wirkten nur zum Teil wie aus der Kriegszeit. Sein Bauchgefühl hatte ihm ein klares Signal gegeben: Der Raum war für den Fall in irgendeiner Weise von Bedeutung, hier war etwas geschehen, das Aufschluss liefern würde. Doch wieder einmal hatte er es vorgezogen, seine Vermutung für sich zu behalten. Er hatte der Spurensicherung keinen Auftrag zur Durchsuchung der Halle gegeben und auch Karin Moser nichts darüber gesagt. So viel zu seinem „gemeinsamen Wir", musste er sich selbst an der Nase nehmen. Er wollte einfach zuerst herausfinden, was dort erzeugt worden war. Die Dosen trugen keine Beschriftung, kein Zettel hatte ihm einen Hinweis gegeben.

Langsam fuhr er bei der Ampel rechts in die Straße zum Bauernberg. Vor dem rotbraunen Wohnhaus an der ersten Kurve blieb er stehen. Er sah den Eingang zum Limonikeller, ließ seinen Blick langsam über die bewachsene Felswand nach oben wandern. Majestätisch grüßte die Villa der Familie Schmitt herab. Er senkte den Kopf wieder und hob ihn noch einmal. Der Lift musste eine direkte Verbindung von der Halle zur Villa bieten.

„Guten Morgen, Herr Doktor Steinberg." Die freundliche Stimme des Prokuristen begrüßte ihn. „Ich öffne Ihnen das Tor, dann können Sie hereinfahren. Parken Sie bitte unter der alten Linde."

Als Steinberg aus seinem Wagen stieg, kam Gernot Gutt schon auf ihn zu. Er trug einen schmal geschnittenen, hellgrauen Anzug und vermittelte den Eindruck, als sei er kurz vor dem Aufbruch in die Firma.

„Schon so früh am Morgen. Was kann ich für Sie tun, Herr Oberst?"

„Ich interessiere mich für Lifte."

„Für Lifte?"
„Ja, für Lifte. Gibt es hier im Haus einen Lift?"
„Ja, er führt vom Keller nach oben bis zur Dachwohnung."
„Und weiter nach unten?"
Ohne zu zögern, antwortete Gutt: „Richtig. Damit gelangt man zur Fabrik in den Stollen des Limonikellers."
Schweigen. Nur das Knirschen der Schuhe am Kiesweg zum Haus war zu hören. Bei der Treppe angekommen, fragte Steinberg: „Und was wird dort erzeugt?"
„Cyanosil, ein Mittel gegen Ungeziefer. Es wird für die Durchgasung von Schiffen, Kühlhäusern, Getreidemühlen eingesetzt. Wir exportieren vor allem in die ehemaligen Ostblockstaaten."
„Hat die Familie Schmitt nicht schon früher Giftgas erzeugt?"
„Richtig. Die Mutter von Wieland Schmitt, geborene Gräfin Kriemhilde von Gatt, war Physikerin und hat erstmals in Österreich Zyklon B hergestellt. Sie hat die Fabrik gegründet."
„Das Gift wurde dann in der NS-Zeit in den KZs eingesetzt."
„Richtig. Sie hat den österreichischen Bedarf gedeckt."
„Und nach dem Krieg weitergemacht?"
„Richtig. Die Produktion wurde unterirdisch fortgesetzt. Einige Zeit illegal, bald aber wieder mit Genehmigung. Derzeit ruht die Fabrik. Es werden gerade völlig neu entwickelte Maschinen angekauft."
Richtig! Richtig! Richtig! Gutt hörte sich an wie der Moderator einer Quizshow. Die Wirtschaftsgeschichte der Familie Schmitt klang in seinen Worten, als habe es sich um eine Fabrik für Polstermöbel gehandelt. Steinberg hielt seinen Hass zurück. Er wusste, dass man diesem saloppen Umgang mit den Verbrechen der Nazis auf die Schnelle ohnehin keinen Einhalt gebieten konnte, und er wollte sich den arroganten Günstling der Familie gewogen halten.
„Ich kann Ihnen gerne das Werk zeigen. Vielleicht interessieren Sie auch unsere Ausbaupläne", bot Gutt an.
„Danke. Eigentlich will ich zu Direktor Holger Schmitt. Ist er hier?"
„Das weiß ich nicht, ich war bei Wieland Schmitt zu Besuch. Aber ich kann ja einmal läuten."

Er drückte die Türklingel. Nichts regte sich.

„Ich probiere es beim Seniorchef."

Kurze Zeit später hörten sie eine Stimme: „Wer ist da?"

„Ich bin es noch einmal, Gernot. Ist Holger bei dir? Oberst Steinberg möchte mit ihm sprechen."

„Er soll heraufkommen."

Die Haushälterin öffnete die Tür.

„Brauchen Sie mich noch?", fragte Gernot Gutt.

„Nein. Danke für Ihre Informationen."

Der Prokurist verabschiedete sich und Steinberg folgte der Haushälterin ins Innere der Villa.

„Ihr Gast, Herr Direktor."

Wieland Schmitt erhob sich vom Frühstückstisch, deutete auf einen der freien Sessel, lud Steinberg ein, sich zu bedienen, und wies die Haushälterin an, noch ein Gedeck zu bringen. Er war mit einem Morgenmantel in hellbraunem Glencheck-Muster bekleidet. Dann fragte er Steinberg: „Nehmen Sie Kaffee oder Tee?"

„Kaffee bitte." Steinberg nahm ihm gegenüber Platz.

„Was führt Sie am frühen Morgen zu mir?"

„Ich wollte mit Ihnen über Ihre Söhne plaudern."

„Was gibt es da zu plaudern?"

„Wie Sie Ihre Söhne sehen zum Beispiel."

„Ich soll sie charakterisieren? Aber das habe ich doch schon gemacht."

„Trotzdem", blieb Steinberg hart.

„Peter hatte alles, was einen Mann auszeichnet. Ehrgeiz, Tatkraft, Entschlossenheit, Erfolg in der Firma und auf der Universität."

„Und Holger?", unterbrach ihn Steinberg.

„Auch ihn mag ich sehr. Er ist tüchtig und zuverlässig, hat die Firma fest im Griff. Allerdings ist er weniger kreativ und charmant. Aber liebenswürdig."

Steinberg dachte an seinen Vater. „Was würde er über mich gesagt haben? Hat er mich geliebt, wie Eltern ihre Kinder lieben, oder nur gemocht, wie Wieland Schmitt seinen ältesten Sohn?"

„Und Gernot Gutt? Gehört er auch zur Familie?", wollte Steinberg wissen.

Schmitt zögerte kurz. Er war sich über den Wissensstand Steinbergs im Unklaren. Immerhin saß er einem routinierten Polizeioberst gegenüber.

„Gernot ist ein Sonnenschein. Er macht mir nur Freude. Als meine Nichte, die siebzehnjährige Gräfin Sigga von Gutt, ein lediges Kind zur Welt brachte, herrschte Aufruhr beim deutschen Zweig der Familie. Bald herrschte jedoch tiefe Trauer, da die junge Mutter wenige Tage nach der Geburt an einer Infektion verstarb. Ich war bereit, das Baby zu adoptieren. Der Bub behielt den Familiennamen seiner Mutter. Nach seinem Studium machte ich ihn zum angestellten Prokuristen der Spinnerei und zum Eigentümer der Fabrik im Stollen. So umging ich mögliche Erbstreitigkeiten mit Peter und Holger."

Wieland Schmitt schob seinen Sessel zurück, erhob sich, ging zur großen Balkontüre und blickte in den Garten. Dann sah er zu Steinberg: „Und warum wollen Sie das alles wissen?"

„Weil einer von den beiden Kain ist, der Brudermörder."

Wieland Schmitt schwieg.

„Ihr Sohn hat sein Leben bei einem zwielichtigen Geschäft verloren. Es war ganz klar Ware gegen Geld. Sein Bruder oder sein Adoptivbruder hat von diesem Geschäft gewusst, Zeit und Ort der Übergabe gekannt. Und hat den Auftrag gegeben, den Käufer zu kidnappen, um seinerseits an die Ware zu kommen. Der Attentäter ist von zwei Männern in den Limonistollen gebracht worden. Jetzt sind alle drei tot. Ihr Sohn oder Ihr Adoptivsohn hat sie auf dem Gewissen."

Wieland Schmitt starrte vor sich hin. „Sie sagen, dass drei Männer in unserem Stollen starben?"

„Der Koffer mit der Ware war mit Sprengstoff versehen. Sie wurden durch die Detonation getötet."

Das Gesicht des alten Herrn war schneeweiß geworden. Er griff in die Tasche seines Morgenmantels, zog eine Medikamentenschachtel heraus, nahm zwei Tabletten und schluckte sie. Mühsam raffte er sich zur nächsten Frage auf.

„Wissen Sie, welche Ware Peter verkaufen wollte?"

„Ihr Sohn hat einen Stoff entwickelt, der elektronische Informationen speichern und weiterleiten kann. Er wollte das Know-how dazu an eine Konkurrenzfirma verkaufen, statt den Stoff in der eigenen Firma zu erzeugen. Und davon hat sein Bruder oder Adoptivbruder Wind bekommen."

„Ein Brudermord?", murmelte Schmitt.

„Ein Brudermord", bestätigte Steinberg und fragte dann: „Finde ich Ihren Sohn Holger hier oder in der Firma?"

Wieder schwieg der alte Mann lange. Mühsam stammelte er dann: „Er ist tot. In dieser Nacht verstorben."

Im Laufe seines langen Berufslebens als Polizist erlebte Max Steinberg immer weniger Situationen, die ihn aus der Fassung brachten. Doch dies war so eine. Er saß einem Mann gegenüber, der seelenruhig Fragen zu seinen Söhnen beantwortete und mit keinem Wort erwähnte, dass nun auch der zweite Sohn verstorben war. Steinberg zog eine Zigarette heraus, gab ihr den Namen „Monster" und zündete sie an, nachdem er sich von Wieland Schmitt das genehmigende Nicken dazu eingeholt hatte. Er wollte Zeit gewinnen, seine Fassungslosigkeit überspielen.

„Er ist in dieser Nacht verstorben?" Mit dieser Frage übernahm Steinberg wieder das Gesetz des Handelns.

Sein Gegenüber nickte.

„Wann ist er gestorben?"

„Meine Schwiegertochter Tamara weckte mich um ein Uhr früh und teilte mir mit, dass Holger tot in seinem Bett liege. Sie verständigte sofort unseren Hausarzt Karl Müller. Er bewohnt das Haus gegenüber und war in wenigen Minuten da. Nach einer kurzen Untersuchung stellte er fest, dass Holger an Herzversagen verstorben ist."

„Hat Ihre Schwiegertochter sonst etwas über den Abend, die Nacht berichtet?"

„Holger sei spät und ziemlich betrunken nach Hause gekommen. Er habe über ein Brennen in der Brust geklagt, aber trotzdem noch einige Gläser Grappa getrunken. Sie habe ihn dann ins Bett manövriert, wo er sofort eingeschlafen sei. Als sie kurze Zeit später ebenfalls zu Bett gehen wollte, habe er geröchelt. Sie habe alle drei Fenster aufgemacht, um Frischluft hereinzulassen. Als sie wieder zum Bett gekommen sei, habe das Röcheln aufgehört, kein Atemzug mehr. Dann weckte sie mich."

„Warum haben Sie nicht den Notarzt geholt?"

„Wie gesagt, unser Hausarzt musste nur über die Straße laufen."

„Kann ich die Leiche sehen und Ihre Schwiegertochter sprechen?", fragte Steinberg.

Zögernd erwiderte Schmitt: „Das ist nicht möglich. Das städtische Bestattungsinstitut hat die Leiche abgeholt. Karl Müller stellte den Totenschein aus und Tamara veranlasste gleich am frühen Morgen den Transport zum Urnenfriedhof."

„Wann war das?"

„Vor einer Stunde."

Ohne Verabschiedung sprang Steinberg auf, stürmte aus dem Zimmer und lief zu seinem Auto. Seine Gedanken schwirrten. Für ihn war klar, dass Holger Schmitt von seiner Frau ermordet worden war. Sie rief den Hausarzt, denn der stellte keine Fragen, der Notarzt hätte welche gestellt. Wahrscheinlich hat sie Cyanosil verwendet, das wurde ja im eigenen Keller hergestellt. Dieses Gas bringt beim Einatmen durch den Wirkstoff Blausäure die Atmung der Körperzellen zum Stillstand. Das Opfer erstickt gewissermaßen innerlich. Durch das Öffnen der Fenster verzog sich der verräterische Mandelgeruch. Aber warum ließ sie die Leiche sofort zum Urnenfriedhof bringen? Den Totenschein hatte sie ja schon. Und warum hat sie ihn überhaupt umgebracht?

Steinberg rollte über die Nibelungenbrücke nach Urfahr. Die Leiche aus dem Kühlraum zu holen, konnte kein Problem sein. Sie obduzieren zu lassen, auch nicht. Vorbei am „ars electronica center", dem Linzer Museum der Zukunft, fuhr er die Hauptstraße entlang und bog in die Freistädterstraße ein.

Der Urnenhain im Linzer Stadtteil Urfahr ist in einen alten Waldbestand eingebettet. Ein schmaler Bach durchquert das Gelände, ein Paradies für Vögel, deren Gezwitscher den Trauernden Trost spendet. Seit 1929 wurden hier Sozialisten, Kommunisten, Agnostiker und andere eingeäschert, seit der Friedhof 1964 gesegnet wurde, auch Christen. Der Weg zum Krematorium führte durch den Wald über eine Brücke.

Steinberg betrat die lichtdurchflutete Aufbahrungshalle durch gläserne Flügeltüren. Einige Trauergäste standen um einen blumengeschmückten Sarg.

Steinberg wandte sich an einen der Sargträger und fragte nach der Verabschiedung eines Herrn Holger Schmitt.

„Wann soll die sein?"

„Ich weiß es nicht, der Leichnam wurde heute angeliefert."

Der Mann nahm eine Liste aus seiner Hosentasche.

„Heute haben wir Mayerhofer um zehn, Müller um elf und Breiteneder um zwölf. Schmitt ist da keiner dabei."

Steinberg war froh, dass er kein Trauernder war, diese Art Auskunft hätte ihm wohl kaum Trost gegeben. Er ging zur Friedhofsverwaltung und zückte dort seinen Dienstausweis.

„Und wen suchen Sie?", fragte die Büroangestellte.

„Holger Schmitt."

„Schauen wir einmal."

Sie war für ihren Dienstort recht ungewöhnlich gekleidet in eine Jacke Patchworkstoff und weiße Jeans. Die goldbestickten High Heels bemerkte Steinberg erst, als sie aufstand, um zum Computer ihres Kollegen zu gehen.

„Nein, also Schmitt ist keiner bei uns vermerkt." Sie lächelte Steinberg an. „Wenn Sie einen Augenblick warten, dann frage ich meinen Kollegen. Vielleicht weiß er mehr."

Sie stand auf und verließ das Büro. Steinberg sah sich um. Der Raum war sehr hell, einige große Pflanzen standen am Boden und auf den Fensterbrettern unzählige Kakteen in kleinen Blumentöpfen.

„Der Sarg mit Herrn Holger Schmitt kam vor Kurzem an und wurde sofort in das Krematoriumsgebäude gebracht", informierte ihn die Frau, als sie zurückkam.

„Nicht in die Sargkühlung?"

„Nein, gleich ins Krematorium. Eine Frau Schmitt ist bei ihm."

Steinberg zuckte zusammen. „Und wo ist das Krematorium?"

„Gleich rechts. Ich öffne Ihnen die Tür."

Steinberg lief über einen langen, mit hellen Fliesen gepflasterten Gang. Am Ende war eine Glastür zu sehen, die ins Freie führte. Links eine geschlossene graue Metalltür, weiter vorne eine offene Tür. Steinberg stand im Technikraum und sah durch eine Glasfront die Einäscherungsöfen. Die beiden Ofentüren aus hellgrauem Stahl waren geschlossen. Vor einer Tür stand auf Schienen ein schlichter, schmuckloser Sarg aus hellem Holz. Daneben ein Arbeiter und ... Tamara Schmitt.

„Polizei! Treten Sie zurück! Niemand rührt etwas an!" Steinberg stürmte zu den Öfen. Er hatte gesehen, dass Tamara Schmitt ihre Hand über einem roten Knopf hielt, der die Verbrennungsmaschinerie in Gang setzen würde.

„Verlassen Sie den Raum!", herrschte er den Arbeiter an.

Als er gegangen war, wandte sich Steinberg an Tamara Schmitt: „Sie haben Holger mit Cyanosil vergiftet. Jetzt wollen Sie die Leiche verbrennen und damit alle Beweise vernichten. Warum musste er eigentlich sterben?"

Sie sah ihn mit einem kalten Blick an. „Er hatte ein Verhältnis mit Katharina, der braven Hausfrau und Mutter. Ein Privatdetektiv hat mir sogar Beweisfotos geliefert. Sie trafen sich im Arcotel an der Donau."

Ihr Blick blieb auf den Sarg gerichtet, ihre Hand lag noch immer auf dem roten Knopf. Als Steinberg einige Schritte auf sie zuging, zischte sie leise aber bestimmt: „Bleiben Sie stehen. Sie können mich nicht abhalten. Und Ihre Waffe können Sie auch stecken lassen. Bis Sie schießen, habe ich längst gedrückt."

„Ich glaube nicht, dass ein Seitensprung mit der Schwägerin Ihnen Grund genug für einen Mord bietet", meinte Steinberg mit ruhiger Stimme. „Sie sind eine intelligente Frau, da hat noch etwas anderes den Ausschlag gegeben."

Sie starrte weiter auf den Sarg, kein Haar an ihr bewegte sich.

„Ich hörte, als er das alte Telefon am Gang benutzte. Es ist eine Leitung nach unten, zur Fabrik im Stollen. Dort ist aber derzeit kein Betrieb. Er sprach über einen Koffer, den er haben wolle, und einen Code, den er brauche. Wie Sie selbst gesagt haben, dumm bin ich nicht. Da wusste ich, dass er den Tod seines Bruders für sich nutzen wollte. Dann erwähnte er noch Kinder, die getötet werden sollten. Das war jämmerlich, das war kein Mensch, das war ein Schwein."

„Ihre Beobachtungen sind richtig. Ihr Mann wusste, dass Peter Schmitt seine neueste Entdeckung an die Konkurrenz verkaufen wollte. In der Firma war es ein Leichtes für ihn, Telefongespräche mitzuhören, Briefe und E-Mails zu lesen, das Labor zu durchstöbern. Er gab zwei Männern den Auftrag, den Mittelsmann der Konkurrenzfirma zu kidnappen und in die Stollen zu bringen. Das Hindernis blieb noch der Sprengstoff im Koffer. Alle drei sind bei der Detonation umgekommen."

Tamara Schmitt dachte lange nach. Dann sagte sie leise: „Er war die Enttäuschung meines Lebens. Er war wie Ungeziefer, überall dabei und überall grässliche Spuren hinterlassend. Ungeziefer gehört vergiftet. So einfach ist das."

„So einfach ist das nicht, Frau Schmitt. Ich verhafte Sie jetzt, wegen Mordes an Ihrem Gatten Holger Schmitt."

Er ging auf sie zu. In dem Augenblick drückte sie den Knopf. Die Ofentür schob sich nach rechts, starker Gebläselärm war zu hören. Der Sarg rollte auf die lodernden Flammen zu.

Steinberg stieß sie weg und drückte mehrmals auf den Knopf. Der Sarg rollte weiter. Er drehte sich zum Glasfenster zum Technikraum um. „Halt! Halten Sie den Sarg an!", schrie er dem Arbeiter zu.

Dieser zuckte mit den Schultern und blickte zu Tamara Schmitt. Wenige Sekunden später war der Sarg in den Flammen verschwunden und die Ofentür schob sich langsam zu.

Steinberg stand fassungslos da. Der Trittbrettfahrer des Bombenattentats, der alles hätte verhindern können, verbrannte gerade vor seinen Augen. Und seine Mörderin holte völlig ruhig ein silbernes Etui aus ihrer Handtasche, zog eine Zigarette heraus und zündete sie an. Ihm blieb nichts anderes übrig, als er ihr gleichzutun. Er nannte diese Zigarette „Zurückschauen hält auf".

VOLKER RAUS

Geboren 1946 in Linz/Österreich
Dr. phil. / Studium Erziehungswissenschaften und Geschichte
Abteilungsleiter ORF Oberösterreich
Ab 1990 selbständiger Filmemacher, PR-Berater, Journalist und Autor
Lebt in Linz und Rijeka

Zahlreiche Auszeichnungen, darunter der Dr.-Ernst-Koref-Literatur-Förderungspreis der Stadt Linz, Filmpreis „New York Film Festival", Kulturmedaille des Landes Oberösterreich, Preisträger Krimipreis „Totenschmaus" – Bester regionaler Kurzkrimi –, Nominierung „bloody cover" – Die zwölf besten Covers des deutschsprachigen Krimis 2015 –.

Mitglied der „Österreichischen Krimiautoren", bei „Krimi-Literatur Österreich", bei „SYNDIKAT" – Die Autorengruppe der deutschsprachigen Krimiliteratur

Prosaarbeiten:
„Die Rückkehr des Kammersängers", Theaterstück, 2006
„Der Zitronenhügel", Anthologie, 2011
„Weihnachten 1986", Anthologie, 2012
„Frohe Weihnacht", Anthologie 2013
„Cevin & Marco", Anthologie 2014
„Ischler Rosen", Anthologie 2015

Im *Verlag* „Bibliothek der Provinz" bisher erschienen:
„Leihgabe", Roman 2008
„Reichweite", Roman 2010
„Freigang", Kriminalroman 2012
„Übertötung", Kriminalroman 2014
„Zimmergalerie", Sachbuch 2015

Verlag Bibliothek der Provinz

Literatur, Kunst und Musikalien